少年通信軍属兵

中江進市郎

附・南方軍通信隊司令部

元就出版社

昭和十九年十月十日、官立無線大阪支所特科四組卒業写真

復員直後の筆者

昭和20年４月22日撮影。サイゴンの戦友たち。前列左から安田茂次・18歳、大久保利夫・16歳、清水武男・20歳、小田順吉・18歳、後列左から高橋登・18歳、西尾公作・18歳、関正・20歳、塩川悦次・20歳、橋本勝彦・19歳。いずれも数え年。

平成11年５月、大阪四天王寺で行なわれた八八会の法要。前列右から３人目が大西会長、その左隣が筆者。２人の後方の僧侶は同級生の北尾氏。

はじめに

私のこの手記は、最初復員直後、仕事がなくて食生活のため、荒野の開墾のつれづれの雨の日に、想い出して書き留めていたものである。せっかくの私の貴重な人格形成上の体験を、私の子供たちに十七歳、十八歳、十九歳の頃の話としてその年になったら絶対に話そうときめていたら、残念ながら、彼らのその年代は大学受験の年頃であり、そして私も高度成長期の社会で、そんな話をする暇もなく打ち過ぎた。

戦後三十五年を過ぎた昭和五十五年頃に、偶然なことから有馬の一文字ホテルで無線講の同級会が開催されて、僅かながらでも同級生の消息がわかるようになった。我々東部八十八部隊に入った隊員の中の比島へ派遣された同級生達の悲惨な現況、また西部軍に入隊した人たちの沖縄三十三軍に配属になった沖縄戦の悲劇、そしてまた大本営の大和田通信隊に勤務した人たちなど、少しずつ少しずつ我々の当時の動静がわかってきた。

それと同時に、我々の一期後の昭和二十年三月卒業生のことも、その期の上坂正義君の執念の記録の掘り起こしで分かり、彼には、深い尊敬と感謝でいっぱいだった。ところが、残念ながら彼上坂君が志なかばの平成七年に亡くなったのはじつに言いようのない損失で、我々はまったく天を恨む心地がした。

彼の熱情と執念の何分の一にも足りないが、私の恥ずかしい文章でも記録として残したいと想って、孫が十五歳、高校受験をしている今、なんとか間に合わせようと書き終わった。

私が今、言いたいことは三つほどある。第一は十五歳、十六歳時代のことは、今も昔も胸の中のことは変わらないということである。幾ら文化が進んでも、残念ながら胸中の想いだけは進歩がないということだ。私たちの時代は、国に奉ずるという言葉と、生を軽んじることを教わってきた。もちろん、深層心理にはあったかも知れないが、実際には家をも親をも忘れていたのは事実である。辛い時には確かに想い出すが、まったく私の場合は後にも先にも二度より親のことは思い浮かばなかった。

今の子供たちも、少年たちの大部分は、自分のことよりか考えずに行動する。我々には当時、団体行動で規制されていて、その中で格好の好い部分が特に強調されていた。七つボタンの予科練や無線通信士の上級甲板士官のチェックの服装にあこがれて進路をきめたところがあったのは仕方がなかった。そんなところは、今の少年たちと残念ながら一緒といわざるをえない。

格好のよさからの殺人、英雄きどり、他人に迷惑をかけないこと、という最低の道徳感を習った戦後の教育では、それだけでは歯止めにならないだろう。あまりにも個人の尊重、個人の心理のウエイトを重視する教育は、今の戦後第二世代の教員には止むを得ないことではなかろうか。

修身の科目を習った私たちの世代としては、確かに当時としても教科として一番面白くなかったのは事実なれど、胸中には幾らか習ったことは残ったのだろう。今さら修身を復活させるのは抵抗があろうが、何らかの道徳科目は正科目とすべきであろうし、団体生活の規律や、他人の個人の尊重を習うためには、一つ罐《かま》の飯で団体行動を習得させる共同体の修業が必要ではなかろうか。

第二に平和は何百年あってもよいのだが、大東亜戦争で敗戦になってからの、戦後の隣国からの指摘は、内政干渉以上に我が国の独立までもおびやかしているのが実状だ。確かに中国へ侵略したのも事実だ。何百万、何千万の生命を奪ったのも事実だ。確かに悪い。しかし、歴史は必要悪が肯定しながら進行している。満州の国家を設立したのも悪いとするなら、日清戦争、日露戦争と満州、朝鮮で戦った歴史まで、否定しなくてはならなかったろう。

黒船（一八五三年）がタッタ五隻で夜も寝られなかった幕末を乗り越え、馬関戦争や薩英戦争で外国から侵攻されても、なんとか国土を守った日本人と、アヘン戦争（一八四二年）によって開国をせまる英国に屈服した中国は国を護ったとはいえない。その後の義和団事変、アロー号戦争でも、ことごとく敗れ去ったことにより、国としての体をなしていなかったことは付け入る隙を西欧各国にあたえた。

唯一の国は東洋の日本のみ。不平等条約は締結したにしても、独立国家としての対面を保っていた加減から、西欧諸国に追い越せ、追い越せの懸け声をかけたのも必然であった。三国干渉で遼東半島を返還したのに、中国はそれを露国へ借すなどという有様は、独立国家とはいえない。

幸いに日露の役は勝ったものの、多くの赤い血を流した満州の地は、絶対に放棄できえなかったのは当然であり、それに対する中国人の反発も当然な帰趨《きすう》にほかならない。つまり支那事変は遅かれ早かれ必然性から起こった。ただ満州を独立させることを認めさせることで終結にすべきであった。以後はまったく侵略である。

だからといって、いつまでも謝るべきでない。彼らは事あるたびに政策として声を大にして謝らせようとするが、これは将来のために両国とも危険をつのらせることになる。その危険な時に、今の若者が果たして国を護る精神があるのか。じつに情けないが、平和教育の教えが、我々の胸中には国を愛するとか、親を愛するとか、子供とか孫まで愛する気持を持っているのか、疑問と恐さを感じさせる。

愛する教育の必要性を望むのである。決して私たちが軍国少年の教育を受けたから、いうのではない。昭和八年の国語の教科書が「ハナ、ハト、マメ、マス」の時代から、我々の世代からは「ススメ、ススメ、ヘイタイススメ」の軍国時代の申し児であったが、その教育児も敗戦時でやっと十八歳の現役兵になったくらいで、国の役にはたっていない。しかし、教育の恐さ、おそろしさが、戦後たってみると、一番よくわかるだけに、確実に百八十度転換した教育を見ていると、その反動の教育の恐ろしさが、現実に情けない。一つの反動からエスカレートして、行きつくところまで進んで、そこで逆の反動が社会大衆の力となって、百八十度の転換をしている。

戦後五十年の結果から言えば、日本国民の総合的な英知は大した物だと評価はしうるが、その課程で振り回される者にとっては、それが自然な姿かと想えるけれども、たまったものではない。徳川三百年の平和は、もう一度、我々は勉強しなおさなければならないのではなかろうか。

三つ目は前文に関係することながら、我々が遭遇した事実に関することなのだが、我々が仏領印度支那に到着した時は昭和二十年一月三日で、完全なるフランス統治下にある国土に居住したのである。だが、駐留条約で認められているのにかかわらず、我が幼稚なる頭では、日本軍の占領下にある土地の上に、我々が自由に行動することに一つも疑問をいだいたことがなかった。三月十日に明作戦で仏軍を攻撃して、始めてここが他国の統治の国であったことを認識したのは恥ずべきことであった。

そこで今、日本の国土に駐留している米軍は、安保条約によって認められているのは、日本国民は全部わかっていても、駐留して居る米国人には、全然、そんな意識はない。米国の占領下にあると、彼らは絶対に想っている。悲しいことだ。犯罪や事故やトラブルがあっても、罪の意識なんて、まったく存在しないと思う。

戦後五十五年、あまりにも長すぎる。五十年がちょうどよかったのではなかろうか。冷戦も終わり、非常に安定した世界の情勢から、我々は行動を起こせばよかったかと想ったりする。世界の紛争の抑止力かも知れないが、現代の戦争には、近い遠いは関係ない。北朝鮮のミサイルが、遠い米国に驚異をあたえる時代に、駐留軍は必要ない。自国の防衛は、自国で護るという気概が絶対必要だ。戦争をすることではなく、国家を、家庭を、日本人を護ることに躊躇する気持があってはいけない。

さすれば、今のままでは米軍および米国の思惑のままに、自衛隊は彼らの奴隷のごとく、我々が戦時中に採用した占領下の国民を、共同防衛という名のままに、「兵補」という名前の使いやすい者たちと同じ使われ方をされることは目に見えている。日本人のオトナシさが、逆の効果を現わしそうだ。憂い過ぎるであろうか。

我々の体験として、国家と占領下、そしてその土地に住む人たちの行動などを、幼い時に感じた、薄いながらも強烈に感じたことを、一人の記録者として書き残しておきたかったのである。

写真提供・挿絵——著者

少年通信軍属兵

——附・南方軍通信隊司令部

ソビエト社会主義共和国連邦
オホーツク海
カムチャツカ半島
コマンドル
スキー諸島
黒龍江
樺太
満州国
ハバロフスク
千島列島
ウランバートル
ノモンハン
哈爾浜
ウルップ島
択捉島
蒙古人民共和国
長春
ウラジオストク
千歳
国後島
北京
日本海
大連
京城
日本
黄河
呉
東京
黄海
各務ヶ原
中華民国
洛陽
松山
ブータン
大村
武漢
鹿屋
上海
揚子江
重慶
琉球列島
沖縄
インド
台北
南鳥島（マーカス島）
硫黄島
台湾
ビルマ
香港
高雄
ハノイ
海南島
ベンゲット
フィリピン海
マリアナ諸島
ウェーク島
ラングーン
バギオ
タイ
ルソン島
仏領
インドシナ
マバラカット
テニアン島
サイパン島
バンコク
マニラ
フィリピン
グアム島
プノンペン
サイゴン
エニウェトク島
レイテ島
南シナ海
ヤップ島
ウルシー島
クェゼリン島
シンゴラ
ダバオ
コタ・バル
ブルネイ
パラオ諸島
カロリン諸島
英領
ボルネオ
ミンダナオ島
トラック島
ポナペ島
シンガポール
セレベス島
マノクワリ
アドミラルティー諸島
ボルネオ島
ナウル島
蘭領東インド
パレンバン
アイタペ
ラバウル
スマトラ島
ジャワ海
ニューギニア
ラエ
ニューブリテン島
ソロモン諸島
スラバヤ
ジャカルタ
サラモア
バンドン
ジャワ島
ポートモレスビー
チモール島
ガダルカナル島
ポートダーウィン
インド洋
珊瑚海
エスピリッサント島
ニューヘブリデス諸島
オーストラリア
ニューカレドニア島
ヌーメア

第一章――戦場へ旅立つ日

出征、台湾へ

昭和十九年十一月二日、秋も終わりだといっているのに、外気の暖かい朝だった。まだ明けたばかりの洞海湾は、いつものように海と空の区切のないどんよりとした模様にたたずんでいた。今、我々の異様な一隊が、門司の脊梁《せきりょう》越えのトンネルから海岸に向かって行軍していた。

異様な一隊というのは、当人の私達はさほど思っていなかったのだが、ちょうどそのトンネルを越えたところに一団の兵隊が休憩していて、その兵隊たちが口々に我が隊を見て、「お前たちは何者だ」「お前たちは何だ」と、とまどいを感じた声を出したからだ。

考えて見ると、確かに私達の一隊は、まことにおかしい珍しい風態の隊であった。部隊を出て今日までに十日ほどになるのだが、一度だけ貸し切り車輌で移動中に、憲兵が不審に思って質《たず》ねる場面があった。だが、それのみで、広島の兵站《へいたん》でも、この門司の人たちから我々を見る目は、さすがに軍都で慣れていたのか、不審そうな目には出合わなかったから、当たり前だと思っていたのに、やはり異様だったのだ。

百五十名の一隊なのだが、先頭に少尉と衛生上等兵が一緒に並んで歩き、最後部に伍長と兵長の兵隊が引率。八ヶ分隊に分かれた四列縦隊のその隊員たちの様は、戦闘帽をかぶり、肩から我々が尤《もっと》も気に入らない支那の兵隊の格好のような背負袋をくくり、水筒、雑嚢、外被を交互にかけ、夏衣袴の当時としては結構程度のよい上着に巻脚絆。それにもっとも私達の気に入らない地下足袋という貧相な軍装具だった。

そして少々おかしいことは、階級章がなく、しかもその年齢が極端に若い。背の高いのは百八十センチくらいのもいれば、まったく小さいのは百四十センチくらい。まだ中学生くらいの可愛い子供が、だぶだぶの軍服を着て、それに、その自分の背丈ほどの長い刀を背負袋の中からのぞかせたり、また手に持ったりして、至極真面目の顔で行軍するのだから、これは異様なものだ。

年は十八歳から十四歳までの少年たち。だから、年の大きなヤツは結構憎たらしいような顔をした少年もいれば、十四歳の少年は声変わりもまだせず、子供子供した顔をしたのがいるのだから、兵隊から見れば、不審を抱かれても仕方がない。しかも征旅の姿格好は「何者」としか見えないのである。我々は皆、ニヤニヤした顔で、返事をするすべもなく、こみ上げて来る笑いをおし殺しながら歩いて通った。

門司の大里の埠頭から沖の船への乗船は、タラップからの上りで、大同海運の客船で日晃丸とかいった。元は大連航路の船で、今は台湾航路に倉替えしているのだそうだが、これで我々の行く先が台湾だということがわかった。

しかも、我々の居住区は最下甲板ではあるが、天井の高い三等船室で、畳の上は一畳に五名であろうとも、文句をいうどころか、その優遇のよさには、あらためて、我々少年への待遇には心しているなと実感させられた。一緒のこの船室には、他隊の兵隊たちも満員の状態で、その中に我々百名（五十名は他の貨物船に乗船）は積み込まれた。

三日前に宇品から乗船して門司で降ろされた輸送船は、縄梯子でヒヤヒヤしながら船に乗り込んだのだが、そのうえ、我々の居住区は、蚕棚の頭のつかえる板張りに積め込まれて、寝ることもできない一夜だっただけに、軍も配慮したのだろう。

翌日、一夜明けて船は錨を上げて出航する。乗員全員上甲板整列。輸送指揮官の中尉より、輸送船上の諸々の注意があった。もし船が沈没した場合、泳げる者とて泳いでは駄目で、かならず何かにつかまって体力の消耗をせずに救助を待つことなど参考になった。最後に、本日は十一月三日、明治節の佳き日の出航は目出たいとの話もあった。そして好運、無事に現地に到着の祈りと聖寿の万歳、それからそれぞれの故郷へ向かっての別れの黙祷をささげた。

乗船者全員がぎっしりと上甲板に集まったものだから、中ほどにいる私には陸も海も見えず、ただ舷側に向かって人の肩越しに、見えぬ内地に向かって、

〝ああ堂々の輸送船　さらば故国よ　栄えあれ　はるかにおがむ宮城の　空に誓った此の思い〟

この文句とこの歌が、しみじみと、そしてぐっと胸にむせび上がって、皆、心の中に叫んでいる様が素直に伝わってくる。どういうわけか、この曲の、この一小節のみで、他の文句を想い出さない。今でもこの曲の一節と「麦と兵隊」の唄を口ずさむと、なぜか泣けて泣けて仕方がない。さぞかし、陸が見えた兵たちは、もっともっと痛切に胸に突きささったことだろう。

私にはこれから先の不安とか、どうなるかわからない事態に対して、考えることなんか少しもない。それどころか、隊に入って今日までの二週間ほどの環境の変化についていくのが精いっぱいで、何かを考えたり何かを不安がったりする余裕なんて、まったく無かったのがかえって好かったかも知れない。とくに当時の我々少年には、批判とか反省とかいう字句はなく、前へ前への行動よりか現実にはなかったのである。

その夜の船内は、始めての船旅と、しかも名にしおう玄界灘を通過するので、全員船酔いで完全に

参ってしまった。この夜、入隊してから始めての不寝番勤務があった。これまで二週間ほどは、兵站や、まだ軍隊生活の不馴れなため、一切の勤務がなかった。だが、この三等船室の厠《かわや》（便所）の横が我々の居住区があったものだから、厠の不寝番を我々が担当することになった。

私も三番立ちくらいに立って、その一時間はなんとか勤務したが、船はローリングとピッチングの連続で、相当に応《こた》えた。私自身、船酔いなどはかつて経験もなく自信もあったが、この夜の船の動揺には寝ていても、船の上下左右への傾きが意識されて寝ることもできなかった。後で船員から聞いた話によれば、「玄界灘としては静かな一夜だった」とのことだったが、多少は誇張された話ではあろうが、さすがは玄界灘だった。

そのうえ、この水洗便所が船酔者の使用のために始末ができず、夜中につまってしまって、水が流れない。その処置に、その夜の不寝番全員が作業に出されたため、その悪臭には皆たえられず、とうとうダウンしてしまったことはまことに残念だった。もしこのとき、ボカ沈でも喰らったら、今日の私はなかったろうと思うと、運というものを考えざるを得ない。

その一夜で、皆が船酔いにやられてしまって、その翌日から、各分隊とも私達四、五名くらいしか元気な者がいなくて、食事当番から伝令から魚雷監視の当番などを勤務せざるをえないことになり、私は一晩だけの酔いで得意な気持になった。だから、勤務以外は上甲板の船首のロープの積んだ隙間に、雨に降らない場合以外は、ほとんど居住した。後でわかったことだが、そうした勤務を勤めながらの居住区外での行動は、よい意味で、下里衛生上等兵に顔を覚えられたらしい。

下甲板の三等船室の居住区は、四畳くらいの広さに一ヶ分隊十八、九名が寝るうえに装具もあるのだから、一度、厠へ行こうものなら、帰ってくるともう横になる余裕はどこにもない。それでもなんとかなるものだ。だれかが任務や当番についたり、厠へ行ったりするから、船酔いで動かない者がいても、結構いつのまにやら寝られるもので、我慢できるものだ。

幸いに、だんだんと南に船が進んで行くために、上甲板の夜も寝られるようになった。船団は二十七隻の大船団で、当時としては護衛に航空母艦もついていたり、駆逐艦、海防艦もしょっちゅうこの日晃丸の近くまで寄って来ていた。この日晃丸が船団中、一番速力の遅い船で九ノット。船団はこの船に合わせてジグザグに進んでいるのだが、この船だけは真っ直ぐに走っていた。

船側に吊るしてある厠に乗っかって、大小便をしながら真下の海を眺めていた。すると、結構白波を立てて走っている船を見ると、一生懸命にすごくよく走っているように見えた。船団の真ん中のこの客船（日晃丸）を取りかこんでいるから、見渡す限りの洋上には、船また船で、じつに心強い感じがして、ああ堂々の輸送船の歌の通りだった。

今にして思えば、あの台湾沖航空戦の大戦果の後の南方への船団であったから、皆の気持の中には、追撃戦へ参加する興奮のようなものがあったりした。だから、割合平静だったに違いなかったが、実際にはこの東支那海も米軍の潜水艦がうようよしているのである。

この客船でも、臨時の便所が左舷の上甲板に設けられていた。いつも満員で、安全であるが、大便なんか待たなければならないので、私は右舷の吊り便所の一番前を使用した。おっかなびっくりで最初は恐かったが、慣れて来ると、青天井で雨さえ降らなかったら、天上天下唯我独尊で、だれも待つ人もいなくて、だれはばかる者とてないのは気分はまことに好い。

だが、壮快に大海に直《ちょく》に落下し終わった後がいけない。尻を拭いた紙がなかなか海に落ちずに、舞い上がって来るのには弱った。それと、たまたまだれかに一番に座られると、仕方なく二番目を使用する。すると、一番のオシッコが二番に吹き上がって来る。この風の関係と船の動揺によるいたずらにはまったく弱った。とくに内地出港より三日ほどは曇天が続いたから、これには弱った。幸いに四日目くらいからは好天にめぐまれて、船首下の私の無許可の居住区は、波もかからず、救命胴衣をまくらに快適だった。

一週間ばかりたった日の朝、すごく天気の好い日だった。船室で朝食を終えた直後だった。何かずーんと遠く離れたところから、ドーンという音が聞こえた。それが何の音ということもわからないのだが、ちょうど今日は基隆《キールン》の港に船が着くとのことで、下船準備をするようにとの命令があった直後であった。「全員、上甲板集合」の汽笛が鳴る。

さては、もう船が港に入るのかと、完全武装の下船支度で上甲板に上がると、前方に黒々と島が見えて、船は島に向かって全速で走っているようなのだが、この船が先頭なのか、僚船の姿は見えない。我々の甲板の場所が船首にいたから、前方よりか見えなかったのではあるが……。太陽が前先方の久し振りの上天気、何かわくわくするような素晴らしい気持がした。

ところが、現実はそうではなかったのである。後からわかったことなのだが、この基隆港へ、我々船団の五、六隻が入る予定で大船団と別れ、もう少しで台湾という目の前で、潜水艦の待ち伏せに合い、私たちの乗っている船の次の船（多分、私たちの船より大きい船）が狙われた。私たちの日晃丸は五千トンくらいの客船だし、多分、七、八千トンの輸送船が狙われたのだろうか。

話によると、大きな船と客船が一番最初に狙われるそうだが、実際には後方のことはとんとわからないので、現実は何しろすごく天気のよい真夏の太陽の下、気持よい気分になっているものだから、そんなすごい狼に狙われているなどとは他人ごとなのだ。人間なんて、自分が現実に出喰わさないまでは、実際にピンとこないものだ。

とくに戦争という過酷な場面に遭遇すると、図太い精神は必要になるだろうし、この時も私たちの船でなくてよかった。後からいろいろと考えてみると、生きのびる者には、なぜか運というか、危険な場から紙一重か二重か知らぬが、斥《しりぞ》けられる何かわからぬ定めみたいなものがあることを感じる。この私のたった一年八ヶ月の従軍の間にも、考えれば不思議なほどのことがある。

我々の日晃丸は、いくら頑張っても九ノットの全速力だ。なかなかに島に近づけないもどかしさ、

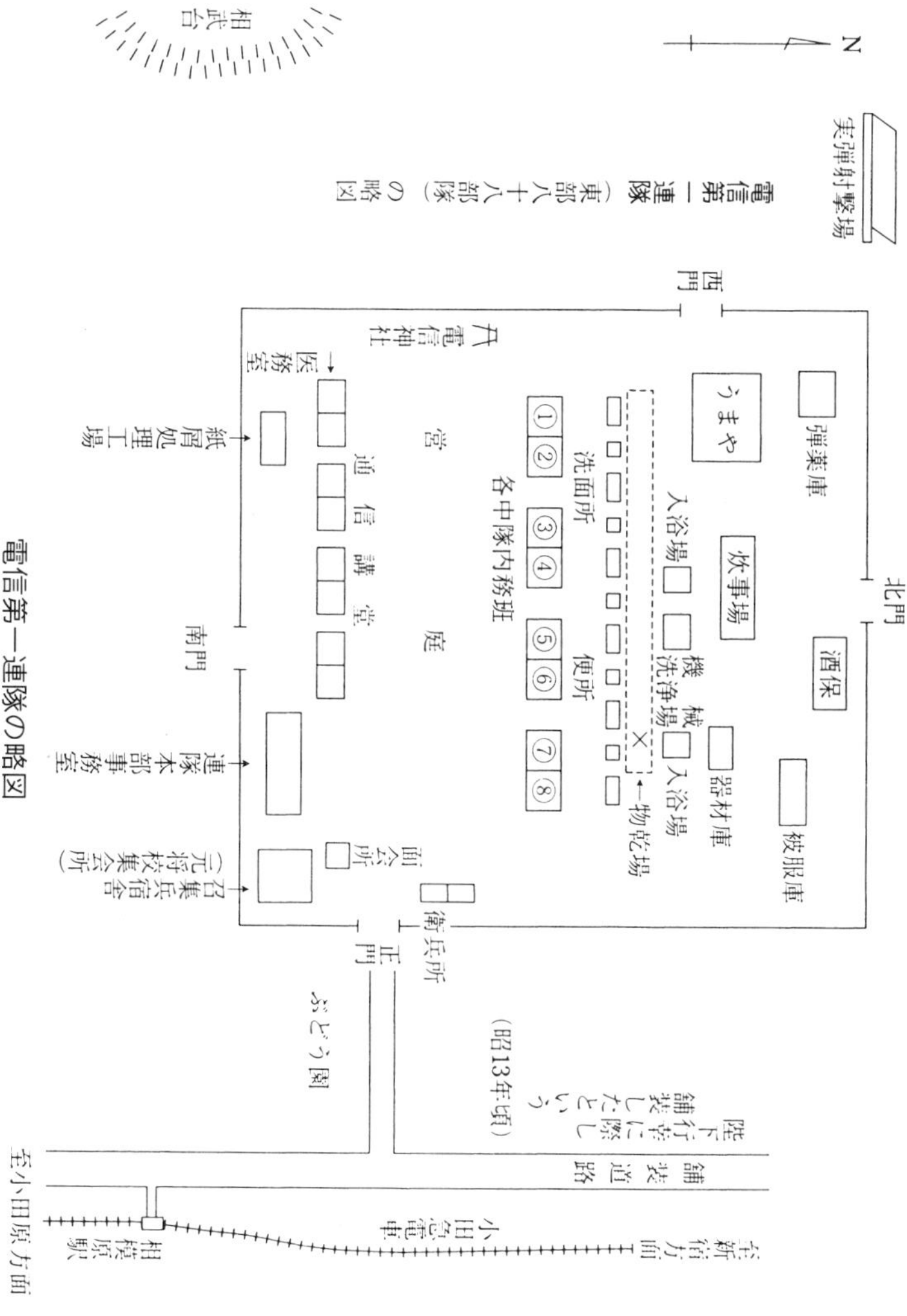

N
実弾射撃場
相武台
電信第一連隊（東部八十八部隊）の略図
西門
北門
南門
正門
弾薬庫
うまや
酒保
炊事場
入浴場
機械洗浄場
入浴場
器材庫
被服庫
物乾場
洗面所
便所
各中隊内務班
電信神社
医務室
営
庭
通信講堂
紙屑処理工場
連隊本部事務室
面会所
召集兵宿舎（元将校集会所）
衛兵所
ぶどう園
（昭13年頃）
陛下行幸に際し舗装したという
舗装道路
至新宿方面
小田急電車
相模原駅
至小田原方面

電信第一連隊の略図

島が見えてからの時間の長さ。

そうした中に、「各分隊の日直は上甲板の食堂に集合」とのことで、私はその日直だったので、他の者たちと一緒に食堂の隊長のところへ行ってみて驚いた。船倉や上甲板で出合った人たちは皆、兵隊ばかりなのに、その船室の食堂には、一般人たちばかりで、その中には女子供たちも一緒にいるのではないか。

乗船時からの注意で、我々が行動する範囲は、船側の厠への途と炊事へ食事を取りに行く道以外は制限されていたのでわからなかったのだ。この時期に内地から子供づれの一般客が台湾へ渡航するなどとは夢にも思っていなかっただけに、この人たちの渡航理由にはすごく興味があった。聞く時間もなかったが、一方では心強くもあり、一方では理解できえない不思議さがあった。

皆の意見では、相当前から台湾への渡航船が止められていたが、台湾沖航空戦の大勝利によって、官民とも追撃戦と位置づけ、それで任地へ、また帰郷への民間人が乗ったのではなかろうかと想像したものだ。しかし、台湾沖航空戦の大勝は嘘であり、敵潜水艦のウヨウヨする中を、この鈍速の日晃丸が、無事、基隆港に着いたことは、私たちはもとより、別れて三分の一の五十名が乗っていた船も到着したことは、当時としては、好運だったのである。この日、台湾を目の前に見ながら一隻沈んだが、信じられぬ現実だった。

私たちの船は、台湾最北端の基隆の埠頭に着いた。埠頭にはなぜか人影は少なかったが、船は上屋についた。ガランとした埠頭は立派なもので、まさかこんな上陸ができうると予想もしていなかった。基隆港そのものはなぜか、活気の失われた感じで、埠頭の倉庫群も中味はカラのような趣《おもむ》きがした。右側の海岸の奥に造船場やドックもあったが、音が聞こえないほど静かな感じだった。多分あまりにも我々の目につく道路に、人影が見えなかったせいかも知れない。

埠頭から一キロほど歩いた山の中腹にある宝国民学校が私たちの一夜の宿舎なのである。そこまでの道中でも、中国風な民家も並んでいたが、人影はまったく見られず、学校も空家で、屋根は穴が開いて雨水が落ちており、多分、一ヶ月前の十月の台湾沖航空戦時の空襲などにより、基隆の人たちは必要以外の人は、奥地へ疎開したのではなかろうか。

上陸の日は素晴らしい天気なのに、その後は雨また雨。世界でもこの台湾北端の港町基隆一帯は最高ランクの雨量地帯で、この日から四十日ほど駐屯したのだが、太陽を眺めたのが三日もあったろうか。雨また雨、うんざりする雨の基隆だった。翌日、基隆市街の東側奥の栄町にある基隆実科女学校の我々の宿舎に（四十日）移った。

それでも東部八十八部隊（神奈川県相模原・電信一連隊）に入隊してからちょうど二十日で、ここ台湾基隆に来たのだから、目まぐるしい移動と環境の変化は、我々をして息を継ぐいとまもあたえなかった。そして、これからどこに行くやら、いつまたこの地を発つやら、何もかもわからない。命令のおもむくまま、どこから指令があるのか、一切私たちにはわからない。隊長の伊吹少尉も、南方司令部要員で、マニラぐらいは聞いていたのだろうか？　我々には絶対に明かさなかったから、気楽といえばじつに気楽なもので、食って寝るのみの生活。

ここで、我々一同の動静を、項をあらためて紹介しましょう。

少年軍属のなりたち

我々は昭和十九年十月十日、官立無線電信講習所（逓信省所管）東京板橋支所、大阪支所をそれぞれ卒業（特設特科・一年教程を五ヶ月に短縮）して就職（希望）または配属という形で、東部八十八部隊

(相模原・電信一連隊)に入隊(十月二十日)した東京班・大阪班各七十五名、計百五十名の軍属(当時階級はなし)の一団である。

私の感想では、軍属を志願したわけでも希望したわけでもないから、就職だと思っていたが、そこのところは微妙で、そもそも講習所卒業の前に、就職希望のアンケートがあって、第一希望から第四希望までの希望を出した。私は第一志望が船舶で、第二志望が南方、第三志望が台湾で、第四志望を南支と書いて出した。

内地志望の者は、海岸局や放送局や気象台等の希望を書いていたが、その希望通り内地に残ったのだから、船舶や南方志願の者たちがこの百五十名であったことを思うと、大多数は希望通りの勤務地に就業したと思う。我々は確かに希望通り南方へ向かった。当時、少年には南方の天地は夢のようなものだったのだ。

後からわかったことは、その当時でもコネさえあれば、自分の希望通り放送局や気象台、中華航空、満州電々などにも入社しているし、ヒヨコのような技術者でも、海運会社(撃沈されて船舶がなかった)以外は男手が不足している関係で、一人でも欲しがっていたようだ。私も河野教官(担任・少し訳ありのコネあり)より、「君は長男だし、一人ッ子だから、内地へ残らないか。海岸局くらいなら世話するよ」と言ってもらったが、その真意はその時はわからなかった。

だが、一年後に、我々より一期早く卒業して終戦後一緒になった玉井君ら少年軍属隊は、台湾南方で乗船した吉野丸が雷撃されて、少年たちの六割が死んだ。その事実を教官たちは知っていたのだが、口には出せず、そのような言葉になったのだなと感じた。しかし、その時の私には、内地の勤務は魅力がなかったのであっさり断わった。

コネのない連中で内地に残留希望した者たちは、大本営直属の中央通信隊に入隊し、埼玉県で終戦まで勤務したが、少数ながら東京の通信所で空襲による戦死もあった。また、西部軍に配属になった大阪支所からの四十名ほどは、沖縄の三十二軍の軍通信隊に勤務。二十年四月一日からの米軍進攻に合い、相当数（五割）が戦死するという。せっかく内地在留希望をしておりながら、運が悪かったというしか慰めの言葉がない。

我々の運命も、この当時としては不思議なほどの好運にめぐまれて、危険きわまる東支那海も南支那海も、そして魔のバシー海峡も、本当に何事もなく、それぞれサイゴン（百名）、比島（五十名）に上陸できたことは、当時としては奇跡というしかない。もちろん、比島班五十名の苦難は後述するが、バギオからの敗戦の逃避行は、山下大将の十四方面軍の直属第一通信隊司令部に勤務しておりながら、ルソンの戦いには、あの悲惨な現実に出合うことになるのである。

ここで、我々の卒業した官立無線電信講習所について説明しておいた方がよいだろう。

官立無線電信講習所は、昭和十八年十月、逓信省の所管で設立した学校で（文部省所管以外は講習所）、東京本所（目黒）、板橋支所（東京都板橋区）、仙台支所、大阪支所、熊本支所があった。それぞれ、その地の通信および電機学校などを、軍の要請および教師の不足による学校の維持などもあって、合併の形で開設された。東京などでは、有名な目黒とか中野とかの通信学校も中野は軍に取られて諜報員学校に変更。各学校の在校生の希望者は、いっせいに同じ問題のテストを実施、その成績により、別科、選科（甲、乙、丙）と実科（甲、乙、丙）に編入、発足させた。

当時、大東亜戦争はこの年、昭和十八年二月にはガダルカナルの争奪戦により、輸送船をはじめ軍艦の消耗は、予想をはるかに越えた。その沈没、損失により、通信士および電波兵器の取り扱い者の増大が見込まれ、緊急にすべてのものに総力戦をしいられるようになってきたのである。

何よりも数量が必要にせまられて来た。それは第一番に航空戦力であり、第二は船舶であり、そして科学。しかも電波科学の戦力差がはっきり現われて来たのである。

当時、陸軍は電信一連隊（神奈川・相模原・東部八十八部隊）と電信二連隊（広島？）で軍通信の教育を行ない、師団以下の通信は、有線、無線、それぞれ一般兵科（歩兵）より採用して、各師団で師団通信や連隊通信を教育したのである。

民間の通信士の養成は、私立の無線校があって、国家試験によって一級、二級、三級および電話級や聴取員級などの通信士または技術士を習得するが、各船舶や各社、放送局、気象台、海岸局などと相当な需用があったうえに、軍からの要望への少年たちへの期待は高かった。無線通信の勤務そのものには、体力は必要ないのと、少年時代の方が習得が早かったためだったろうと思う。

別表にあるように、これは大阪支所の場合だが、各地各支所でも同じことが行なわれたはずである。東京本所の資料によれば、戦線の拡大につれて、無線通信士の大量急需を訴える当時の陸軍、海軍の方針で、多数の通信士を養成する必要に迫られた。そこで私学の通信学校在学生約一万八千人のうち、希望する学生一万六千人に通信技術、英語、数学などの試験を受けさせ、約六千名の合格者に、無線通信士の資格を与えるため、当時憧れの的であった官立無線電信講習所学生として入学させた、とある。大阪支所だけで千五百名入学させた意味がわかる。

大阪支所の場合は、学校は当時大阪府南河内郡矢田町の元大阪無線電機学校が転用になって開設された。小さな学校の校舎だから、実科は二部制授業を行なったりして、合併当時を乗り切ったようである。軍から要請された現われは、配属将校も中佐一名、少佐一名、中尉、少尉各一名が、いつも朝礼には顔を出して、朝礼後の体操時には、竹刀を持って巡回し、結構くだくだ言っていた。私たちひょろっとした体をした者は、しょっちゅう、体をきたえよと注意をされた。

別科は（中学卒業または選科卒業後）修業三年で、一級通信士または一級技術士の資格をもらえたのだが、実際には戦況は充分な修業は国家、軍は待っていられなかったから、各科とも短縮されて一年二ヶ月で卒業している。

選科（普通科）は修業二年で（中学二年または四年修了後）、二級通信士または二級技術士。これも

学校沿革一覧

（上坂資料に依る）

昭和18年5月　官立無線電信講習所大阪支所開設
昭和18年9月　編入試験（大阪無線電機学校他より）
（全在校生一斉に同じ問題テスト・成績により別科・選科・実科に編入）

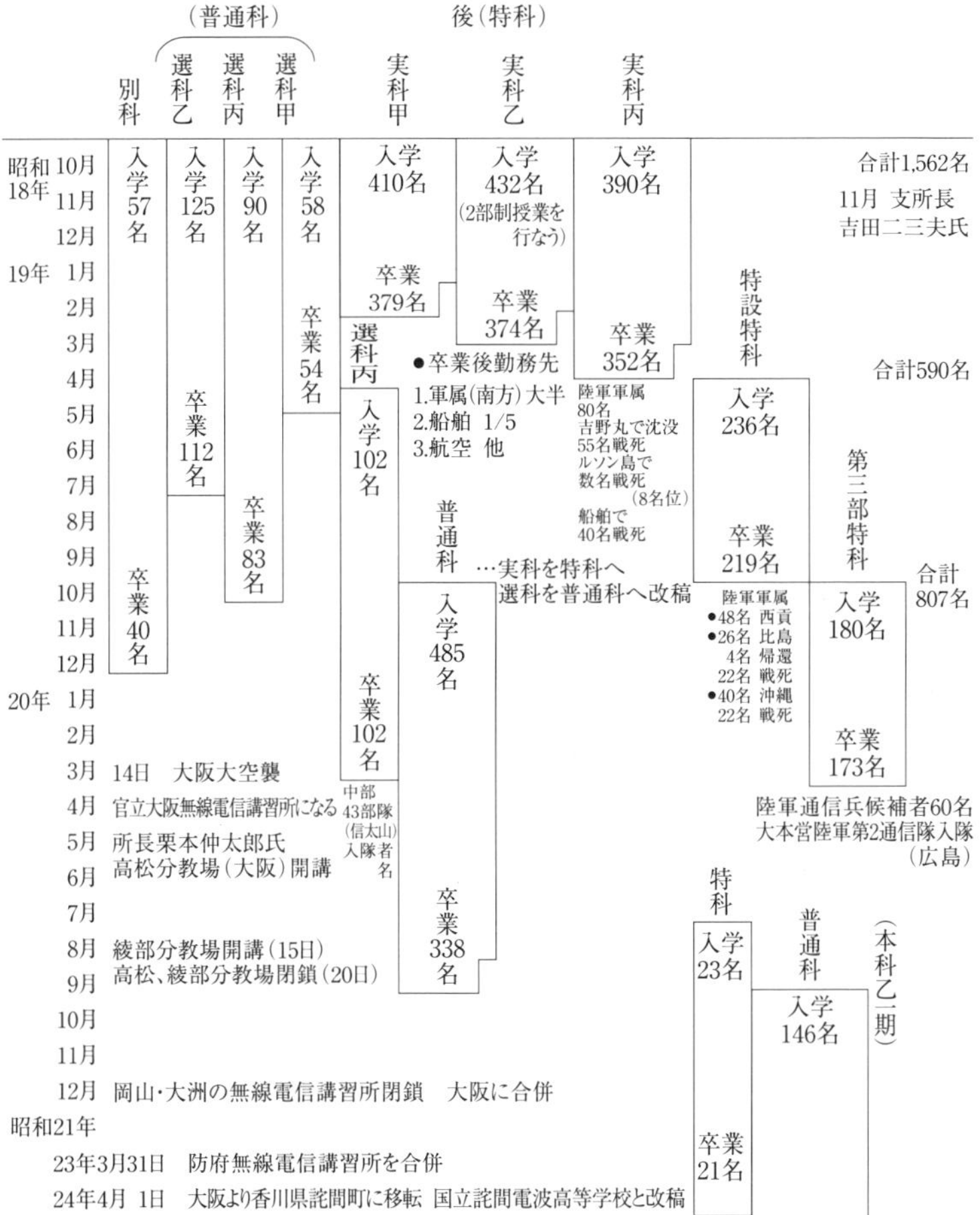

23年3月31日　防府無線電信講習所を合併
24年4月 1日　大阪より香川県詫間町に移転　国立詫間電波高等学校と改稿
46年4月　国立詫間電波工業高等専門学校に昇格

早く短縮されて、七ヶ月または一年で卒業している。

実科（特科）も修業一年で（中学二年修了程度）で、三級通信士または電話級であったが、早くて四ヶ月、遅くとも七ヶ月で卒業している。ただし実科甲、乙、丙においては、合併時に中学一年生の生徒が編入試験を受けて合格したから、後から入学した我々より一年若い少年がいることになる。

我々昭和十九年五月十日入学の期は、始めて公募され、普通科（入学百二名）と特設特科（二百三十六名）は、実科生や選科（甲）が全部卒業した後に入学したのだったが、別科や選科生が残っていたので、それでも全生徒は六百名ぐらいいた。

別科生および選科生は、あの憧れのジャバラの昔からの通信学校の制服（ボタンのない海軍士官の制服によく似た）を着て、帽子は上級船員のように白布を付けたものを格好よくかぶって通学して来るのは、いかにも様になっていて、我々はうらやましかった。

我々特科生でも、半分ほどはどこから手に入れたのか、その格好よいのを着ていたが、私たち田舎の出身者は、配給のスフ入りの国防色の服で差をつけられた。それでも特科生全員は、戦闘帽の帽子に統一されたから、形はチグハグだった。

我々の同級生は、大正十五年四月生まれから昭和五年三月生まれまでの十八歳から十四歳までの少年たちで、育ち盛りのこととて、成人に負けないくらい背が高く、立派な体をしたやつがいれば、現在の中学一年生の背の低い小さいのがいるのだから、その構成は子供と大人とが一緒の群れと思ったら、想像できるであろう。

一クラスが六十名くらいの四組に分かれ、一学期七月十日までの二ヶ月ほどは、それでも一般教科もあり、数学、英語、海事概要、電波法規も送受信の実践の間にあって、結構息をついたりした。

ときにはアルゼンチナ丸の原田船長の体験談の講座があったり、全校生で行軍遠足で千早城、金剛赤坂を回ったりした。まだ余裕があって、始めて田舎から出て、大阪という大都市で下宿して学校へ通学する休日には、暇があると勉強予習どころか、難波・道頓堀に遊びに出て、演劇や映画などを見るのが私には楽しかった。だから七月半ばの夏休みまでに、和、欧文のモールス符号を覚えることができなかった。

下宿の息子は私と同年で、商業学校の四年生であったが、この年の四月ごろから、学校から軍需工場へ学徒動員で毎日行っていた。我々は勉学のみの特権のほかに、学校では昼食に毎日特配のにぎり飯があったり（もっともその大部分は別科生たちに食われた）したのだから、格別の配慮があったのだろう。夏休みも八月いっぱいもあって、後から考えると、実質、何日我々は勉強したのだろうかと思ったりする。

私自身は一ヶ年の修業期間があるから、九月までにモールス符号を完璧に覚えればよいくらいに思っていたから平静だった。だが、我々の組の仲間たちの中には逓信省の電信講習所を出て、いったん郵便局に勤務後、この無線電信講習所に再度入学して来た者が五名ほどいたり、私立の通信学校へ入っていた者たちもいたりしたものだから、彼らが送受信の受信の折には、当初から一分間九十ぐらいの送受信をして、我々のように始めて入学して零からの者から見ると、最初からハンディがあって、追い込まれた気がしたものである。

モールス符号は同調符号として、たとえばイならば・―《イトー》（トンツー）、ロならば・・――《ロジョホコウ》（トトツー）、ハは―・・・《ハーモニカ》（ツートトト）というように、カタカナ一語ずつに同調の符号が付いて覚えるための習い方があった。だが、これは字がわかる送信には便利だが、受信には結構じゃまになって書きにくいところがあった。まして英文になると、同調符号がないものだから、受信が苦手で、私はどうしても成績が上がらない。

しかも生来、不器用な私の動きは、電鍵を持っても、なかなか愚鈍で、いくらやっても巧くならない。一学期が終わっても、受信で六十ぐらいで、ミスをすることが多い。送信はほとんど四十ぐらいでも、自信がない現状だった。

夏休みが四十日もあったものだから、この間になんとかしなくちゃーと思って、いろいろ考えて私は私なりに独創的な符号の覚え方を開発した。これは今までに無い覚え方と自負したのだが、私はこの覚え方で、一気に九月初めには先頭の連中と肩を並べるところにいけたことは、最高の符号の覚え方だと思っている。

それは、左のように書くことに便利であるとともに、しかも字を見れば送信符号が即座に打てるという有利性もあるのだ。

イは・―《トンツー》はイと分解する。ロはトトツーはロ。ハは―・・・《ツートトト》はハ。ニは―・―・《ツートツート》はニと各文字を分解して、ツーとトンおよびトに和文と欧文も分解して、字を見たら符号がわかるようにしたところ、受信しても、送信はもとより一分間百以上百二十ぐらいに上達した。通信が早くなると、字の書く方が遅れ、符号を耳に聞いて書くまでに三字や四字遅れても、受信できる有利さができたのである。

和文は四十八文字と多いのだが、欧文は二十六文字と少ない。だから、とくに通信速度が速いうえ、すでに白人社会では機械通信で通信するので、まったく早いのだそうだ。当時我々も感じたことは、送信が機械でできるのなら、受信だって機械が受けることができるはずだということなのだ。今考えると、それが当たり前のことなのだが、当時の日本は何事も機械は後回しで、人間に頼ることを優先していたのだなあと想う。

通信機器そのものでも、欧米社会からでも、当時十年以上遅れており、昭和二十年三月の明作戦時におけるフランス人家屋の接収においての彼らの使用していたラジオの全波受信機を見た。我々のような新米通信士でも、月とスッポン以上の違いを見せつけられると、子供心にもこれでは勝てないなと思ったものだ。平成十年の今日、通信符号および通信士の廃止がようやく決まったのであるが、当然二、三十年遅れている感じが、現在でもしているわけである。

それはさておいて、せっかく夏休み四十五日の間に開発した中江式暗記法は、素晴らしい効果を発揮できうると想ったにもかかわらず、九月一日からは送受信とも軍通一本になったのには、我々は皆、唖然とした。軍通は、数字の一から十までの四桁が一暗号で、本文は略数字の十符号より送受信がないからじつに簡単、肩の力が抜けた。

我々は来年三月の卒業だとばっかり想っていたのに、軍からなのか、学校なのか、十月に卒業とあいなった。それも九月中には我々に知らせず、十月に入って卒業試験があり、そして十月十日に卒業との通告があったのには、びっくりしたやら、喜んでよいのやら。自信のないままの卒業だから、まったく困惑もよいところ、三級オペレーターの免状をもらっても、ピンとこない。まして中江式唱号音符暗記法は、我ながら得意であり、文化勲章ものだと思ったのに、発表する場を失ったのには残念だった。

一年間の教育期間がわずか五ヶ月になって、それもその中には一ヶ月半の夏休みを含めてなのである。いかに即席であり、また逆に考えてみると、そんな教育でも、軍隊や需要とする土地や会社があったのだろうかと思ったりする。我々には残念ながらまったく自信はなく、いずれ実施機関で再教育があるだろうぐらいに安易に考えたりする。

卒業までに配属や勤務会社の決まった者も少数ながらあって、大体その人たちはコネのあるようだった。卒業前に勤務先および土地の希望調査があって、私は第一志望が商船、第二志望が南方、第三志望が台湾、第四志望が南支と書いた。第一志望の商船は、私自身、三年間生まれた土地の小さな金融機関に務めて、机に座っているのがじつに退屈で、仕事自体には不満はなかったものの、一年一日のごとくの変化のないのが嫌になったのだ。それで、無線通信士になって、世界各地を無料で飛び翔ねたらいいなあーという単純な発想からと、仕事が私の体に似合いの勤務だろうと想ったのであった。

当時その年の八月にはサイパンが落城し、東條内閣から米内内閣に変わっていたが、第一希望の商船は、薄々ながら、我々に聞こえて来た情報によれば、船舶の通信士はあまるほど多くて、希望しても駄目だという話が流れていた。じつのところは、船舶の方が足らなかったのだろう。

米軍の攻撃は、一日一日とその輪をちぢめて、前線が退がって来るのを見ると、だれが見ても、知らず知らず大変なことになるなという感じはあった。だからこそ、我々は国のために戦うんだ、尽くすんだという気が皆にあった。負けるなどという気はしなかった。昔、蒙古軍が九州に攻めて来たときのように、我が精強なる陸海軍が、一挙に撃滅する時点があることを強く信じていた。

だから、乗船する船がなくても、気にならなかったし、それがどういうことか、その先のことは考えることは当時の少年にはなかった。むしろ、戦局が悪化しているからこそ、私達が出るんだという気持があった。そう教えられていたし、十五、六歳前後の少年には、不信などという物心はなかった。まして死とかいう字句は、少年の頭の中には全くなかったし、それがどんなものかもわからなかった。恐いとか恐ろしいなどの感情も、少年達にはなかった。ただ、いまより変わった環境や未知なる世界への好奇心が大いにあったというほかはない。

私はこの年、昭和十九年になってからの環境が大きく変わったので、その変わり方にエスカレートしていたのかも知れない。私は田舎の小学校の高等科を卒業したのだが、小学校五年のときに腎臓病を煩って医者よりも見離され、漢方薬で九死に一生の治癒した者だから、三年ばかり体操を免除されて学校を卒業したくらいの身体は虚弱だった。まったく竹のごとき体だったため、主治医のお陰で、土地の信用組合の事務員に採用されて、体の錬成がてらに勤務していたのである。

実家は、文房具や本や薬屋という、田舎のほんとうに小さななんでも屋で、企業整備までは衣料品もあったりした店をやっていたが、私はその一人息子で、兄弟が妹が一人だったから、店の後継ぎをすれば、一応仕事はあった。だが、当時はなにもかも配給で、品物は店に出すほどの物もない現況であったし、遅かれ早かれ徴用に取られる身だったので、ちょうど腎臓の方も安定してきた様子から、官立無線を受験したら入学できたのだった。

一人息子という環境から、当時四組の私の担任の河野教官は、内地に残るつもりなら、海岸局にでも就職させるよと助言をしてくれたのだが、海岸局も固定した勤務になる思いがしたから断わった。河野教官とは私事ではあるが、当時「主婦之友」の雑誌が都会では手に入りにくく、私の店が書店でもあったから、教官より頼まれて、故郷《くに》から郵便で毎月送っていた関係で多少、点数も、そして助言もあったように想像される。

当時、教官たちの耳へは、ある程度、一般人より戦局の重大性や、卒業生たちの船舶通信士からの情報などによって、うすうす外地および軍の危険度を知りながら、我々にははっきり言えなかったことだったと思える。ましてこの時点では、我々入学時に入れ替わり卒業した昭和十九年五月の東部八十八部隊から南方派遣になった教え児たちが、台湾南方バシー海峡で轟沈、遭難にあって六割戦死の情報も入って来ており、当然そのことは知っていたはずだが、口には出せず、内地に残ったらどうだと、それとはなしに助言してくれたものと思う。

私は前記のような思いから、船舶が駄目なら南方へという夢があったから、全然聞く耳を持たなかった。私と当時学校では三羽烏のように親しくしていた岡田省一(京都府久美浜町)君や原田文男(大阪)君に、一緒に南方へ行こうと誘っても、内地に残ると、両人とも宣言したことも、彼らは人間の六感的に危険を予想していたのだろうと思う。

とにかく、その当時、昭和十九年十月には現実としてはもはや船舶はなかった。第二希望の南方への道は無理かも知れなかったが、ただ我々がまだ学校にいて、卒業式を待つうちに、中部軍に勤務する者や、中華航空や北支交通などへの就職希望者が、希望通り一足先に決定していたから、希望がかないそうにも思っていた。寒い北国の故郷で生活していたから、寒いところが御免だ、暑いか暖かいところを私は望んだ。南方の太陽と南方の天地に強い憧れのようなものに強く引かれ、希望通りになることを望んだ。

台湾沖航空戦の大本営発表があったその日、私の故郷に、学校よりの入隊通知が来た。すごい大戦果で、皆が興奮している最中の通知は、前途に輝ける未来が待っているようで、みんな喜んだ。

十月二十一日、東部八十八部隊（神奈川県相模原。通信一連隊）に入隊通知。二十日の午後五時に大阪駅に集合すべしの連絡。出発まで中三日ほどしかないのであわてた。町の人たちも、久し振りの大勝利で提灯行列でもしようかというほどに活気づいた折も折で、皆にこにこしだしたから、わりと不安な気持はさらさらなかった。だが、私の胸の中には、一つだけ何か違和感というか、割り切れないものが残った。

それは、敵の大艦隊が台湾の近辺まで来て、航空機で航空母艦を二十隻近く沈めたということだけれど、全部の航空母艦をやっつけたわけでもなかろうから、仮に残った航空母艦が十隻としても、計三十隻という数になる。すると、航空母艦の輪形陣には、その周囲に約十倍ほどの艦船が取り巻いて防衛していることになる。とすると、三百隻近い艦隊がいるということである。その中の二十隻に損害を与えたとしても、じつに一割程度以下の損害にしか相当しない。

しかも、その大艦隊は沖縄に現われたということである。わざわざ、航空母艦を沈めるために来たはずでもなかろう。何らかの作戦があって来襲したのであろうし、その戦場が、私が行きたい南方および台湾沖なのが気にくわない。正直なところ、喜んでなんかおられんぞと思った。だが、ラジオおよび新聞は、これからは追撃戦だと大きく報じた。元寇の神風のように、敵が神国に近づいた時こそ、このような大戦果を上げることができるとかなんとか。我々はこれを信じる、いな信じたかった。少しでも明るい面の方に目を向けたかったのだ。

だが、私には無性に何かを、私という者を想い出してもらいたくて、その時点の想いを、わけもなく残しておきたくて、もし万一の遺書？　ほどでもないが、黒い小さなノートに半日かけてしたためた。その大艦隊の不安や、若い多感な時代の淡い一方的な恋心のようなものを、なまいきに自分のことは棚に上げて、他人さんへの批判などを書き上げて友達に託す。

『幸いに内地を離れて、外地へ行ったから、当時はそれでもなんとも思っていなかったが、戦後帰還して、その黒いノートを還って来て読んでみると、まさしくよく書いたものだと感心すると同時に、いかにも不遜であり、肩をいっぱい張った幼い思いが嫌になって、燃やしてしまったのであるが、今七十四歳になって感ずることは、あれはあれで、貴重な青春の一頁の証拠書類だったなと、燃やしたことを悔やんでいる』

東部八十八部隊へ

大阪駅へ集合する日は、あっというまに来た。どうせ東部八十八部隊に入隊しても、多分、今年一杯は相模原で教育されるだろうから、面会もあろうし、また帰郷日もあろうぐらいに都合よく考えて、親との別れも、町の人たちからの見送りも、至極簡単に受け止め、単に就職するごとく故郷を出た。それは、一期先輩たちが相模原で一ヶ月以上教育があったという事実がわかっていたから、皆そんな気持で入隊した。

夜行列車で講習所の菅野教官に引率されて、我々七十四名（後一名着）はワイワイ言いながら、遠足気分で乗った。後の一名は二組の横山次郎君で、明日八十八部隊を出陣する前夜、入隊して来て、皆をびっくりさせた。彼は九州へ遊びに行っていて連絡が取れずに、遅れて来たのだったが、あまり怒られたようには見えなかったから、ゆるやかな規律だったのだろう。

ただびっくりしたことは、入隊した朝八時からの第一日は、つぎからつぎの指示で、丸一日はあっというまに終わった。身体検査、服装、装具の受け入れから装具のたたみ方、注記、私物の返送、遺書、髪の切り取りなど、まったく思考する暇もないまま、つぎからつぎへと命令されて行動する。柄《がら》の小さい連中は、どれもこれもダブダブの服で、隣にいる位田君は気の毒なほど小さくて声がキンキンするから、なお大きく聞こえる。皆、自分一人で持てあましているから援助することもできず、結局、小さい連中はズボンは上げをし、上衣は片よせるしかないから、服が歩いているようでも仕方がなかった。噂に聞いた新兵の忙しさを実感する。

その日の夜食は、尾頭付きの煮魚と赤飯（赤飯と思ったら、食って見たら始めての高粱飯）で、さすがに軍隊は豪勢だなあと、当時一日二合三斤の配給米だったので、大盛りの茶碗で嬉しかった。兵隊が食事の用意までしてくれて、お客様で頂いた。また、寝床の板張りも二、三日の間なのだなと嬉しくなって、帝国陸軍の一員になったのだと、その夜は思ったりする。

心配していた身体検査も既往症を申告したが、軍医はいやにあっさり終わった。ホッとすると同時に、こんな簡単でよいのかなと思ったりする。こうして郷里の皆さんに盛大に送ってもらって、帰郷ということは、今さらながら困るのだが、私自身は体力的に自信がなくて、果たして軍務に皆と共についていけるのかと心配だったのである。

我々が起居した場所は、内務班ではなく、教育実習室のような四分の一が土間で、部屋の三方が板張りの床で、そこに毛布にくるまって寝る。十月の終わりで、寒いほどのことはないが、大勢の寝息と、さすがに丸一日の忙しさに周囲を見渡す閑もなしに寝についた。

ところが、重大な話が流れてきた。我々を世話してくれた兵隊が、「お前たちは可哀そうなヤツらさ。ボカ沈要員で、三日後にはここから出発《たつ》んだ」と言っていたと言うのだ。ヒソヒソと、どこからともなく聞こえて来る。エッー！　とびっくり、何もかも予定が狂ってくる。

入隊した同僚たちの半分は日本刀を持参して、用意周到にして入隊している。私たち半分ほどの者は、今年中に隊に届けてもらうつもりで入隊したものだから、後三日で用意できるはずもない。これはえらいことになったもんだ。正式に、我々に通達があったわけではないから、その真偽のほどがわからないが、入隊までの噂によれば、南方へ配属されるという。我々の待遇は判任官で、刀を帯びてよいから、短い刀を持って行くのだという噂は飛んでいたが、正式には指示がないから、私物情報だろう。だが、半分以上はじつは本当のことだった。

〔注〕私たちへの通達は、学校から、神奈川県高座郡相模原町東部八十八部隊へ十月二十一日午前十時に、「出頭相成度通牒ス」と、大阪駅での集合時刻と、集合時の参考並に注意事項のうちに、「短刀ハ必要ナキモ所持アル者ハ携行差支ナシ」の一行があったが、他はじつに簡単だった。だが、我々の一期先輩生たちへの通牒で見ると、通達の日付けも二十日ほど余裕があり、しかも丁寧に書いてある。我々へは余裕の日々が少な過ぎて、それだけに通牒も簡単だったに違いない。

結構、嘘らしくても、実際はどこからとなく真実が流れているのである。軍隊の一員としては、流れにまかせるほか、我々にはなすすべもないのである。この時点でも、ボカ沈要員説と追撃戦説とが半々にあって、追撃戦説の方は、これから敵を散々にけちらして、南方要域で私たちは県の知事ぐらいに登用されるぞなどの景気のよい話も流布された。ともすると、そっちの明るい方向に耳を傾けたくなる。

どちらを信じてよいのかわからないが、軍隊というところは、つぎつぎに私物情報が誠しやかに流れて、それがまた、ちょうど女たちの井戸端会議程度に耳に入れて楽しむところがあった。軍隊の隔離された中では、唯一の話題の材料として、情報に飢えているだけに最大の潤いになるのである。

一夜明けて、今日もまた忙しいことだろうと予想していたが、朝点呼後、朝食が終わっても何らの指示がない。丸一日、昨日と打って変わって何もすることもない。営庭をのんびり歩き回ったりする。

秋らしい気持のよい日だった。遙か西の方向に富士山らしい高山が見える。東側には通信連隊らしい高い高い鉄塔がそびえていて、本部の横の講堂からは、通信兵教育のイトーロジョーハーモニカのゆるやかな声が聞こえていた。

夕食のとき、飯上げ使役に参加して、なんでも体験してやろうとしたが、いっぺんに音を上げてしまった。それは、炊事から班まで、木の桶に入った汁を持たされたのだが、重いのと、汁だからちゃぼついて往生したのには困った。飯ならば肩に乗せることもできるが、汁となるとそうはいかない。しかも炊事から、我々の班までは遠かった。腕がちぎれる思いで、二度と飯上げは買って出ないことにした。

自分の非力を思い知らされた。そこで爾後、飯上げだけは、避けて当番のときも、人の嫌がる飯岳《ばっかん》返納か、食器洗浄の方に回ることにした。後から考えると、これは意外なところに効果があった。飯を食った後の仕事は、だれも好きではないだけに、これは私自身は気がつかなかったが、これはちょっとした認められる結果になるという産物があった。

三日目の朝、少しバラバラと雨が降っていた。点呼後の舎前の廊下に全員集合、輸送指揮官の伊吹少尉が、始めて我々の前に顔を見せて、一緒に行く下士官大喜多（大北?）伍長および三浦兵長（台湾基隆で十二月一日付で伍長任官）と衛生兵の下里上等兵（同じく台湾基隆で十二月一日付兵長。島里?）を紹介した。我々東京班七十五名、大阪班七十五名、計百五十名の伊吹隊の編成と各分隊長と副分隊長を指命して、各分隊の氏名を発表する。

東京班を一分隊から四分隊まで、大阪班を五分隊から八分隊までの計百五十名。東京班の第一分隊長の杉浦が東京班の代表班長で、関正が副班長になる。大阪班の代表班長が山村喜十郎（五分隊長、滋賀県の寺の息子。ルソン島で戦死）、副班長が塩川悦治（大阪東住吉区、仏印。平成以降病死）。私は五分隊に編入された。私の学校での四組のクラスからは、ここの部隊に入ったのは二十名近い者がいたが、五分隊に一緒になったのは、位田博（大阪、仏印。阿波丸にて台湾沖で戦死）、原田芳一（徳島県、仏印）、伊藤進（ルソン島生還）、高橋登（東大阪市若江本町、仏印。北部通信隊）の各君だったと思う。

今まで同じクラスの気の合った連中が、隣り合わせの近所に寝ていたので心強かったのに、各分隊に別れ別れになって、同じ隊で同じように行動はしているものの、分隊ごとの編成に別れると、なかなか話すこともできなくなった。私は位田とはよく学校時代から話していたから少し安心したが、仲のよかった同じクラスの武山義治（ルソン戦死）や加賀由数（大阪市此花、ルソン戦死）、前田元（高松市南新町、ルソン戦死）、打田光成（ルソン戦死）、西上好雄（堺市檜遅町、ルソン戦死）の各君とは、分隊が別れ別れになったのは残念だった。

新編成の分隊員との交流や付き合いに時間を取られて、お互いに忙しかった。隊長の伊吹少尉は、背の高い眼鏡をかけたすらりとした人で、話をするときに、キチッと口を結ぶ一見真面目な感じの将校だった。

「私が輸送指揮官の伊吹少尉である。明朝、出陣式をして部隊を出発する。かならずお前たちを任地まで連れて行くことを誓うから、お前たちも俺たちを信じて、命令を守り、国に尽くす心を発揮するように。本日中に郷里にかならず手紙を書いておくように」との訓示だった。

いよいよ矢は弓から離れるときが早々に来た。噂は本当だった。四日目の朝の出陣式は、記憶がはっきり残ってはいない。確かに午後、連隊を出発したと思うが、私の心は高揚していて、ぼうーとなった情況ではあったのだろう。営門まで、隊内の兵隊たちがぎっしり並んで送ってくれたことはかすかに覚えているが、連隊長の送る言葉などもまったく上の空だった。

一種の昇り来った興奮のままに兵営を出発する。この感激というものか、悲壮感というものは、私たち少年には麻薬のようなもので、ずーっと続いていて、今から考えて見ると、復員して故郷に帰って来るまで、持続していたのではなかろうか。あるいは夢のごときもので、気持は高揚したまま二年ぐらいは続くものなのだろうか。

小田原から夜行列車に乗り、我々は二車輛貸し切りの車輛で、一般の人たちの満員の状況から見ると、待遇が特別階級だなと、変な優越感を感じたりした。そのような増長した気分になった我々は、列車が通過する沿線で、我々を見た地方人が手を振って送って来れるのは当たり前で、そしらぬ顔で手を振らない者には、変ないきどおりのようなものさえを感じた。そうして相手に聞こえないままに、悪態を言ったりしたのは、我々少年に偉大な権威みたいな物をあたえられたごとく錯覚していたのだろう。

夜行列車のその夜は、ひどく天気がよかった。富士山が月の光に照らされて、はっきり白雪を頂いて見えた。その三日前の夜行で入隊するときには見えなかっただけに、日本一の富士を期待通り見られたことが何より嬉しかった。これで何も想い残すものが無いかのごとく、そして前途に何かよいことがあるようにも思えた。

朝、大阪駅着、朝食と昼食の弁当を頂く。うまく連絡してあるなと、強く感心する。大阪生まれのだれかが、列車の中から自分の家が見えて何か叫んでいた。

夕方、広島駅着、兵站《へいたん》は駅よりすぐだった。兵站の裏手は太田川が流れて、風呂場へ行く道から見えた。私はこの兵站に着いたときから、風邪気味で少し熱があったのであろう、体がだるかった。兵站の内部は輸送船の内部のようだ。居住区は船の中のように天井は低くはないが、それ以外は同じような仕組みになっている。縄梯子や網梯子が二階からぶら下がっていて、その中で輸送船へ乗下船するための訓練ができた。部屋の中での網梯子は誰でも簡単にできたが、まさか現実にはないことだろうと思っていた。

乗船での訓練や航海中の注意事項を聞く四日間だったが、部屋には窓はまったくなく昼でも暗く陰気だった。明日乗船という前日、広島城までの引率外出があって皆出て行ったが、私は風邪気味で営内監視に残されて、せっかくの広島見物もできなくて残念だった。帰って来た連中からの話によると、広島城まで行って大休止。自由行動が二時間ばかりあって、いろいろと買物やら食事などをしてきた。隊長たちの無言ながらの、内地への最後の思い出にとの情けだったのだが、そんなことは後から感ずることで、私自身は非常に残念で仕方がなかった。

その最後の夜は、隊の演劇会で東京班、大阪班対抗のノド自慢を競わせることとなった。結構、声達者なヤツがいて、同じ兵站に同居していた兵隊も飛び入りで参加したりして賑わった。最後の夜とて風呂もあったが、私は風邪が治りかかったときだったから、自重して入らなかった。八十八部隊での最後の夜に部隊の風呂に入ったのが原因で、風邪を引いたように感じたので用心をした。

軍隊とていろいろな設備はあるといえども、大人数の兵隊の運用だから、満足感のあろうことはない。ただ、我々食い盛りの年代には、少々副食物には不満足があっても、主食の米食については、この当時の民間の配給食に比べて、満足の量だったから、移動中でも欠食なく腹いっぱい食えたことが安心感を得た。体の大きいヤツは足らなかったろうが、体の小さいヤツからもらっていたから、当時の兵食でも何より満足だった。軍隊って大変なところだな。我々雑軍のような海のものとも山のものともわからぬ者にも、間違いなくどこに泊まろうとも、一宿一飯にありつけるのだから。

十月二十九日朝食後（広島兵站に四日間宿泊）、広島駅よりガソリンカーに乗って宇品へ、港から沖の輸送船に大発で運ばれる。波は内湾だからないのだが、うねりがあって、始めて挑戦する実際の縄梯子による乗船。私たちは皆、軍艦に乗るときにも舷梯で乗るのだから、まして輸送船に乗るのに、なぜ縄梯子なのか。ニュース写真で見る岸から乗るのには必要なく、沖合で皆と外から降りる場合か、もしもの場合の練習のために兵站では、運動がわりに演練していたと認識していたのに、じつに頭に来たが、仕方がない。

今さらブツブツ言っても始まらない。皆、装具をしっかり身につけて、本当に真剣になって上がる。

私より小さな中山や位田、真田君らが昇って行く。こうなったら負けるわけにはいかない。皆、負けじとばかり昇るのだが、最後の甲板の手スリを乗り越えるところが一番汗をかくところだ。船員の手を持って助けてもらって乗船できたときには、後からドッと汗が出た。だれ一人問題なく上がったようだけれど、一つの自信がついたのと、皆に負けずにいけるという想いがこのときできた。

皆、顔には少しも見せなかったが、実際は一つの難事をなしとげて、ホッとしたことだったろう。だから私はこの後すぐに営外使役を各分隊から一名の志願者募集のときも、イの一番に手を挙げて、陸軍の航空母艦までイカリ受領に行った折も、縄梯子を往復した。もちろん装具なしの身軽さであったのだが、これも再度、自信がついた。

陸軍の航空母艦は沖の島影に陰れていたが、我々にはもの珍しく、仕事もせず艦内をじろじろと見て回った。多分、海軍の航空母艦も同じだったはずだが、服装だけが陸軍の緑色の作業服だった。陸軍に航空母艦があったことは、現実に私は見ておりながら信じ得ない事実だった。飛行機は乗っていなかったが、海軍のみに航空母艦があると信じていた我々には、当時陸軍と海軍の抗争の決果として生まれた航空母艦とは夢とも思わず、むしろ日本の偉大さ、豊さの現われと逆に感じるのだから、ますますもって前途は明るく、戦勝するのは当たり前としか受けとらないのだ。

我々の輸送船は夕方出港した。我々の寝場所は、中甲板の船槍の、俗にいう蚕棚、二段になった上段に積め込まれる。せまい場所に腰をかがめなければ歩けない空間に装具を奥につめ、畳一畳に幾人寝たであろうか。とにもかくにもそのときは無我夢中だった。出来ないことでも出来るように努力するのが軍隊のモットーだから、言われた通りをするより手がない。

後から考えてみると、便宜上、宇品から門司までの乗船で、一夜のつもりで積み込まれた荷物と同様であったから、無茶苦茶に積み込まれたのだった。だから、他の班の中では取りあえず上甲板に積み込んである大発のシートの中に寝場所をもらったのはよかったが、夜中に雨が降って来て、一晩中寝られなかったとボヤいている連中もいた。

一夜明けて、朝また大発に乗って下船、降りたところは門司の大里の駅で、機関庫の修理小屋らしい講堂くらいの広い工場に全員が集合した。ところが、ここで入隊以来始めての軍隊の味を頂いた。その朝まで十日間ほど、注意されることはあっても、怒られることはあまりなくて、多少は可哀そうなので大目に見られていたのだろうが、ここへ来て命令通り少年たちが遵守しないので目にあまってカツを入れるために制裁することになったのだろう。

そのわけは広島の兵站を出るとき、乗船用の万一のための携帯食および甘味品、そして保存食として鰹節などをもらった。それは指示があるまでは絶対に出して食べてはならぬと注意があった。ところが、さっそく昨夜乗船中に乾麺麭についていていた金平糖を食った連中がいたらしい。私たち五分隊の連中は、そんなものがついてることさえ知らなかったのに、ちゃっかりした連中もいたものだ。それを伊吹少尉、大喜多伍長、三浦兵長らに見られたらしい。

全員整列して、「食べたヤツはいさぎよく一歩前へ」と言われる。だれも一歩先に出ようとしない。まだこの隊が編成してから一週間ほどだから、お互いに名前も覚える間のない時期だから顔を見合わせる。少なくとも、我々五分隊は食ったやつはいないと思うけど、お互いわからない。わからないことをよいことにして、しらばくれている。装具をほどけばわかることながら、そんな邪魔なことはしない。根が金平糖を食ったという些細なことに、何で怒られるのだろうという想いがある。悪いことの意識がないから名乗り出ない。隊長はじめ、兵隊の気持は、たとえ事は小さくとも命令違反を追及する。

なかなか許してくれない。直立不動で三十分もたってくると、苦しくなってくるから、一人一人弱ってくる。お互いの顔色を見て、それでも食ったやつが二十名ぐらい出た。制裁として腕立て伏せをやらされる。後の食べない連中にも、「貴様らは指示のあるまで食べちゃいけないことを知りながら、なぜ注意をしなかった。貴様たちにも同等の連帯感がありながら見過ごした責任がある。貴様たちは往復ビンタをやれ」と、始めて往復ビンタというものを知る。

偶然に前合わせになった者同志が、理由なくお互いの顔をなぐることになるから、お互いに遠慮して痛くないようになぐる。そんなことは隊付の兵隊らは百も承知だ。何しろ百五十名全員へのビンタだから、往復ビンタですませるつもりが、力いっぱいなぐる要領を教えるから、一人一人一発ずつ手本を頂く。そして対抗ビンタを確認されるから、お互いに名も覚えていない同志であるだけに、半分は真剣になぐり合う。少しの間だったが、なぐる要領と対応の仕方を習う。

しかし、このときが輸送時における最大の気合入れになって、これで皆がいっぺんに気が引き締まったのも事実で、確かにこのときから顔付きが変わった。その後、このような気合いを入れられたことがなかったから、よほど皆、心懸けが変わったことはよいことだった。

その夜、門司の高台の小学校で寝る。なぜかこの日、小学生や先生の姿はなかった。想像するに、この当時、十九年十一月一日、この少し前にB29が八幡製作所への中国からの爆撃があったから、生徒たちは市街地から強制疎開して、空屋敷《あき》になっていたのだろう。

一夜寝て、この二、三日、秋晴れの続く日中を門司を後にして山を越え、七、八時間の行軍でやっと夕方五時頃、松ヶ屋哨舎に着いた。結構、時間がかかったから三十キロぐらいはあっただろうか。戦後、帰還して地図を見ると、今は国定公園になっている平尾台という当時、軍の演習場だったらしい。ところが着いて見ると、先に連絡が来ていて、明日、門司より乗船とのこと。せっかく足を引きずりながら着いたら、「明日、暗闇に起床して引き返さなければならないんだから、食事したら、すぐ寝ろ」と言う。なあーんだ、バカバカしいと、皆ボヤくことしきり。

そして十一月二日、昨日たどった道を引き返して門司の大里の桟橋に帰ったのである。そしてこれが今までの経緯で、最初のページに戻るのである。

基隆生活

雨の基隆生活は、着いたつぎの日から始まった。宝国民学校で一夜泊まって、つぎの基隆実科女学校へ移動する。湾口に向かって左側が造船場や漁港などの港区らしい。多くの船が並んではいるが、港全体がうす曇の空のごとく息をひそめたように静かな雰囲気がした。これが台湾第一の港であり、しかも町全体が相当大きな人口を持つ都市のはずなのに、なぜか不思議なほど活気がなかった。

回りをずしっと山に囲まれ、右側の山際までは相当に広く、家々が立ち並んでいるのだが、大きな目につく建物はなかった。街並みも、我々の通った道が、たまたま淋しい通りを通ったせいかもしれないが。レンガ造りの街は汚く暗く、我々の目には、たとえ日本の国土というものの、相当に意想外な外地だった。

後から考えれば、ちょうど我々が入港する一ヶ月前は台湾沖航空戦の最中であり、敵の空襲がヒンパンにあるがため、基隆という重要港湾から不必要な人は皆疎開し、また追い出されていたのである。そのために人通りがなく、活気が現われていなかったのだろう。宝国民学校の生徒も先生も、また中の設備もまさしくなかったし、途中寄った基港中学校も無人だった。

十一月十日の基隆港は、湾口までの船上では暑い太陽がサンサンと降っていたのに、ここは曇空で寒かった。ちょうど内地の梅雨時のような感じで、その最初の夜は雨こそ降らなかったが、学校の宿舎はどこもかしこも水たまりだ。排水が悪いのかなと思っていたが、それからこの基隆に一ヶ月半ほど駐留している間は、この地の雨期の中で、太陽を拝んだ日がたった三日しかなかったのだから恐れ入る。

この基隆は台湾最北端で、ちょうどこの北端のみが、なぜか世界一の雨量を誇るのだそうだ。汽車で一時間ほどで行ける台北へ行くと、その同じ時期でもカラリとして、南国の太陽が照りつけているとのことだから、まことに不思議な地帯ではある。

しかし、その御蔭もあった。雨雲の下だから、ちょうど敵の空軍の爆撃もなく、空襲警報はときどきはあっても、爆音ばかりで、ついぞ機影を見なかったので、解除がしばしばだった。だが、公学校の屋根もひどかったし、後でさんざん我らの非難の的になった竹の屋兵站の近辺は、爆撃による跡などが見えたから、あの台湾沖航空戦は晴れていて、やられたのではないだろうか。

基隆実科女学校で、約四十五日ほど宿営したのだが、これまで移動につぐ移動と忙しい日々を暮らして来たものだから、ここも仮寝の宿だと思っていたのに、意想外に環境の悪い地での長い滞留になった。ここまで八十八部隊へ入隊してから三週間ほどになるのだが、相模原で三日、車中で一泊、広島で四泊、船中で一泊、門司で一泊、松ヶ屋哨舎で一泊。台湾への船中で八泊。

そして宝国民学校で一泊と、じつにただあわただしく生活して、落ち着くいとまを、我々にはあたえられていない。だから、自分一人の行動を律することに明け暮れていたために、周囲を見渡すひまもなければ、隣の戦友たちとじっくり話すなどということもなかったが、こうして駐屯して仕事もなく、雨降りで運動もなく宿舎に座り込むことが多くなると、ようやく前後左右と話すことが多くなって、始めて隣の戦友との交友らしいものがめばえてきた。

分隊員同志が本当に分隊らしくなるのは、この基隆生活の一ヶ月半が貴重なことになる。ここで、この伊吹隊の編成を書いておこう。

基隆実科女学校
栄町
基隆市街
講堂
運動場
職員室及教室5c
作業庫

輸送指揮官　伊吹少尉（関東出身?）
　隊付　大喜多伍長（関西出身、大北か?）
　隊付　三浦伍長（関東出身）十二月一日任官
　衛生兵　下里兵長（関東出身、島里か?）十二月一日進級
第一分隊　分隊長　杉浦
第二分隊　分隊長　関
第三分隊
第四分隊　分隊長　佐藤
以上各分隊十八、九名、東京班七十五名
第五分隊　分隊長　山村喜十郎・（副）塩川悦治
第六分隊　分隊長　上田一夫
第七分隊　分隊長　徳長明・（副）世木康雄
第八分隊　分隊長　畑徳右衛門
以上大阪班七十五名

以上の編成を出陣式の前日に完了。伊吹少尉は甲幹出で、隊付の大喜多伍長とは初年兵当時の初年兵掛りの大喜多上等兵から可愛がられた経緯があって、この我々の輸送指揮官になったとき、大喜多伍長に頼み込んで、一緒に行くことになったから、事あるときには大喜多伍長に相談し、またむずかしい役は大喜多伍長に頼んでいたようだった。

大喜多伍長は年季の入った班長らしい風格のある人で、シャガレ声がすごく特徴があった。三浦伍長は張り切りマンの班長で、大変な関東ビイキ。関西の我々には、関西弁の言葉の嫌いさを現わしたような江戸ッ子的の人で、我々関西班からは煙たかった。衛生兵の下里兵長は、眼鏡を掛けたおだやかな人で、我々の衛生には気をつかってくれていた。

私がいた五分隊は、左のようだった。

分隊長　山村喜十郎（滋賀県の寺の息子）　比島　戦死
副分隊長　塩川悦治（大阪？）　仏印（戦後死亡）
橋本勝彦（鳥取県加露）―仏印、福沢秀夫（石川県穴水町）―仏印、真田郁夫（大阪府）―仏印、位田博（大阪）―内地還送　阿波丸死亡、小田純吉（大阪）―仏印、小谷義弘（大阪府）―仏印　戦病死、中江進市郎（京都府）―仏印、吉田潤作（大阪府）―仏印、原田芳一（徳島県）―仏印、森田勝（兵庫県）―比島　生還、伊藤進―比島　生還、高橋登（大阪府）―仏印、山本俊二―比島　戦死、三島義夫―比島　戦死、打田光成―比島　戦死、伊賀昭典―比島　戦死

〔注〕　従軍中に持っていた記録の懐中ノートを、二十四年に移転するときに行方不明にしてしまって、じつは不完全の記憶で隊員の名前を書いている。特に比島へ別れて派遣された者が不確実だ。仏印は間違いないと思う。ただ、三分の一の要員が別れて比島へ派遣されたのだから、各班から無理のない人数が抽出されたのに、大阪班が五十名中二十七名、東京班が二十三名と同数でなかったのは、大喜多班長が関西の人だけに、少し多く大阪班を連れて行ったのだろうと、当時記憶している。それと代表班長が関西の山村喜十郎君だったから、我々の五分隊からも三分の一以上の隊員を編成して行ったから、残された我々は、東京班の四分隊と合併され、新三分隊になって、東京班の佐藤が分隊長になった。

五分隊員の名前も、じつはあまりお互いが覚えていない。それほど当時は必要性もなかったし、分隊が違っても、同じクラスの連中とはいつも一緒だから、つい忘れやすくなったもののようだ。ただ、いつも右、左に寝ている戦友および身幹順序で並ぶ戦友が決まってくるので、私には左右に橋本勝彦（鳥取県加露《かろ》港）君と福沢秀夫（石川県穴水）君とは組《クラス》や県は違えど、お互い日本海の田舎生まれだから、どことなく肌が合うというか、信頼感があって、よく海のことや郷里のことなどを話した。

また五分隊は大阪班の先頭分隊ではあったが、位田、真田、小田という田の付く名前の三君がいたが、一番背の低い小さい少年たちで、同じ田がつく吉田君は、少々大きかったことが強く印象に残る。

基隆実科女学校

我々の宿舎は基隆市の東端、栄町という日本人町の近くにある田圃の中にぽつんと体育館併用の講堂と平屋の五教室ある一棟との小さな学校で、運動場は校舎の裏の段の上にある。はじめ、我々は五教室のコンクリートの床に、ムシロを引いて、毛布は各自三枚ずつ敷いたり、かぶったりして寝ていた。もちろん着たままで。ただ内地では梅雨時の頃はあまり蚊帳を吊った覚えはないのだが、毎日雨つづきなので、夜は冷たいくらいなのに、蚊帳を吊って寝た。だが、半月もたたずして、マラリア蚊にやられる者が続々と出て来た。

この実科女学校の生徒は、我々のために講堂を四つか五つに仕切って勉強していたが、なぜか私には印象がまったくない。すごく女学校生徒に興味を覚えている年頃にもかかわらず、後からこの当時のことを他の戦友に聞くと、中には夜脱走して、基隆の色街へ遊びに行ったという者もいたのだから、結構、中には生活をエンジョイしていたのだなと思う。この実科女学校に着いたときから、いろいろと内務が始まって、一応、軍隊らしい模様になって来た。

勤務としては船に乗ってから、不寝番につくようになったが、この基隆についてからは、週番分隊長と日直とが加わった。各分隊長が、一週間ごとの週番勤務に付いて、日直が一分隊から順番に八分隊までだれかが出て来て、週番下士官代わりの分隊長と日直と、そして週番司令として大喜多伍長、三浦伍長、下里兵長が交互に交替しながら、朝夜の点呼を取る。

日直はそのうえ、各分隊から出る一名ずつ食事当番を連れて、雨の中を川下の竹の屋兵站まで片道約二キロ近く飯缶を、竹の棒に担って、いつも雨の中を飯上げに行き、帰って各分隊に平等に仕分けるのが最大の任務だった。東京班、大阪班各一名が毎日勤務したから、これは五十日ほどで一回回って来る。私自身も、勤務になったのは、輸送船上の、しかも早朝、その日、サイゴンへ下船の日になった。ちょっと軍隊の内務班らしいようになった。

毎日毎日の雨の中、ここの飯上げで、一回当番に行って来ると、外被は雨を通して、体の中までビッショリ水を通し、しかも天気が悪いから、乾かすこともできず、内務班の中は絶えずジメジメするから、マラリアにやられるという現況になった。夜の不寝番は、勤務があったかなかったか思い出せない。多分、不寝番はあったと思う。

内地の十一月といえば寒い季節であるが、幸いに台湾とて寒さはない。だが、夜になると雨降りの加減もあって、着の身着のままで、毛布をかぶって好い加減という毎日だった。

毎日毎夜、よくこれだけ降るなーというほど強くはげしく降る。たまには止んで一、二時間も降りそうでない模様があったりすると、後の山際にトロッコ道があって、それと平行に山麓を巻いた道が雨に降られても堅いものだから、少々歩きにくい。その道を行進しながらの軍歌演習がときどきあった。体力の保持と規律のためで、東京班と大阪班が交互に前段と後段を唱いながら、数キロ行軍した。

大喜多伍長の一番好きな歌とて「月下の陣」を、好んで唱ったが、そのほか、「大山元帥」の歌や「青葉の笛」などは、我々が始めて習う歌で、今でも忘れず懐かしい想い出となっている。中でも「月下の陣」の詩の愁いを含んだ曲《メロディー》には、皆を納得いかせるような今の私達の環境とマッチして、唱いながらジーンと突き上げて来るものがあった。

あわただしい二十日間、移動につぐ移動でやっと一息付いた基隆。ぴったりした一時《ひととき》だった。

昼の戦い　影うせて　木枯し吹くや霜白く
夜は更け静む広野原　ここに今更は宿り木の

身は未だとかぬ　鎧仕下《した》　空行く雁《かり》に夢破れ
そぞろに想う　故郷の　雲井はるかに懸る月

国を想うの真心は　家をも何《い》かで忘るべき
我が身一つをなきかずに　入り西山の月影を
水に写して明日は又　ヤイバの目釘続くまで
腕に依りおば　掛けだすき　華ばなしくぞ戦わん

軍歌の詩。哀愁の中にも、この歌には高音がないだけに、声はジーンと深く重く、我々の胸の中につきささるようにしみじみと響いた。大体日本の軍歌もそうだし、日本の歌謡曲なんか歌詞は淋しい文句が日本人に受けて、内地では「誰か故郷を想わざる」など、歌は非戦歌だとて唱わせなかったが、軍隊の演芸会などでは、この歌が出なかったらはじまらないほど、公然としたものだった。「青葉の笛」でも悲しい詩とメロディーだし、「大山元帥」の歌なんかも、メロディーに似合わず、歌詞は少年の気持に、ちょっぴり同感の思いを沸き立たせるところがあったりした。だから夕影の一刻はじつに楽しかった。

東京班と大阪班は、少年たちの闘争心や競争心を湧きたてる対抗意識にうまく活用された。雨ばかり降って、スポーツなんかが、できなくて二度三度の戦いはできなかったが、気持の高揚のために、伊吹少尉や大喜多伍長の指導なのだろう。

さっと晴れた日が、この四十日ほどの間に三日ほどあって、一日は棒倒しの競技があって残念ながら大阪班が負けた。それは大阪班には背の小さい少年たちが多くいたため、体力的に見劣りするところがあって、如何ともしがたかった。しかし、それだけに大阪班としては、ますます対抗意識が強烈になった。伊吹少尉、三浦伍長、下里兵長はどうやら関東の人らしい。ただ大喜多伍長がただ一人、関西出身とかいう話があって、我々関西班は何となしに大喜多伍長が唯一の味方だと思ったりする。

一週間ばかりして、近所の栄町の日本人町（住宅地）一軒の家に、二、三人ずつに別れて風呂に入れることになった。五日にいっぺんくらいのわりに行ったと思うが、皆帰ってからワイワイ言って、それぞれの情況を話す。食い物が出たとやら、菓子は何だとやら、それはそれは皆、食いたい盛りの少年たちだから、息をはずませて話す。

私が最初行った家は、児童が五、六人いる家で、当時台湾でも少々物資が少なくなって、甘い物なども店頭では見えなかったから、多分、家庭でも児童の多い家庭は大変だったと思う。だから何一ついただいた記憶がない。ところが家によっては、我々が少年であったため、取りきめてあったらしい待遇（何も出さなくてよい。風呂だけ入れる）を、家族の少ない家では、果物や菓子などが出たようで、子供心に待遇の違いが歴然として、くやしがることとくやしがること。私も二回目から割当を無視して、果物や菓子の出る家に行った。嬉しかった。

食い物のことといえば、竹の屋兵站の給与は、天下最低の給与であった。このためもあるのだろう、栄養が取れなくて、抵抗力がなくなって、マラリアに簡単にかかったのではなかろうかと思う。

竹の屋兵站は、基隆市街の港から艀で着く川端で、その川の二キロほど上流に、我々の宿舎があった。川岸には運んできた米が麻袋に入ったまま、毎日の雨と暖かい気候で蒸れて、麹《こうじ》になって積んであった。兵站はなぜか殺風景なバラックの家で、横が広場になっていたところを見ると、我々が行く一ヶ月前の台湾沖の空爆でやられたのではなかろうかと推察はした。毎食毎食の給与が悪くて、我々は皆、もう全国どこの旅館であろうと店であろうと、竹の屋という家には絶対に入らんというほど強い不満を持った。

それは毎食毎食一汁一菜で、一汁は豚汁に、一菜は塩昆布で、その一汁たるや、豚は探せど探せど見えず、マコモだけが汁にウッスラと浮いている。雨の中、二キロほど歩いて持って帰ってくるのだから、飯も汁も冷たく、ついぞ他の献立が上がったことがなくて、怨嗟のまとだった。これで外出でもあって、店で買えるのならばよいのだが、外出もない。といって、風呂に入っている家人に頼むというような器用なことも思い浮かばず、食う楽しみから突き放されて、面白くもおかしくもなかった。

十二月に入って、天気の珍しくよい日があって、分隊対抗のマラソンがあった。学校を出て川沿いに基隆の中心地の橋で折り返しの、往復六キロぐらいの距離があっただろうか。久方ぶりの天気で久し振りの外出気分だったが、かなり苦しいレースになった。私は短距離はドン亀で、全然駄目なのだが、長距離は多少、皆に負けずについて行く自信があったので、どうにか二十七位ぐらいに入った。我が分隊では二位だったから、私なりにガンバッタと思ったが、これも上位が大体東京班がしめて、大阪班が残念ながら敗退した。

私はこの夜からマラリアにかかってしまい、熱を出して就寝したので、結果はひどかった。この基隆についてから二週間ばかりして、マラリアにかかって入院した者が、ポツリポツリと出た。私の組《クラス》の友人で、福知山出身の八分隊の班長をしている畑徳右衛門君が一番最初ごろに熱発し、基隆陸病に入院してからが始めで、その後、十数人が続いて入院していたのだが、私もマラソンの疲労を引金にダウンをした。

翌日、私と二、三人と一緒に下里兵長に連れられてトラックで基隆陸軍病院に運ばれた。当時私は熱に浮かされて、気がついたら病院のベッドの上で、なぜかまったくほったらかしで、丸一日うんうんうなっていても、軍医が見るでもなく、看護婦はときどき通りすがりに眺めて通るくらいで、薬もくれるでもない。じつに情けない病院である。だれ一人どうだという人間もなく、孤独感をひしひしと味わったものだった。

そのうえ、ちょうどマラリアになると同時に下痢がひどくて、一時間か三十分くらいか、何しろ熱があるのだから、よくわからないのだが、そのたび便所に通う。ちょうど病室のすぐ裏手が便所であったが、病院の廊下やトイレの屋根は多分、空襲で破損したのか、修理も未了で痛みが激しく、折りからの毎日毎日の豪雨でジャジャボリで、水たまりの中を歩いて行く状態というひどさ。情けないやら、悲しいやらで、本当に最悪の状況だった。

とうとう何十回、いや何回かのとき、便所に行く道中で倒れてしまったことまでは覚えている。それで看護婦が始めて驚いて、熱の下がる注射をしてくれることになったが、その看護婦たるや、臨時看護婦か、もしくは新米の看護婦だったのか、何べん注射しても液が注入しないのである。静脈をさぐりさぐり、針を入れてから探しもとめるようにして血管の中に注射するのだが、入らない。何べんとなくしたが入らない。

「おかしいな、おかしいな」と言いながら、何回となくするものだから、私も参ってしまって、とうとう私から、「もうええかげんにしてくれ。注射もいらん」と言ったら、注射を引き出した。そして針の先がつまっているのを発見するのだから、もうどうともなれ、あ〜あ、俺もこれで一巻の終わりかなと思ったりする。そのときほど、淋しくて、情けないと思ったことはない。だれ一人かまってもらえなく、しかも相変わらず下痢で便所通い。そのうえ、ようやく注射にありつけたら、情け容赦のない腕への注射の試験台。

とうとうその夜、熱に浮かされながら、母親の夢を見た。人間弱くなると母親を思い出すのかなと、不思議と懐かしかったし、嬉しかった。夢に出て来ただけで、その他のことは覚えていないのに、その後一年半、従軍生活中に妹や父親の夢を見なかったゆえに、このときのことが忘れるわけがない。

だが、この夜の注射一発で熱もケロリと下がり、下痢も止まってしまって、翌日からは、昨日のことが嘘のようであり、じつによくきく注射だった。

基隆陸軍病院は、山手の中腹にあって、眺めのよい高台からは基隆全景が見渡せたし、港は遠くにかすんで見えた。古ぼけた二階立てのレンガ造りは、落ち着いてはいた。二階に畑徳右衛門君もいて、私は一階、他にも我々の隊から入院している者も多くいたけれど、同じ分隊以外はわからない。

十日ほど入院していたと思うが、何より嬉しかったのは、官給品で毎日、バナナが上がって来たのは、当時我々としては、夢に見る高嶺の花だから、びっくりすると同時に、有難かった。熱と下痢がアッという間に治ったから、そのうまかったこと。有難い、マラリア君に感謝。後から考えるに、台湾産のバナナは当時、内地へは輸送が困難になっているのだから、兵站の給与に上がって来るはずなのに、この基隆ではいっぺんも移動中の兵にはなかったのは、不思議だと同時に横流し？　があったのではなかろうかと思ったりする。

そのうえ、この基隆陸病には、毎日午後から患者の慰問に民間人が来る。講堂のような畳敷きの広い舞台で演芸があり、昼食を食べたら見物をするのが日課だった。病院の食事は竹の屋兵站と違って、身の分厚い陶器の丸い茶碗で、一食一食が待ち遠しかった。量は少なかったが、バラエティーに富んでいて、その分うまかったが、何しろマラリア明けの腹には、この後退院してからは食うわ食うはで、幾ら食べても食べても足りなかった。

十二月十三日だったと思う。我々伊吹隊全員に退院の命令があり、そのほとんどが退院したのだが、畑徳右衛門君ほか二、三名は退院許可がなく残留。後刻、追求してくるということで別れたが、結局、残留者は追求できず、台湾軍に引き取られたということだった。

退院して帰ると、隊では、比島行き（五十名）とシンガポール行きとに編成が終わっていて、退院者全員はシンガポール行きとのことだった。私はもともと南方への志願は叔父や従兄たちが、十六師団で比島に行っている関係から、比島への懐かしさや親しみがあるものだから、比島への志願を伊吹隊長や大喜多伍長に頼んだ。だが、比島へ行く者は、比島は当時レイテが戦場になっている関係で、足手まといになる病気上がりは除外し、健康の者たちで編成したから、入院下番は比島へはやらないとのことだった。やむを得ずあきらめたのだが、人間の運命というものはわからないものだ。

当時、我々は知るすべもなかったのだが、十六師団（垣兵団）は十月十日からレイテ米軍上陸以前からレイテ島に渡り守備。この十二月中頃には、まったく跡形もなく全滅して、残りの残兵、師団長以下五百名ぐらいになっていたのである。だが、そんなことは移動中の我々には新聞を見るでもなく、ラジオもないことだから、知るすべもなかった。ただ戦後三十年後、思わざることから比島へ渡った五十名中、同じ組にいた大西芳澄氏（高砂市在住）に出合い、そして別れてからの消息を聞くことができ得た。

大西氏曰く、比島班とシンガポール班に分かれたときの気持は、大西氏としては我々より一期早く卒業（十九年五月）し、我々と同じように東部八十八部隊に入隊後に南方派遣になって輸送中の先輩たちが八月十三日、バシー海峡でボカ沈を喰らって（吉野丸）、ほうほうの体で約三分の一ほどが助かったという情報を知っていた関係から、比島は台湾から海の上は近く、シンガポールはその距離は何倍か長いため、危険度は比島の方が少ないと見たので、比島を選び志願したとのことを聞いて、なるほどと思いもした。幸いに比島班五十名は、比島に無事上陸したのだが、それはまったく奇跡的といえる。

大西君が考えたように、シンガポールまでは遠かった。我々は幸いに仏印のサンジャク沖で下船して、サイゴンへ遡航したから助かったが、このときの船団はサンジャックを出航して、二日後には全滅を喰ったのだから、彼の考えは正しい。

比島班五十名は、大阪班から二十六、七名、東京班から二十三、四名ぐらいで、確か大阪班が三、四名多かった。それは、我々の五分隊の分隊長をしていた山村喜十郎君が代表だった加減じゃなかろうかと思う。四組の同級生からは前田元、打田光成、武山義治、加賀由数、西上好雄、それに大西芳澄、伊藤進の各君が選抜された。

比島派遣隊が編成されたものだから、残りの分隊も編成替えになって、東京班一分隊、二分隊、三分隊で二ヶ分隊と東京班四分隊と大阪班我々の五分隊とで第三分隊、後《あと》大阪班六、七、八分隊で二ヶ分隊の計五ヶ分隊編成にシンガポール行き班となった。

私が入院している間に、学校では教室を女学生に明け渡し、講堂に我々は移って、そのうえ別の兵隊（工兵隊）も半分ほど入って来て、広い講堂もぎっしりとつまった居住区になっていた。

比島班もあわただしく外出したり、最後の民家へ外泊したりして、出発の準備をする。比島班が明日出発する前日、栄町の人たちがマコモ演芸班をしたて、講堂で別れの演劇をしてくれた。女子学生なども歌を唱ってくれたと思うが、全然印象に残っていない。おそらく比島班へ行く加賀君や武山君らの別れの語らいの方が重要だったろうし、我々もまた編成しなおして、東京班と一緒になったりしたから、気持は落ち着いていなかったであろう。

比島班の出発の朝も豪雨で、しのつく雨の中、大喜多伍長、三浦伍長の引率の下、我々と別れることになった。四組で一緒に隣同志でよく話した加賀君、武山君、内田君、前田君等々、わけても加賀君は大阪此花区の海岸の食堂の息子で、よく弁当を分けてもらって、当時腹をへらしていた私には最良の友人だった。ニキビの多い顔で、元気そのものの行動力。おとなしいうちにも負けん気の強い武山君、すかっとした前田君、馬力のある内田君、そして真面目な伊藤君、不死身な強さを持つエネルギッシュな大西君、そしてよくシャベッた西上君。私には皆よい友達。今、彼らとの別れ。

〝壮士一度去って、再び還らず〟――この言葉が寒々とお互いの胸に去来する。雨に打たれ、雨か涙か、ぐっとこみ上げる思い。我々も後から行くぞ。おう、元気で……。言葉は少ないけど、どちらが幸か不幸かわからないだけに、一緒に行動できえない別れはつらい。このときほど辛い別れを経験したことがない。彼らもトラックの車上で、グッとこらえていたであろう。

我々も翌日、基隆最後の外出になった。今までのような引率外出とは違って、自由な外出で物珍しく、その日は天気だった。夕方五時までに帰営すればよいという外出は、羽根がはえたように浮き浮きとした。基隆の繁華街はレンガ造りの街で、間々には日本式の木造の商店があって、チグハグの中にも台湾だなと感じた。

　我々の財布の中には、郷里から出るときに持って来た僅かばかりの金があって、これが年末まで内地の兵営にいるばかりで足らなくなったら、親元から送金してもらうつもりをしていたから貴重品で、私も五十円ぐらい持っていた。いつまた必要があるかも知れないので、なかなか使いにくいものだ。

　結局、食事がまずいものだから、その副食用に、トマトケチャップ（これがまた食料品店には一番多くあった）と砂糖（これもさすがに台湾で自由に買えた）はキザラ。それらを購入し、そして昼食は鮨屋の二階に上がって鮨を食った。内地は二合三斥でチケットなしでは食べられないのに、ここ台湾の基隆では、堂々と鮨屋やウドン屋は営業しているのには、びっくりすると同時に心強かった。鮨はバラ鮨で、甘く大阪鮨だったのを覚えている。うまかった。腹いっぱい、動くのが嫌なほど食べた。

　いよいよ明日、この学校を立つという前夜、三日に一回ほど風呂を入れてもらっていた栄町の民家へ、外出することになった。栄町のそれぞれ割り当ての民家に、夜食、朝食ともども家族と一緒に食事をし、布団に寝かしてもらった。

　私が世話になったのは、基隆陸病へ入院するまでは、子供の多い家庭で四、五名いた賑やかな家で、それなりに面白かったが、待遇はよいとはいえなかった。それもまた仕方のないことで、ちょうど入院下番で間があいていたから、家族の構成によって余裕のある家に最後は行きたかったものだから、橋本君と原田君が行っていた橋本様という家庭へ、彼らに頼んで連れて行ってもらった。

　橋本様宅は九州出身で主人は戦地へ行き、娘さん（女学生）と奥様の二人というひっそりと静かな落ち着いた家だった。我々三人も、どちらかといえば無口の方だし、それにこの家の者も静かだから、なんとなく娘さんがいても華やいだ食事ではなかった。それでも家を出てから二ヶ月ぶりの畳の上での食事は、嬉しかった。

　我々に一夜を提供してくれた側の栄町の人たちも、私たち少年に対する心情は、複雑な想いだったろうと思える。勇ましく送り出すにも、悲しく送り出すにも、両方の面持ちを隠しながら、招待してくれたから、当然、形に出る面は、自然らしく対応してくれたのではなかったかと、今、子供の親になって、ようやくそのとき、栄町の人たちの心情がわかるようになった。

　だが、どうであれ、我々の前途はあくまで未知であり、命令のままならば、運命を他にゆだねてあるだけに気楽といえば、気楽であった。一方には、生活とか食事の保障があるだけに、意外に悩む必要はなかった。大きな大きな生命まで何かに預けておきながら……。

　布団に寝るのは久しぶり。味わいながら本当にぐっすり寝た。朝食をすまして、橋本様に郷里への手紙を託し部隊へ帰る。この手紙は入隊して始めての父母に対する手紙だ。

　当時この普通郵便さえも届くとは思わなかった。どこかで検閲されて届かぬかもわからないから注意して、行く先も叔父たちが行っている場所へ行けんようになった、アンコールワットの南の方かも知れないとのみ書いておいたが、幸いにこの手紙は着いた。そしてこの返事は、家から台湾の橋本様を経由して、私はサイゴンからすぐ無事着いたお礼の手紙を、橋本様に部隊名を書いて出しておいたから、昭和二十年の一月の終わり頃、サイゴンでもらったのには、びっくりした。

　比島派遣班が出発して三日目の夜半、我々も基隆実科女学校を大勢の栄町の人たちに送られながら、幸いに雨上がりの中を出発した。御世話になった誇らかな我々と、複雑な心境の栄町の人たちとの別れ。お互いどんな運命が待っているやら。

　基隆市街を夕闇の中を行軍、基隆駅より乗車。一時間くらいで下車との声。真っ暗な駅の構内の線路ばかりある中を移動。待ち受けている列車に搭乗する。どの客車にも真っ暗闇ながら、兵隊がいっぱいつまっているのが、ひしひしとわかる。軍用列車らしい。この長い列車はすぐ出発、夜の闇の中を相当のスピードで走って、いずこへと進んで行く。

一夜明けて列車は、南国の暖かい太陽がサンサンと照らされる高雄へ着いた。昨夜は夕方から行軍や汽車の乗り換えやらで、その後、ぐっすり寝たものだから、途中の景色は残念ながら見えなかった。

高雄の駅は、立派な港の見える少し高台のようなところだ。駅の裏に小高い丘のような山があって、稲荷神社のような赤い鳥居が立っており、石段が、麓から積み上がっていた。基隆の陰気な空ばかり見ていた我々には、この明るい穏やかな陽射しは同じ台湾とは思えない暖かさだ。

北の基隆は台湾の玄関口でありながら、華僑らしい家が軒を連ねていた。わずかに内地人が住んでいる住宅地は市街の端にあったが、おそらく基隆の街は、日本人に住みにくいドス黒い灰色のような港街だから、昔のまま華人の街として残ったのであろうし、ここ高雄はその点、月とスッポンほど違う太陽の街だ。新しい街造りも日本人がしたのであろうか。

戦後、台湾より帰還した人が、住みたい地球上の都市では、第一番に高雄をあげるといったのも、もっとものことと思う。内地より近代的な都市をこの高雄に建設したのだろう。立派な商店街と道幅の広さと舗装路、それに南国の享受した椰子やシュロの大きな樹、それが並木となっての海岸通りなど、息をのむほどの美しさだ。

ここでまた生活するならいいなあーと皆、思ったものだが、そうは問屋はおろさなかった。

高雄の駅から高雄の兵站までは湾の対岸にあるので、結構行軍をしいられ、その道中の景観をのべたことなのだが、この高雄兵站には三泊しただけで乗船することになったが、高雄という街はじつに活気にあふれていた。この当時の台湾は、日本人の生活している土地の中でも、最高の生活環境だった。生産品の米、塩、砂糖、その他野菜なども豊富で、平成の現在でも台湾の人口が増加していても、自給自足どころか輸出している現況だ。

当時は台湾全土が、軍隊の糧秣廠のごときで、内地への輸送から南方への基地として、重要な役割を荷っているわけだが、昭和十九年も末になると、船舶がなくて、日本へもまた南方へも輸送できず、滞貨するばかりで、物資は台湾では豊富。そのうえ一般的には、あの台湾沖航空戦当時には、内地から何千機という飛行機が飛んできて、結果はわからないが、その数量の多さは、台湾住民に、安心と心強さと信頼を、まざまざと現実に見せられていることで、民心は安定していた。そのうえ、つぎつぎに輸送途上の軍隊が通過するのだから、住民たちの顔色は明るかった。

昭和十九年もまったく押しつまった十二月二十五日、それはクリスマスの夜、我々の船団は高雄を出港した。輸送船五隻に海防艦か駆潜艇らしい小さな軍艦が二隻、計七隻の小さな船団だということが、夜が明けてからわかった。

当時、米軍は十月にレイテに進攻して、日本はレイテ決戦をやっている最中だと、我々には情報が入ってくるのが少ないので、そう信じていたのである。この私達の船団の出港時点では、米軍はレイテ戦を終わり、つぎの比島リンガエン港に向かって六百隻からの大船団がルソン島の西、南支那海を北上し、バシー海峡に網を張って船団を攻撃する米潜水艦隊も、それぞれ任務を同船団の前方警戒に移動した時期と重なったらしい。

十二月二十五日に出港した我々の小船団も、またそれより三日早く高雄を出航した、我々の比島班五十名を乗せた船団も、この時期には不思議なほど珍しく何らの攻撃もなく、それぞれ無事現地に到着したのは幸運も最大なもので、夢のような船団であり、我々の運の強さとしかいえない。

第二章——生と死の間で

サイゴン上陸

高雄出航以来、我々の船団は敵潜水艦の襲撃にもあわず、しかも敵航空機も現われず、じつに奇跡的に海南島から仏印の岸すれすれに南へ南へと進んだ。仏印の海岸は、ほとんどが岩か山ばかり。岸から大体二キロくらいのぎりぎりの航海で、これでいつ船が襲われても、私は岸まで泳ぎつく自信があって心強かったし、私には不安はなかった。

私たちの居住区に当てられたのは、最上甲板に荷物倉庫様の臨時にこしらえた二ヶの小屋である。上下二段に分かれて、相変わらず座って天井に頭がつかえない程度の高さに、四畳ぐらいの広さに二十五名が割り当てられているのだから、寝られるなどという代物でないので、私はさっそくその最上甲板の機関場の真上の空気抜けの横に、毛布一枚を持って寝ることにした。

輸送船は戦時標準船のオール溶接の神祇丸という船で、一発食らったら、間違いなく沈没すると噂していた。昼間はどこにいても暑くて（高雄から毎日どんどん南へ進んで）、そのうえ、この通風筒のもとは暑い熱風が機関場から昇ってきて、たまらないほど甲板が焼けてくる。それでも船は進航している加減で、絶えず風があり、仏印の風景は丸見えだ。

夜になると、さすがに南方と言えども冷たいのだが、幸いにこの通風筒が暖房になっていて、台湾あたりから見え出す南十字星が一日一日とハッキリ頭上に現われるように変化して行く。基隆を出てから南方は乾期の時期らしく、雨には一度もあわず、快適な航海だった。我々の船の前の船には、看護婦なのか女性の一団がときどき後甲板に上がってきて、私達の船から見えるのが話題になった。

一月一日元旦、今日は正月だから船の中といえ、正月御馳走があるぞと皆、期待していたが、残念ながら大勢の兵隊には当たるわけがない。考えれば当たり前のことが皆、あーでもない、こーでもないという話に花を咲かす。

私もマラリア退院後、もの凄い食い気で、マラリアの回復期には食っても食っても要求がひどくて、飯盒にいっぱい盛ってもケロリと平らげる食欲だ。三度三度、飯のあまる連中のを食べたり、船酔いで食えない連中のを平らげたり、砂糖のキザラをぶっかけて食ったり、基隆で買って来たトマトケチャップを飯にかけて、食っても食ってもケロリとしていた時期でしたから、正月の御馳走にあずかれなかったのは残念だった。

この日、我々の船団は大きな湾に入った。岸の椰子の植えているのが間近に見えて、前方一帯は果てしない砂浜。港らしいものは船からは見えなかったが、船員情報によれば、カムラン湾とのこと。バルチック艦隊が入港していたあの歴史ある湾だなと、皆感心する。どうやら敵機にこの船団が見つけられたらしく、これからの航海は絶対に危ないとのことだった。

ここで一泊して、船団は南へ進航した。丸一日航海した朝、我々に急に下船の命令が下った。我々の目には陸地は見えなかったが、多分、船は沖に向かって停まっていたのだろう。私はその日、日直に当たって周囲を見る閑がない。そのうえ、東京班の小屋の中で、宮城県の田舎の出身の斎藤か三浦か（名前を失念）、病名は忘れてしまったが急死して、下船を前にして可愛そうだった。せっかく任地に到着する朝に死すとは、彼も無念だったろうが、死ぬために来たようなもんだ。

その死亡診断書を軍医が書いたのを、何通も複写して書かされた。普通ならカーボン紙で書けばすぐ終わるものを、直筆で万年筆で七、八通も書かされたのには参った。なぜ俺が書かねばならんのだと、東京班の戦友が書き上げるのが筋だろうと、心の中ではさんざんだったが、上陸前に死んだ戦友は、確かに残念だったし、我々の第一号だった。

全員上陸用の大発に乗り組んでも、死亡診断書全部ができあがるまでは、下ろしてくれない。軍隊ってところは、想像以上に厳格なところだなと感じると同時に、この書類の行く先が七ヶ所も八ヶ所もあるんだな、一人の死でも、丁寧にはしてあるなと思う。だから朝からもっぱら日直勤務にたずさわったから、まわりを見る余裕なくサンジャック沖に着く。基隆入港のときも、分隊の伝令だって何も見ず、よくよくついてない。

大発は、我々百名を乗せて川を上った。下船した場所はサンジャック岬というところで、気がついたら、大発は両岸が見えながらも、大きな川を上流へと進んでいた。途中、昼食をしたから、かなり進んだのだろう。両岸ともジャングルの森ばかり、ついうとうとと寝こんでしまう。下船の命令が出た時には、外は暗闇につつまれ、船はサイゴン埠頭に着いていて、びっくりして慌てて下りる。

船で死んだ斎藤（または三浦）の屍《しかばね》兵になって、日直の勤務が続いた。隊長と下里兵長は下船後の連絡に走り回っているため、屍兵の交代の時間が来ても命令する者がなく、一番立ちになった四人（旧五分隊の中から）が最後まで務めて、ますますついていない。今後の運命を占うようで、嫌な一日だった。

やがてトラックに乗せられて、我々はサイゴン市街を通った。午前一時頃というのに、街は不夜城だ。それはまったく我々には想像することができえない。この時期には、B29は最初、成都から北九州へ前年の十月頃から来襲し、そしてサイパンより十一月頃から関東方面は空襲にさらされて、満州もたび重なる攻撃を受け、比島もこの時点ではリンガエン湾に向けて比島西海岸を千隻の大船団が北上している最中だった。

まだこの仏印は、仏領印度支那というフランス（ビジー政権下）統治下にあるために米国も遠慮して、空襲もない夢の国という状態だったのである。

街にはこの夜中でも電車が走り、巨大な並木の道は広々とした大通の両側に亭々とそびえ立ち、その根元には屋台店のつらなりが、アセチレンガスの光で煌々と輝き、道行く人の大勢な姿は、正月か、あるいは何か祭りではないかと錯覚するザワメキがあった。その後一年半、この安南に住んで、正月は太陽暦と安南正月と旧暦と支那（華僑）正月と四回ほどあるのを見ると、この正月三日は常の賑わいではなかったのだろうか。

しかし、我々の自動車の上から見る店の品々は豊富で、南国の果物類が当時の内地の常態を知っているから、それは天国へ来たのかなと、じつに嬉しくなった。今の世の中にもこんな華やかで、平和で安心なところがあるんだなと感ずると、沸き上がる喜びは、食いたい盛りの少年たちであるだけに、これは俺たちは運がついているぞと感じた。

運のよさは、我々が乗って来た内地からの船団で、ここサイゴン到着は、この後一月二十七日に最後の船団が無事着いたのが終わりで、その後、内地からの船団は航行できえない情況になった。だから、我々の船団が内地からの船団到着最後から二番目であり、しかも我々はサンジャックで下船したので助かった。

この七隻の船団も、サンジャックを出航後、シンガポールへ行くまでに、艦載機の襲撃にあって、そのことごとくが撃沈された。その助かった傷病者がサイゴンの陸病に入院、私も一ヶ月ほど後にマラリア入院した折、その兵隊より話を聞き、我々の運の強さをしみじみ感じると同時に、軍隊は運隊だという一寸先は闇の中で、俺たちは強運の持ち主だと信じるようになった。

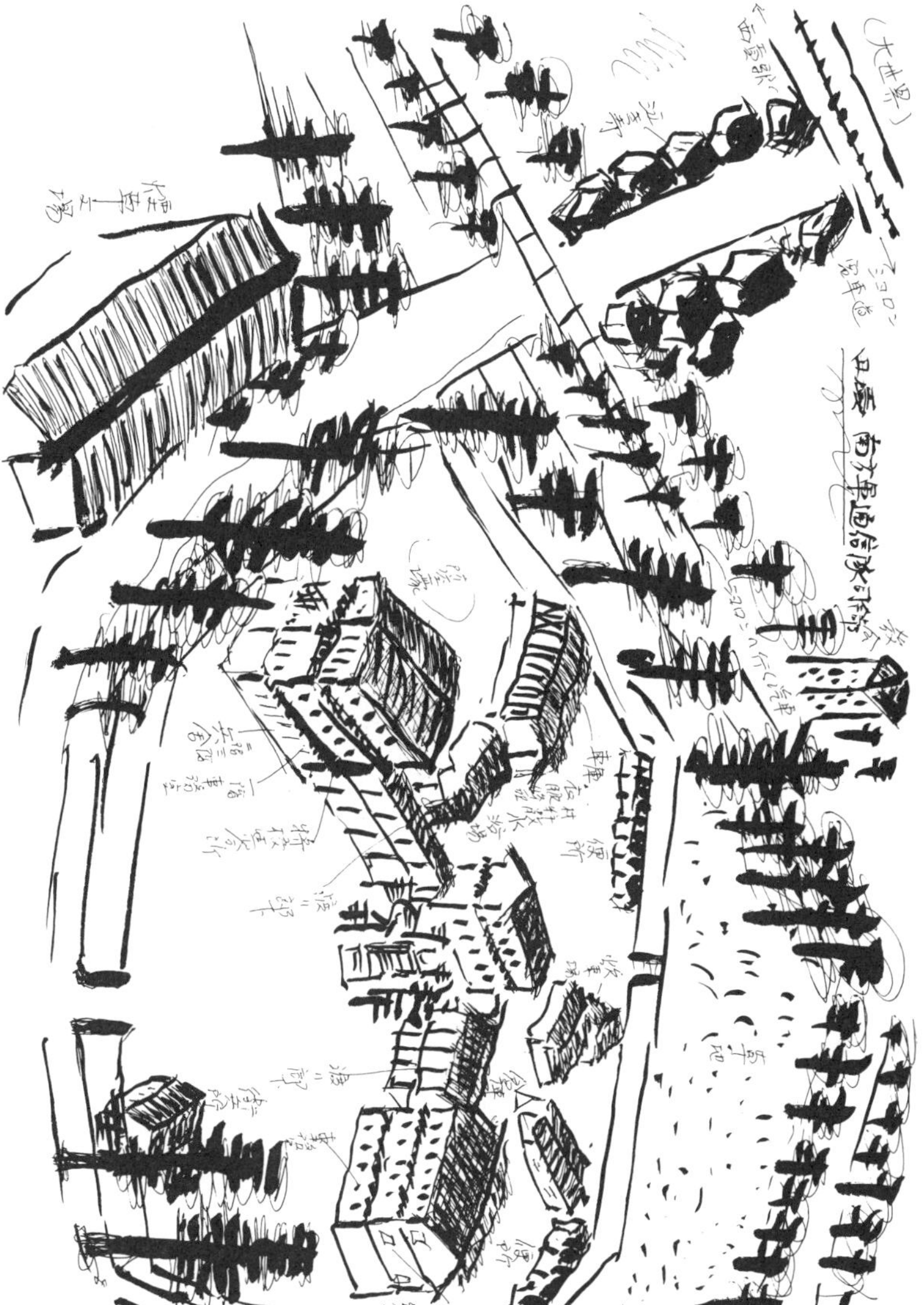

南方軍通信隊司令部

昭和二十年一月三日、我々百名の軍属は、後夜半、ショロンの格好のよい兵舎に着いた。深夜というのに、我々が到着するので明かりをつけたものか、木造造りの三階建ての兵舎が左右にあって、衛兵所のある門の前は結構な広場になっていた。その突き当たりの中央に石段の階段で、植木などをからませる格好のよい、この兵舎をまとめる本部のような建物があった。元から兵舎だったのか、学校なのか、都合好くまとまった建物が南方軍通信隊司令部（信一〇三一七部隊）であった。

周囲は全部石造りの塀で、大体東西五百メートル、南北二百五十メートルの屋敷で、左右の兵舎の後側には同じくらいの広さの空地があって、右側の空地は部隊全員の集合場所のような広さだ。左側の空地は材料廠への車庫への通路や防空壕があって、裏側の塀際にトイレがあり、右側のトイレはコンクリートの立派なトイレで、日本式だったから多分、日本軍が当初（昭和十五年）から使用していたのではなかろうかと思う。

この南方軍通信隊司令部は最初、編成当時は昭南のプラスプラザー通りが海岸通りに突き当たった角にあった。その後、昭南からマニラへ総軍が移動すると同時に移動して（威一〇三一七部隊）、そしてあわただしく昭和十九年十月からサイゴンへ総軍が敗退すると一緒に移動。当時、司令官は中将中村誠一。高級参謀が浜田萬中佐。参謀に牧少佐を配し、文官の将官待遇の上田技師が席次二番目に座る。通信技術者、軍属が多い部隊編成になっていて、そのうえ司令部だから、そのほか佐官級にジイさんの坂部中佐、（鳩〈通信〉の権威）井崎中佐や材料廠長の菅野少佐。また尉官級が多く、付きあたると将校だった。そして下士官も多く、兵隊はまったく少なかった。

翌日、中村司令官へ中告。背の高いスラリとした年輩の将軍で、なんでも普通なら少将で退役だが、戦争のお蔭で中将になれたともっぱらの噂ではあったが、文化人肌のやさしい感じの軍人だった。「君たちは本当によく来た。軍は君たちの来るのを待っていた。一日も早く回復して、軍務に勉励されることを望む」という意味のことを言ったが、さすがに将軍は、我々から見ればオジイさんから見れば、孫みたいな者のうえ、使い者になりそうもない小さな連中が多い百名である。我々自身でも、役に立つ自信がないのだから、一般の将校や兵隊から見れば、御荷物が来たとばかり思うだろう。だが、それでもこの際だから、一兵とは申さないが、弟が大量にやって来たくらいな感じで、兵舎の中を明るくさせた効能はあったようだ。

南方軍通信隊司令部　組織図（信一〇三一七部隊）
◎（南星会・戦友会会報によると）終戦時に於ける人員
軍人三百八名　　軍属百十名　　計四百十八名（ただし、終戦時において他部隊に転属した者百八十名を除く）
◎戦没者及び生死不明者数
戦没者八十一名（外立司令官以下）生死不明者百八十二名
○（注）生死不明者が多いと思いますが、終戦時出向していて（北部仏印通信隊、泰通信隊など）連絡が取れなかったためか？
○司令部の傘下に第二通信隊司令部（シンガポール）、第一通信隊司令部（マニラ）、第三通信隊司令部（ジャワ）が各地にあった。
我々の百名は最初、右側の二階に入れられた。階下は参謀部や副官部の事務室があって、司令官は東側の階下にいたようだった。二階から下を眺めると、兵舎の前は、大通りをへだてて、煙草工場があり、その横の四差路に突き当たるまで広い荒野があって、そこがこの部隊の待避壕のある場所で、私たちも二、三日してから始めて自分の入る蛸壺を掘らせられることとなった。

エンピ一本ではじめ、地表の三十センチくらいまでは固くて半日かけてもなかなかに掘れない。我々の力量では駄目だとあきらめて、情けなかったが、地表を過ぎると、下の土は柔らかく、午後からはあっというまに二メートルの下まで掘れて、その要領がわかった。その後、移動のたびごとに、まず第一番に宿舎に入ると、自分の待避壕を掘らなければならなかったが、この自信がついてお茶の子サイサイになった。

我々がサイゴンに着いてから、三ヶ日ほどたってから、多分一月六日頃から昼食時になると、米軍艦載機の戦闘機や爆撃機がおいでなすって、そのたびごとに鉄兜と水筒を身につけて自分の蛸壺に入るのが日課になった。我々のこの場所は、ショロンの華僑街に近く、サイゴン埠頭とは遠く離れていたから空爆はなかった。だが、ときどき高射砲の破片がするどい音で飛んで来て、兵舎にいる人でやられた人もいた。

この荒野には、並木の大きな樹が亭々とそびえていて、その樹の下になった場所は日陰になっている。この暑い南方では、直射日光の下では焼けつくほど熱いが、日陰に入ると、絶えず季節風が吹いている。湿気がないからさらりとしていて、ちょうど日陰に入ると、一息冷たい水をのんだ感じがするほど気持がよかった。通りは並木の大樹がずーっとつづいて、さすがにフランスが小パリーと呼号するほど、この植民地都市を開発したから、気持のよいこと。

衛門から右側の大通りを三百メートルほど行くと、ショロンからサイゴンへ出る電車が走っていて、その先は我々には立入禁止になっていた大世界という娯楽街があった。また、その通りへ出る兵舎から五十メートルのところを汽車が走っている。この汽車は割木を焚いているために火の子を飛ばして、夜なんか勇ましく大きな汽笛を響かせながら走っていた。

この司令部はちょうど大通りに囲まれた三角形の土地で、裏門から出た裏にも大通りまで空地の草原があって、ここで初年兵教育の訓練につかってみたことがある。その左側の近くにキリスト教会があって、昼や夕方などには時刻を知らせる鐘の音を、いつも聞かせてくれた。その斜め先にサイゴン第二陸軍病院があった。が、これは私が後刻、入院するときは自動車で行ったのでわからなかったが、退院時は歩いて帰ったのでわかったことで、つい先に病院があった。並木の樹がそれぞれ大きく、我々兵舎の三階の部屋より高く亭々としているので素晴らしい。だから近くにそんな施設があっても、見通しがきかないのだ。

我々は一週間ほどは何することもなく休養が得られたが、司令部に着いて第一番に驚いたことは食事の豪勢さだ。最初は我々の歓迎用のための尾頭付きの料理だと思うではないか。これは、八十八部隊でもそうだし、それが軍隊の普通だとは思っていたところ、兵隊に聞くと、普通食だそうで、この正月三ヶ日はすごい御馳走だった。

「お前たちは三ヶ日がすんで来たから、残念だったな」ということではあったが、それでもすごい食事である。それはそうだろう、食い盛りの少年たちで、十月二十日から七十日は兵站の一汁一菜の食事でずーっと来ているのだから、この駐屯地の南方総軍の膝下で、悪かろうはずはない。前線では食うや食わずで餓死しても、それは運搬手段や運の悪さがあって、後方は絶えず贅沢なのである。明日かも知れない危険や運の悪さで、こっちも同じ運命にさらされるのであれば、そのとき、現在は安穏を願って享受することになる。

第二番に嬉しくなったことは、服装と充品の変わったことだ。何よりこれも嬉しかった。嫌で嫌でたまらなかった地下足袋から豚皮ではあるが編上《へんじょう》靴《か》が常靴になった。あのカチカチと鳴る履き具合は、いっぺんに大人になった気分があふれた。また雇員の白の流れ星の軍属記章を胸にかざると、一かどの一人前以上の兵隊になったようで、半袖の夏衣と半ズボンは、輸送中にシラミを湧かした少年たちとは精神状態を一新させた。

シラミの話なら高雄の兵站で皆いただいたものか、高雄から乗船した船上で始めてお目にかかり、珍しいのと愛らしいのとで、一つ一つが人生を彩って行く経験というしろものに、我々はかえって、たまらなく事態に好感をもって対応した。船上の無聊で、一匹一匹殺すのが仕事になって、今日は何隻、大型空母をやっつけたなどと話題にしたが、到着後、全部衣類は熱湯煮沸して、それからは帰還するまでお目に掛からなかった。

南方の気候に慣らせる休養期間中に、基隆陸病からマラリア途中で退院した者たちが、やがてこの休養期間中にぼつぼつ熱発しだし、時に小さい連中が二、三人ずつサイゴン陸軍病院に入院しだした。位田博君も台湾では入院しなかったのに、いつのまにか入院する。

司令部に着いてから、起床が分隊ごとではなくなって、分隊そのものがなくなって、ぐちゃぐちゃになったものだから、いつ、だれが入院してもわからなくなった。なんとはなしに、我々の仲間が減っていく感じはしても、このサイゴンという確定した任地と、司令部の環境に順応するのがいっぱいで、他をかえりみることをおこたった。

ときどき運動がてらに、引率外出で歩行訓練に、海軍酒保や兵寮を目標に行軍した。酒保ではアイスクリームやはじめて食ったシュークリームなどが人気の的で、まだ給料はもらっていなかったが、日本円で十銭や二十銭で食べられるので、大福などは鉄帽の裏に隠して持って帰るすべも修得した。果物はさすがに臭いが強いのですぐわかるから持っては帰れないし、また禁止されてもいた。だが、官給品で二日にいっぺんは、バナナやパインナップル、パパイア、ときにはマンゴスチーンも食事と一緒に上がって来るから、そんなにも外では食べたくなかった。ただ、量は我々の満足にはほど遠かったが、それがまた最大の楽しみだった。

一週間ほどして、我々の雇員の班長が、副官部の西村軍曹にきまった。石川県出身のジイさんで、我々から見ると祖父のような感じだ。さっそく渾名は西村のジイ公と命名する。神経質的な顔つきで、細々と細い高い声でシャベルから、皆からすかれなかった。

西村班長としては、兵隊でもない十四歳から十八歳の少年たちのおもり役としては、ずいぶんとまどったと思う。伊吹少尉と下里衛生兵長が主に付いているので、朝の点呼や夜の命令伝達ぐらいに、ごそごそと言うからなおの事うとまれた。私も後述するが、この西村班長からはいいことなしで、うらむべきこともあったが、結果的にはそれが幸いした。それはまた後から言おう。

正月三ヶ日が終わっても、食事の給与はますますよくなった。朝食は別として昼食、夜食とも五品、六品の副食で、手の込んだ料理が出てくるのだから、わからないままに有難いことだった。真相は内地から兵食の指導に補給廠というのか、経理学校の兵食指導班というのかわからないが、それが外地の兵食指導に来仏印も、我が隊に十五日間駐留して炊事の実施指導をしたとのことである。

兵隊の給与額による兵食の献立は、これだけのものができるとの実践なのだが、これは本チャンのすることで、とうてい各部隊の炊事班ができうることではない。だが、彼らは何人来て指導したのか、我々の部隊は少なくとも五百人くらいの給与に、あれだけの料理が毎食できること事態が不思議なことだった。私も帰還前約一ヶ月ほどバリヤ農耕隊の百人ほどの炊事に当番で当たったことがあったが、炊事って大変だなあとつくづく感心したし、それが女房が現在では毎食やってくれて、口では言わねど、よくやるなあーと認識した次第だが、さすがに三度三度、本当に大変だと思う。

その指導班も、カロリー計算から給与額から割り出したものの指導も、終わって彼らが還った後は、残念ながら元のモスケ、そりゃーできませんよね。

軍隊の炊事なんてものは、一つの特権階級で、班では少し兵隊に向かない者を炊事に差し出すのだが、仕事がきついわりに、食事の材料を管理する権限があるから、一般の兵隊でも班長でも、仲良くしておいて得なのだ。だから、いったん炊事に入ると、他の勤務は一切ないから、飯上げに行っても、上等兵であろうと、炊事の兵隊からはドナラれても、まあまあと下手に出るのは仕方がなかった。本チャンは本チャン。軍隊にはそういうところがあって結構、各所に小さな権力者が居るところがまた一つの特徴でもあった。

それでも我々としては、今までのどこの給与よりは最上で、肉も魚も天ぷらも、食事がいつも楽しみで、そのうえ、三ヶ日に一回は、緑豆といって、ゼンザイが炊事から上がって来るのにはびっくり。甘いもの、そして果物、テンホウと言わずしてどう言おう。ついとるなあー。

我々が到着してから、変わったことが一つあるのだそうだ。それはこの一月五日頃から、B29や艦載機の空襲が始まったことだ。ここ仏印はフランス領で、統治権はフランスなのだ。我々日本軍は駐兵権を条約上許されているに過ぎないのに、我々兵隊の頭の中には、この仏印は日本の占領地のつもりで、ただ住民はフランス人も支那人も安南人もいるくらいの認識が当時の私たちの意識にはなっていて、考えてみると、ちょっとおかしい。

空襲があっても、私たちの抵抗は当たり前でも、彼ら仏人や住民の支那人や安南人にしては、許されざることであるべきなのだ。たとえ爆撃の現場が日本軍が使用している施設のみに限定しても、事実はショロンの華人街に爆弾が落ちて、三十五人も死んだ。仏領印度支那は、当時ヴィシー政府の管下にありといえど、その本国は目下、連合軍の統治下になりつつある情況の下では、味方が味方を攻撃するようなわけで、じつにややこしい。

しかし、連合軍も仏印がこのままというわけにもいかないらしく、毎日決まったように昼頃をめがけて襲来したから、食いはずれて、何より我々はうんざりした。ときには夜間に来てねむいのを起こされて、壕まで走るのが嫌になる。私の壕にはなかったが、昼間、暑いのでうっかり飛び込むと、大きな太い蛇が横たわっていて、びっくりして助けてくれーというやつがいた。蛇も暑いものだから、避暑としゃれこむから、それからは皆、いったんのぞき込んでから入るようになった。

蛇の種類によっては、猛毒を持ったものがあって、青い蛇やめくら蛇などは小さくても相手にするなという教えがあった。同じ爬虫類でもトカゲは、同じよく似たトッケーが、毎日兵舎のどこかで、愛嬌よく鳴いていたから、大きくてもなんとなく好感が持て、見分けが付かないまま、恐くなかった。だが、もう一つのサソリは常に身辺にどことなく現われて、編上靴の中にひそんで刺されたり、夜なんか、天井や柱をのそのそと歩き回っていたのは、不気味だった。

短い間にいろいろ教わったり体験したり。何もかも珍しいことばかりで、毎日毎日が張り切る。隊内のことも大体わかった。毎日、水浴場（左側の後横）で課業が終わって一汗ながすと、気持がよかった。だんだんと慣れてきて、ぼちぼちと教育が始まり出したある日、その日は居住区の班で伊吹少尉の訓話があった。相変わらず伊吹少尉は、真面目な人でニコリともせず、語尾が終わるたびにきちっと口元を結ぶ人だ。

そのときもどんな話をされたか、さっぱり覚えていないが、私はそのとき変に体がえらくて、皆あぐらをかいて話を聞いていたのだが、終わると同時に横になってしまったら、下里兵長が飛んで来て、「中江、なんだ、横になってよしとは、誰も言っとらん。立て」と言う。私も立とうとするが、えらくて立てないので、「下里兵長殿、ちょっとおかしいです」と言う。

私自身、それまではマラリアは全快退院してきたと思っていたので、まさかマラリアの再発とは思ってもいなかった。ただえらく体がダルイなあーと思うだけだから、私としては怒られるのが当たり前だと神妙にする。下里兵長や隊長からも、今まで一度も恐られたことがないだけに、下里兵長もすぐ頭に手を当て、「熱がある、熱発だ」と言う。

就寝許可をもらって、練兵休で二、三日休んだが、熱は微熱が残り、結局、東京班の金子一雄と大阪班の三河裕と三人連れで、サイゴン陸軍病院に入院することになった。多分、一月終わりか二月始めだったと思う。

ちょうどその少し前に司令部の裏側に酒保ができて、安部川餅に大福。バナナ、マンゴーなどの果物、それにウドンが販売されるようになった。我々も始めて月給三十円をもらったものだから、まだ正式に我々には許可がなかったが、兵隊にこっそり頼んで、大福（確か一ヶ十銭）、バナナ（一房五十銭）を手に入れて、消燈後、戦友らとひそかに車座になって食ったものである。

兵隊の不寝番が立っていたが、暗い蚊帳の中の皆、手に入れたものを出しあって、ひそひそと食う楽しみは、ちょっとしたスリルがあった。それなのに、じつに残念に司令部を出て行くことに相なるのだから、残念で仕方がない。

外出もこれから単独（二人連れだが）になろうかという時点だし、金も安南銀行券でもらってあるというのに、病院に入ると、いつまた還って来れるやらわからない。といって、台湾のように給与は病院はよかったから、それも魅力があるし、何より今回は、台湾の基隆のときのような高熱で、自分が自分でわからぬではなしに、むしろこのくらいで入院するということがおかしい状況だったから、入院してもすぐ帰れるぐらいに思っていた。

当時、我々のメンバーの半分の五十名くらいは入院していて、残った者が半分ぐらいになっていたから、恥ずかしいことではなかった。また、下里兵長も大事をとって、それぞれ入院させて、病院で休養をさせるつもりだったようにも思える。だから、三人連れで班内を出るとき、残った戦友に、「すぐ帰って来るからな、元気で行ってくるわ」という思いで、笑って出たら、それが西村班長のゲキリンにさわったらしい。

「入院するのに喜んで出ていった中江は、軍隊をなんと心得とる。残念だ。入院するのは不名誉だという気持になるのが当然なのに、笑って出るとは何事だ。ふとどき至極。軍人精神が弛緩している」と、これは後から私の耳に入った。この事柄から、西村班長の私の評点は零になったらしい。

軍隊なんてところは形式至上主義みたいらしくて、本音は考えて出せないか、または要領よく芝居しなくてはならないなと、あらためて気づく。よし、こうなれば、憎まれっ子世にはばかる式に、軍隊にいる間、どうせ軍属なのだから、少々の自由はあるのだし、その自由の範囲いっぱいに、自分の気持いっぱいに行動してやろうと、深く感じた。

元々が環境がつぎつぎに変化するのを好んでいる私には、その当時、職務は通信士ではあったが、考えて見ると、勤務はじつに退屈な仕事であったので、じつはあまり希望していなかった。できたら通信でも、固定無線より移動無線が魅力があって、つぎつぎに移動（せいぜい一ヶ月一箇所ぐらい）したくなっていたので、これでまた病院へという変化をあたえられたのはじつは嬉しかった。

基隆での入院は、ジメジメした雨の中で、毎日毎日どんより薄暗い思いをしたが、ここサイゴンは目下、乾期で烈日の太陽と、夜になると西空から昇ってくる月の大きさと満天の星の輝きは、南十字星というロマンチックな響きとともに、一日一日が素晴らしいのだから、どこへ移っても、ワクワクするばかり。

マラリアは基隆でもらったものの、一日、二日で高熱は下がって、後は三十七度の微熱が一週間ほど続いたくらいだから、私の状態では、大したことはなく、本当は入院だといわれても、ピンとこない感じだった。だから、軍医の診断の方が、我々が未青年で年若かったので優遇したのではなかったかと思われる。

我々三人は下里兵長に連れられて、あっという間にサイゴン第二陸軍病院に入院した。目と鼻の先に陸軍病院はあった。おそらく、並木の高々とした樹がなかったら、私たちの司令部から見える場所にあったものと思われる。その間には、いつも鐘の鳴る教会があって、定時になるとガランガランと大きな音が響いて、司令部までよく聞こえてきた。

その加減かどうか、司令部のその反対側の大通りに出る前の道の右側では、よく死者の葬列があって、オウオウ鳴く女達（鳴き女らしい）の声が、打楽器の音とともによく聞こえてきた。三日に一回くらいのわりで聞こえたから、多分、その教会での葬式後、その大通りから、どこか旅立ったものだったのだろうと推察される。

第二陸軍病院にて

広々とした芝生のはえた中に、点々と高床式に平屋の病舎が、それぞれ横に廊下でつらなっており、じつに気持のよい環境にあった。我々三人は、その建物の大通り側に近い一番端の第八病棟（マラリア）にほうりこまれた。診察があったのかないのか記憶がないくらいだ。マラリアなんて病気は基隆でもそうだったが、ほとんど診察の仲間ではないらしく、キニーネをのませるだけのようで、後は朝晩、熱を計るのが仕事だ。

熱の出ない我々には、じつに申しわけなくて、なんとかして一分でも高くしようと努力して、ハーハーと息を吹きかけたり、体温計をこすったりしてガンバッテ、患者らしい状態に持っていくのに苦労した。いったん病院に入ると、自分があきるまで、一応はこの境遇に順応するものか、だれでも一緒らしい。

ここに入って、一番私としては残念なことは、外出が出来ないということなのだ。今ごろは司令部の連中は、二週間にいっぺんは、カチナ通りを歩いているなと思うと、あーあと思ったりする。病院にも酒保があるのだが、月給も貰《もら》ってあるのだが、外出したときのために残しておきたいものだから、つい使うのを躊躇する。

三河と交替で酒保へ買いに行くのだが、いかに早く並んで、欲しい物を手に入れるかが日課になった。ちょっと遅れて行くと、欲しい物は売り切れているのが実状だった。お互いに分けあって、食べたりする。どうしても酒保へ足しげく通うようになると、すぐ金を使いそうで、自由なのにかえって困った。

ただ、私はここで重要な災難にあったのが悔やまれてならない。というのは、ちょうど我々三人が看護婦に案内された大部屋には、それぞれ空いた寝台に指定されたが、私の寝台の敷布は前患者の汚れたままで、何かのウミのようなものがカバーや敷布にいっぱいついていて、それがまだ光っているような状態だった。私としては気持が悪くて、寝台に上がることもできず困っていた。

すると、隣の人が、「その寝台の前の人は森集団（ビルマ派遣軍）の人で、ビルマカイカイ（疥癬）のひどい人で、早く敷布を変えてもらいなさい」と言ってくれたが、私としては、どこに頼みに行くのかわからぬし、第一、悪いのだったら、看護婦がここに寝ろとは言わないだろうし、そのうち看護婦か衛生兵が交換に来てくれるだろうと思ったりしていた。そのうちに、朝からズウッと立ち続けて、多少熱もあったりしたから、まさか病院に入っていることだから、重大なことでもなかろうかと思ったりして、とうとう寝台に上がってしまった。

第一、ビルマカイカイが、どんなものかわからないし、ひどいとはどんなことをいうのか、そんな知識もなければ、それ以上聞こうとする余計な頭もなかった。それが大きなことになっていくのだが、軍隊に入って三ヶ月ちょっとたってくると、貴方まかせの気分になっている状態だから、気楽なものだ。

二、三日後に、ようやく看護婦が敷布を変えてくれて、やっと気持よくなった。だが、じつはこのときにこのビルマカイカイの菌を頂いていたのである。しかもこの菌は最初、男性の陰部というべきか、一番常に隠れているところに寄生するのだった。その恥ずかしさのために、せっかく陸軍病院におりながら、衛生兵や看護婦に打ち明けることができず、治療せずに放ってしまったのが、なお、重態となってしまった。

ここ第二陸軍病院は、病棟長は尉官待遇の婦長で、男性の患者の病棟長は下士官の上級者。看護婦は下士官以上の待遇者だから、この普通病棟では、看護婦の権威はすばらしく大きい。もちろん、我々患者は、看護婦の意のままだから、つべこべは言えない。

看護婦も看護婦で、女性ではあるが、軍隊の組織に入っている加減で、キビキビとして万人を同じように対応するから、どうしても物が言いにくくなる。そんなようなことと、とにかく場所が場所なだけに、十八歳の私には恥ずかしくて言えなかった。水浴に行って、なるべく清潔にするより手がなかった。

それでも看護婦のいる陸軍病院は、日本人の女性であり、若い異性がものを言い、行動するのだから、軍隊の中では、患者がなごむ精神的作用は抜群のものがある。軍隊での男ばかりの生活から、たまに一ヶ月に一回か二回の外出の折に民間人の女性と接しられる。日常的に陸軍病院では、女性をかいま見られるという喜びは、私たちのような少年は、まだ経験がないのと、まだ未青年で、看護婦さんは全部、姉さんにしか思えないのだから、それ以上の感情は、私には湧いてこなかった。

毎日、マラリア病棟の患者はすることもなく、ただマラリア熱が出るのを待っているくらいだから、至極元気がある。ただし三日熱などがあって、三日目になると熱が出て来るのがある。私も診断は三日熱だったが、病院に入ってからは、あまり熱が出ず、ときどきはズル休みをするとき、熱が出たといっても、三日熱患者はうまくごまかせた。

病院の給与は、味気ないもので、基隆のときは兵站が悪かったもので、病院がよかったと感じたが、ここサイゴンでは、司令部の給与がよくて、病院が反対に一汁一菜では、当てがはずれた。我々マラリア病棟の患者は発熱中は、飯が食えなくて、一汁一菜でもよかったが、マラリアの回復期に入ると、食うわ食うわで、いくら食っても食っても底がわからぬほど、欲求するので始末におえない。食えない連中の分を頂いても、あの好く食えるのは見事なものだ。

この八病棟に入ったマラリア患者の我々の仲間は二、三十名はいただろうが、他の病棟に入っている連中は（大部分は内科病棟で十四、五名）は酒保への立入禁止が多く、皆それぞれ知人同志が頼まれてひそかに酒保品を手に入れていた。

七病棟に入っていた位田博君はサイゴン到着後、すぐに入院しており、彼に聞くと、最初は他の連中と一緒に入院するときは、南方生活に順応するために要保護のつもりで病院に入ったらしい。だが、残念ながら、位田君と東京班の一名（原勝美？）と計二名は、内地還送になることになったという。

位田君は南方生活に対応できえない体の持ち主と判断され、ちょうど赤十字の交換船の阿波丸が日本へ帰還するので、その病院船で還るとのこと。位田君は残念がって、あの真面目な者が彼の特徴である大目玉からぽろぽろ涙を流しながら、少し見ないうちに、なんとなく疲れているような面持でしゃべっていた。

私も「君も残念で仕方なかろうが、私も君と一緒に南方で勤務できると想って、せっかく苦労して二ヶ月半かかって南方に来たのになあ。仕方ないよ、第一、体が一番だよ。日本内地に還ったら、一緒に来た仲間たちの親御様たちへ、サイゴンへ無事着いて、元気で勤務していることを教えてくれよ。俺も君に手紙を頼むから、それと一緒に頼むよ」というより慰める言葉もなかった。

古い兵隊たちからは、内地送還される者たちへ、羨望の眼差しを向けていたが、私には逆に彼が可哀そうとしか思えなかったし、彼も嬉しいのか悲しいのかわからなかったに違いない。南方に適さない者は結局、軍の足手まといになるのみだから、還されるわけだが、私始め誰彼となく、内地への連絡をそれぞれ託した。

戦後、我々にわかったことは、絶対に内地の留守宅に現況が届いたと思っていたところ、位田君らの乗った病院船阿波丸は、サイゴン出港後、台湾海峡で四月一日の深夜、一人が助かった以外は全員死亡するという、海難史上でも最高の痛ましい病院船襲撃事件の犠牲となったのは、その当時でも想像もつかなかったし、よく知らされた病院船が沈むなんて、だれ一人思ったこともなかったろう。本当に運命というのか、不運というのか、わからないものだ。

しかし、この事件はじつに疑惑の多い事件で、確かに日本軍も南方の重要物資を、ひそかに内地へ運ぶ手段に利用したのも事実であろうし、それもまた米軍には読まれていたことには違いなかろう。それならばなおのこと、英米人の捕虜の二、三十人でも乗せて、それを告知し、安全を二重に確保しなかったのだろうか。

四月一日の深夜の台湾海峡は、その二ヶ月前の二月初めより日本軍船は通っていないほど、それ以前の海域で米軍にやられているから、かりにレーダ射撃で撃沈するにしても、潜水艦の方で変だと感じなかったのだろうか。赤十字船の阿波丸が通るということが、衆知されていなかったのか。また、撃沈された後、助けられた者が一名はわかるにしても、阿波丸の方にカッターやボートなどの用意が全然なかったのだろうか。海に飛び込んだ者も、船員ほか元気な者もいたはずなのに、浮遊物その他で助からなかったのは、なぜなのだろうか。考えれば考えるほど疑惑を生じる。

私にはあのときの位田博君の面影が、今でも少年のままよみがえってくる。彼の故郷がわかれば、仏前に線香をたむけたいが、大阪は戦後大きく変わり、探すすべもない。

入院した当時（二月始め）は空襲もなく、ときたまあっても、赤十字のマークに安心して、待避壕に入ったこととてない。また、マラリア患者のほとんどは独歩患者が多く、元気者同志、日陰に入ってシャベルばかりだから、この時点では病院には壕らしいものは見なかった。ここ、ショロンは中国人街でもあるので、米軍も確かに爆撃はさけている。重要施設もあるわけでもないから、飛行場地区が当時は限られていたのであろう。

何しろ仏領印度支那という他国に、我々日本軍は駐留通過する条約上なのに、駐留する私たちには軍隊の内部から見ると、普通、内地にいる情況とは変わらない。軍隊から見る民間人が、それが日本人をふくめてフランス人であり、安南人であり、支那人であるだけで、仏印だと感じるのは、安南フランス銀行券を、通貨として使用して支払いするとき、認識するわけである。街路を自動車で使役に出たりすると、わがもの顔の大きな面で走るときは、日本の国の中で生活しているように錯覚さえする。

考えてみると、他国に我々は住まわせてもらっておりながら、いうならば、あつかましい居候の身分で、いつのまにやら居座って、どうのこうのとごちゃごちゃ言っているに等しいのだから、まったく無茶もいいところだ。

戦況は悪化し、ヴィシー政府も連合軍の統治下になって、仏印も向こう岸の比島やボルネオは米軍の進攻にあい、南支那海も米軍の支配下の実情では、つぎは南部仏印への進行にさらされている時期になっていたのである。

南方総軍としては、最後の兵站基地として、南方のカナメとして、ここ仏印は何としても確保しなくてはならぬところなのだ。最後の拠点としても、タイやマレー、そしてジャワなどとの日本軍との連繋のためにも、なにが何でもこの地は十パーセントでも陣地として、最後の終焉地にしなくてはならない場所なのである。

そのため、武力によってでも、仏印は日本軍のものにしなくてはならなかったのである。私が入院したときは、ちょうどこの二十年の一月から連合軍からの空軍による空襲があいつぎ、名実ともに敗退が目の前に迫るようになっていた。

赤十字のマークをつけたこの陸軍病院も、空中から見える庭に動く者は、白衣の者だけで、私たち白衣の支給のない患者は、空襲時には外に出るなと訓令された。私たちは身体も小さかったから、白衣の支給はなく、普通の緑色の半袖の夏衣と半袴下の入院生活であった。それでも当時、可愛い少年たちはどの病棟でも人気のまとで、看護婦はもとより入院していた兵隊たちからも、弟のように、ときには稚児さんのように、誰からも愛され、病院そのものを明るく空気を一変させたようであった。

私には二つ、絶対に忘れられない体験があった。先のビルマカイカイをふくめると、三つになる。一つは八病棟のマラリア病棟の部屋でのことである。私の右隣は三河君だったが、左隣は森集団（ビルマ方面軍）の兵隊だった。この私が入った部屋は大部屋で、室長が森集団の軍曹で、片脚をひきずるような足き方をする感じのよい人であった。十数人の患者の半数は、ビルマ派遣軍の兵隊らしかった。いつもビルマの話ではずんでいたが、ほとんどの人はこのマラリアの回復が進んでいた。

熱があって独歩患者以外の人は二、三名で、毎日の検温は平熱なのに、なんとかして熱を上げる工風をするのが、日課だった。私たちは一日も早く退院して、隊に帰りたいのに、この森集団の人たちは、一日も長く入院してビルマの隊に帰るのを遅らせるのが楽しみのようだった。インパール作戦の初期の負傷者や患者で、ここまで後方に退がってこられた幸福な運の持ち主が、地獄のようなビルマへは戻りたくなく、一日も長くこの仏印におりたいのである。

だから森集団の軍医部長が、ここの後方の病院へ視察および退院促進のために訪れ、この部屋にも入って来て、森集団の入院患者を見舞っていたが、その大部分の人たちは、すごく立派に元気に「すごく順調です。早く退院して一日も早く隊へ、ビルマに帰りたいです」と返事をする。ところが、部長が見えなくなったら、「止めた。誰がビルマに帰るものか。できたらこの仏印に転属したい」と言う。

病院の軍医の診察が始まると、よくなったが、まだ熱が出てだるいとか、足が体がとかなんとか理由をつけて、不備を訴える。看護婦の隙をねらって、熱発患者に体温計をにぎらせて、熱が三日目ごとに出る振りをする。いろいろと謀りごとをお互い同志で研究しているから、その点では、ある意味では病院生活を楽しんでいる。

ところが、我々仏印駐屯部隊の入院者は、食事は各部隊の給与より悪いし、下給品なんかも一週間にいっぺんぐらいしか上がって来ない。そのうえ、酒保はあっても、品数や数量はすぐ売り切れるように制限してあるらしく、早く退院して原隊へ帰りたい気持にさせるところがある。ビルマ派遣軍の入院患者は、入院がもうみんな長いから、給料や持ち金は全部使って、酒保で買う金もなくても、食事や下給品の給与が悪くても、ここは天国なのだ。〝地獄のビルマ、極楽のジャワ〟と、ここでも兵隊の中ではささやかれていた。

その左隣の兵隊がビルマで、京都の兵隊（祭か安か、はたまた兵站なのか）と、何か事情はしゃべらなかったが、生死に関するほどの事件か何かがあったのだろう。入院した当時は、非常に親切にしてくれて、いろいろと面倒をみてくれていた。

私も兄貴のような気分になっていたところ、数日して何気なく出身県の話が出たとき、私が「京都です」と言ったら「お前は京都か」と恐い顔をすると同時に、それからもう私には一切言葉もなく、完全に無視されたのには驚いた。京都は京都でも私は福知山二十連隊だといっても、無言だったから、わからない事情ではあったが、何かとてもひどいことがあったに違いなかった。

もう一つは、ちょっとしたことだったが、忘れられないことがある。入院して二週間ぐらいしたときだったか、引地という主任看護婦さん（熊本出身）が、「中江さん、ちょっと来て。看護婦詰め所まで」と呼び出しがあるものだから、のこのこ行くと、「じつはこの薬箱（患者に薬をくばる箱）に、八病棟と筆で書いてほしい」とのこと。私もそれくらいのことならお安い御用と、書けばよかったが、何でそれくらいのことで私に書かせるのか、それが納得いかなかった。

大勢の患者、少なくとも八病棟全員でも百名以上いるのに、なぜに私が選ばれたのか。選ばれた理由があるのか。しかも私は小学校では、習字はへたの方ではなかったが、高等科を卒業して三年ばかり、田舎の信用組合に勤めていて、そのときに私より、年の大きい人たちは、定期証書に書く字が女の人もふくめて、みんな圧倒されるほど字がうまかった。そのために筆で字を書くことをあきらめていたくらいだったから、他人様の前に出せるものでもないし、常々、皆の患者の目に付くとなると恥ずかしくてとうてい書く気がしない。

だが、ちょっと私は重大に物事をとったらしい懸念がある。簡単に書けばよかったのだ。ほうほうの態で断わったが、引地さんが言うのには、

「中江さんの手紙の字を見て言うのよ。いいから書いて。そのかわりにお礼に特別食を一週間やるから」

そう言われれば、ますます書けない。私は先にも言ったように、信用組合に勤務して伝票や帳簿に付けるペンで書く字は仕事柄、経験を積んでいた。しかし、みんな先輩たちの字のウマサを真似て、小さなペン字はどうにか格好がついたかなと思う程度。それが、ほめられるとは恐れ入った。

字を書くのはそのとき以来、苦にしなかったから、軍隊に入ってサイゴンにつき、一週間に一枚ずつの航空郵便の葉書は、筆まめに他の人のいらない分をもらったりして、親、妹、それに親戚に、勤務先の先輩、後輩たちには各一枚ずつ出しても、結構多かった。また筆まめに書くのが苦にならなかったのと、この病院の部隊に入ったため、いつまで入院していなきゃわからないから、それでまた、各人へ出したから、それで目にとまったらしい。

何事でもちょっとした特技があると、芸は身を助けるものだなと感じたことと、もう一回同じようなことで幸いすることが四ヶ月後に起こる。それはまた後で書こう。

とにかく、断わってしまったのだが、特別食は一週間、炊事から上がって来た。そのたびごとに引地さんから要請されたが、意地になって断わり切った。室長からも言われたが、かたくなになって断わって、特別食を食っただけ。後味は悪かった。その後、一週間もしないうち、三月九日に急遽、退

院したものだから、挨拶もそこそこで部隊に帰ったのだ。その後、本当に偶然に半年後に会うことになったときには、隠れたい心境だった。

明作戦

昭和二十年三月十日夜、明作戦が始まった。数日前から第二陸病でも秘《ひそ》かにささやかれた。独歩患者がつぎつぎに退院させられて、この作戦のために病室から消えていった。よもや私たちもそれに関かわりがあるとは夢にも思っていなかった。突然に朝、退院を言われ、装具をまとって迎えの兵隊と三名で部隊に下番した。

一ヶ月ほど離れていた司令部は、ものものしい雰囲気につつまれて、蒼然とした動きと、キビキビした緊張した空気の中だった。元の西村班長が引率していた当時は、右側の兵舎の二階だったのが、退院して返ってくると、班は左側の兵舎の二階に移って、浄慶隊の兵隊の内務班の隣にあった。

我々少年たちの数もめっきり減っていて、四十名くらいだった。知ったやつがまったくいない。どう留守の間に変化したのか、二班か三班に別れて居住区があるのか。この浄慶隊と一緒にいる連中はどうやら皆、入院下番者ばかりが集められているらしいことがわかったから、離れていた留守のことはわからない。また司令部内部の動きはあわただしく、我々に目もくれない。中告もだれにしたのか、しなかったのか、覚えはない。

兵隊たちは、午後からつぎつぎにいずこともなく出て行く。お蔭さまで、我々下番者は叱る者もないから、のんびりした気分を満喫していた。すると、夕方近くに全員集合の号令。何事なりやと集合すると、一人一人に竹槍を手渡し、二名ずつコンビを組んで、それに兵隊が一人ずつついて、部隊の各所で監視することになった。

兵隊は銃を持っているけれど、我々に手渡された武器には恐れいった。軍属だから鉄砲は持たなくてもよいのだろうが、この武器には参った。結局、戦いに負けて十月中頃の降伏式まで武器として持ったのだが、これでは負けるはずだ。多少表面がザラついていて、すべりは少ないかも知れないが、一度突いたら、二度目はどうなるやら。先端部分は尖って鉄ではあるが、竹の部分に押し込んであるだけで、カシメてもないのだから、まったく子供だましもいいところと言いたい。

といって、我々に拳銃を渡すわけにもいかないのだろう。半分ほどは刀を持っていたのに、部隊に入ったとき、とり上げられたようで、武器にはならない。まあ冷静に考えると、我々少年隊員には、こんなところだったのだろう。

ところで、私たちは上等兵の兵隊と私と石田と三人がペアで、監視場所は右側兵舎の後の便所の裏側に倉庫があったが、その屋根と塀との間に夕方から立哨することになった。そのときは結構まだ兵隊が多くいたから、一、二時間で交代があるように思っていたら、全然交代はない。一時間にいっぺん動哨が回って来るのみで、夜が更《ふ》けてくると兵舎は静かになって、大勢いた兵たちも全員どこかにものものしく出陣してしまい、ものすごく気持の悪い夜になった。

我々の前は兵舎の裏手で、草つきの荒野になっている。その先百メートルほどのところに太い通りがあって、右に行くと十字路のロータリーがあるが、そのあたりが我々の防空壕の蛸壺のあるところである。そして左に行くと、第二陸病になるという結構安全な地とは思う。

しかし、その草つきの荒野は広くて、それにところどころ大木が並木通りに添って植えてあるから空の空間は少なく、暗い草原は風のそよぎで動きがあったりして不気味だ。常なら終夜、人通りのある通りなのだが、今夜は安南人、支那人とも、夕方よりだれ一人歩かない。今夜、日本が勝つか、フランスが勝つか、息を殺して戦いの情勢を見きわめているのである。

仏印の日本軍は駐留兵だけで、北部にこそ一ヶ師団の駐屯を認められているものの、南部は駐留は一ヶ旅団と通過兵ぐらいの兵隊である。南方総軍の後方兵站基地として、軍属や軍政部や、施設部などの戦闘能力のない人間の多い集団だけに、果たして仏軍と一戦をまじえてどうなるか、非常に総軍も心配だろう。そのためビルマから二師団（勇兵団）や五十五師団（荘兵団）がこの作戦のために引き上げられた。戦力は半分ぐらいなれど、第一戦兵団の名前だけでも、心強いものがあった。

後から聞くと、この三月九日夜に間に合ったのはごく一部だったのだが、中国から縦断作戦で、仏印を通過してタイ方面へ行く師団もあったりして、それが思わざる仏人に対する驚異になったようだ。仏軍の兵力と日本軍の兵力を比較すると、仏軍の方が倍ほど多かったのだが、仏軍の内部事情として、戦闘経験は少なく、仏軍とはいえ仏人は少なく、安南および華僑人の軍隊と外人部隊では、戦闘はむずかしかったろうと考える。

それでも深夜になると、二、三回、どこからか発砲したような音がして、梢を切るような気配がした。じっと草原を眺めていると、何者かがしのび込むような感じが私にはしたが、それは口にも出せなかったし、兵隊の一人がじつにそのときほど心強かったことはなかった。

後で皆の話を総合すると、兵舎全体を守ったのは我々のペアと同じペアで、十五ヶ所ほどの監視所で皆、交替なしで守ったというのだから、少しは我々のような者でも役に立ったなと思う。兵隊の話では、「お前たちも作戦に参加したんだよ。その経歴には書かれるぞ」と誇らしげに言われた。

その長い一夜が明けて、陽が昇って来ると、前の草地が見えるようになった。そのときには、本当にホッとした。夜暗くなってからの立哨だったから、現場を知らなかったので、不安があったのだろう。我々と一緒にいた上等兵は昼間、現場を見ているから、その点は判断ができていたのだろうが、我々のような頼りない助っ人をあずかって、我々以上にホッとしたことだろう。

明け切った朝になると、大通りが、いな仏印全土は想いがけぬ騒々しいことになった。朝から道路という道路は、安南人の群衆が日本万歳、万歳との声と小旗（日の丸）での行列で、何事が起きたのか、かえって我々日本軍が啞然とする騒ぎになった。こんなに嬉しいとは、昨夜の不気味な静けさからは想像もできえなかった。

部隊に毎日入ってくる安南人から、事情を聞いてわかった。この後、この彼らの感情は我々が安南人と接触するたびに、どの安南人もキラキラ目を輝かして話かけてくる。彼らが言っている安南語は十分の一もわからないが、身ぶり、手ぶりというものは、意思までもよくわかるものだということがものすごく我々、いな私にはいい勉強になった。片言の〝日本〟、〝上等〟、〝上等ない〟、〝フランス〟――これだけの通用語でも、結構人間の感情や生活に応用できるものだ。

話はそれるのだが、私の経験上からいうと、安南語の一から十までの数の言葉、一二三四五六七八《モクハイバーボンナムサオバイタム》九十《チンムイ》と、〝これ《ケナイ》はなん《ケジ》ですか〟これ《ケナイ》を下さい《バイニュー》。これ《ケナイ》は幾《バイスコーテン》らですか。この単語で、日常生活はできる。しかも日本語の誰が教えたか、〝上等〟〝上等ない〟の二語は、じつに簡素にして、あらゆるものに通用する。使い方によっては、これくらい、便利な国際語はない。〝フランス上等ない。日本上等〟これだけで親善ができる。

これ《ケナイ》は〝上等〟は品物の善し悪し、人間の善人、悪人。いけないことは〝上等ない〟。じつによくわかるのだ。これから発展して、つぎからつぎから安南語の言葉の語意が増していくことが、じつに楽しくなったのも嬉しかった。閑話休題。

とにかく一夜明けると、昨日までの安南人が見ていた日本軍に対する目は、同じアジア人という同色人種の親しみと、それにこの仏印は別として、比島やビルマやインドネシア、マレーと大東亜戦の緒戦半年で、それら西洋人の支配下からそれぞれを解放して、旧体制を打破したという。実績を見た、アジアの盟主へあこがれる、それぞれ住民の目の輝きだったのである。

だが、昭和二十年に入ってくると、日本軍の敗退は悲惨な状態なのだから、仏印における仏軍との戦いはどちらが勝つか負けるか、彼らとしては不安とともに、戦火の中に巻き込まれるおそれが充分にあったから、昨夜の私らの心配の何十倍もオノノイていたのである。

それがまさしく、サイゴンおよび南部仏印においては、夜半で片がついて、各仏軍の兵舎は軍事施設および行政施設は全部、武装解除したのだから、彼らの方がびっくりしてしまった。北部仏印や中部仏印の方で、日本軍の兵力の足らぬところで一部戦闘がつづいたが、仏印総督の回答はNo《ノー》に対する明作戦は、実にあっけなく順調に日本軍の勝利に終わったのだ。何百年のフランスの統制下に、何回となく反逆して彼らができえなかったことが、一夜もかからずに完了したことの驚き。改めて、日本軍の、いな日本人の強さをわからしめたのである。

ビルマ、インドネシアなどの民族が日本軍に協力、独立に動いたと同じ効果を、ここ仏印では、安南人へ元気と活力と希望をあたえたことがなにより最高の変化となった。それが民族への刺激となって、終戦後からあの長い仏軍との独立への戦闘、そして勝った情熱は、自信となってあの世界最大の米軍との戦いを乗り切ることになった原動力は、この三月十日、日本軍があたえた火薬となったのである。

私は自信をもって言える。その後の安南人が、我々を見る目、態度は、本当に日本軍を日本人を兄貴と接する尊敬と信頼の面持《おももち》。私たち少年を見て、それは彼らの幼な児たちへの手本にもなったようだ。

帰ってきた司令部の作戦兵の話では、結構、場所場所ではサイゴンでもドンパチがあったようで、武勇伝がその後話題となったが、この司令部の兵隊には一名の損害もない。この作戦はハワイ作戦のような不意打ちの一方的の戦いでなく、時間を通告した互いの作戦準備時間はあったはずで、相当な交戦を覚悟してのうえのことだから、日本軍としては百点万点だった。

なによりも日本軍としては、少々古い武器といえど、仏軍の武器を捕獲したのが大きな収穫だったろうと思える。我々の司令部にも、その朝からマキシムの重機関銃が一台、我々浄慶隊の兵室にデンと座って、司令部のこの防衛隊の役目を荷う浄慶隊には、軽機の一丁もなかったから、心強い味方が舞い込んで来たように思えた。

それから二、三日して落ち着いてから、雇員の私たち入院下番者は、そのほとんどが浄慶隊（三十名）に受け入れられて、兵隊の内務班と一緒に生活することになった。入院しない雇員の残留組は、二十名ほどが仏印通信隊（サイゴン）へ行って通信所勤務へ、十名ほどが通信統制班（サイゴン）の送受信所へ、十名ほどがハノイの北部通信隊へ転属、五名ばかりがタイ通信隊（バンコック）の方へと別れて行ったらしい。だが、それは復員して二十五年ぶりに戦友会を始めてからわかったことで、当時は我々司令部に残った三十名ほど（浄慶隊）の同僚たちしかわからなかった。

三月十日の時点でも、病院入院者は二十名くらいいたようだし、二名は阿波丸で内地還送になって、一名はサイゴンに着く前の夜に船上で戦病死したから、サイゴンへの派遣九十七名の勤務は大体そんなところか。

そして、我々を引率してきた輸送指揮官の伊吹少尉と下里兵長の二人は幸いに航空機によってサイゴンを立ち、台北に無事、到着したという通知があり、基隆陸病に入院して残留した雇員を見舞ったという電報が入った。だが、その後、内地到着の情報はなかったが、よくそれでも台北まで、最下級の将校と兵隊が帰れたものだ。当時、昭和二十年の三月といえば、海上は絶対に駄目、空もほとんど駄目、四月には沖縄へ敵が上陸する少し前だから、果たして内地まで帰れたかどうか。

それにしても、通信隊司令部だったから、航空路部へ力があったのだなあーと想像する。この司令部の前任の高級参謀が、大佐で南方航空路部の部長に栄転したのが、幸いだったらしいと、もっぱらそんな噂だった。その後、伊吹少尉、下里兵長の消息は今日まで、ようとして私たちの耳に入ってこない。いろいろの噂が飛んでいるが、生きて元気でいてほしい。

浄慶隊に編入になって間もないころ、親父から封書の長い長い小説のような手紙が届いた。サイゴンに到着したとき、基隆で世話になった橋本様宅からの回送便だった。よく届いたものだと感心する。十二月二十日頃に、基隆の橋本様に託す我が家への手紙が内地に届いた。その手紙には、基隆から移動する通知を書いていたのに、その年の年末に親父が遭遇した小説より事実は奇なりという出来事が、便箋に十枚ほども書き記してあった。

親父本人も驚愕したのだろう。かねがね話術のうまい人だとは思っていたが、その文章たるや、よどみなく小説を読むようにすらすらと書いてあるのには、改めて親父を認識する。男同士は、割合にライバル的なところがあって、親父といえど残念ながら、母親に対する感情とは違って、遙かにサメた見方をしていたところがあったから、私なら書き得ない文章を突きつけられると、自然にうまいとうならせられた。

手紙を渡してくれた隊の事務室の検閲の下士官も読んで感心したらしく、「中江、お前の親父は何者だ」と問いかけられたことを覚えている。そんな内地からの封書の手紙は、よく到着したものだと感じたことと、この当時は航空便の葉書だけは、内地に着いたし、私のところにもときおり届いたから、南方と内地への便りはつつがなく通じていた。当時、サイゴンにいた我々は、戦況はわからないままにも、安心感のようなものを与えていた。

ダラットへ

三月十日の明作戦の一環として、一週間ほど経った折、我々病員下番の雇員二十名が指名されて、どこかに出発することになった。班長が亀田軍曹（佐賀県の人）、班付に西郷兵長（静岡県小笠郡の人）。行く先も知らされず、夕方サイゴン駅から、食糧品らしい梱包を持って乗車する。我々の二十数名で小さい車輌を借り切っているから、特別待遇だと感じる。さっそく明作戦の効果が、鉄道乗車にも現われていることがわかった。

サイゴン駅は、中央市場の前の方で、プラットホームがない。下から手スリで上がらなければならない、ヨーロッパ式なのには驚いた。列車は燃料は薪で、我々の司令部の横を、ショロンへ通る列車のエントツからは、絶えず火の子を散らして走っているのを見ていたから、木でも走るのだとは認識していたものの、乗ってみると、火の子が窓から降って入って来て、気をつけていないと服をこがすのには参った。不寝番は火の子の番だった。

荷物の間におさまって、寝ながらの旅である。とにかく移動することが、変化する生活が、それが先は未知であっても嬉しい。南方の朝は早い。前後部の車輌には、安南人や華僑人がぎっしりと乗り込んで、がやがやとうるさいこと。子供の声で目がさめる。汽車は駅に着いて停車中だ。

物売りの子供が、車の下からバナナ、卵、砂糖、菓子、果物を持って、バイニューバイニューと叫んでいる。バイニューとは、買うとか売るとかに使う。だからこっちからもバイニューといえば、買いであり、字は買い入れと書くのかなと思ってみたりする。ケナイ（これは）バイニューテンといえば、これはいくらだというぐらいの言葉は、我々も一番最初に安南語として習って（自然に）いるから不自由はない。

値段が高いと、「上等ナイ」といえば、否定語として手振り身振りでわかるから、なんとなく通用する、一から十までの数、(1)《モク》(2)《ハイ》(3)《バー》(4)《ボン》(5)《ナム》(6)《サオ》(7)《バイ》(8)《タム》(9)《チン》(10)《ムイ》は知っているから、これの組み合わせをすれば、簡単に購買することができる。現在の英語の会話より遙かに便利なのだ。

当時バナナ一房（二十本）ほどが五十銭だったから、我々給料から見るとそれでも結構使い出はあった。古い兵隊の話では、十六年当時は同じ一房は十銭だった。昭和二十年終戦の年になって、五倍ほども高くなっているとのことだった。我々はそのほかに内地送金として、国から留守宅宛に百円あるはずだった。だが、帰還してみると、二十年度になると、外地から内地への連絡および内地の手続きの遅れなどによるのだろう、終戦時まで（八ヶ月）には、送金の事実はなかった。

この当時は、鉄道への米軍の攻撃はなく、数時間走っては、薪と水を積むのだから、駅に着くとゆったりとしたものだった。列車から見る窓の外は、地形の変化が少なく、むしろ火の子の注意が大変だった。

列車はツーランで本線から乗り換えて、支線の小さい機関車と、それに二輌ほどの小型の客車と貨車で我々だけの列車らしい。山麓らしいところに着いたのが、午後四時頃だっただろうか。ここで飯盒炊爨《すいさん》。軍隊へ入ってから始めての経験だった。昼食は部隊を出るときにもらった。二食分のおかずといえば、いつもは辛い塩干魚と味噌と梅干だから、この時の副食は缶詰の牛肉や魚のうまかったことを思い出す。

夕方近く、ここからの山岳列車は今までのマキと違って、石炭を燃やして走るアブト式の客車なのだ。高い山が目の前に立ちふさがって、切り立った壁のようにそそり立っている。夕闇が迫ってくる頃、列車はこの絶壁のような山を昇る。高度を増すごとに、平野を隔てて海が見える。カムラン湾らしい。ぐんぐんと列車は相当の勾配を昇って行く。

気がつくと、線路が四本もあって、キイキイと金属音を立てて、ゆっくりゆっくり進んで行く。だれかの情報で、これがアブト式軌条なので、線路を車が噛んで行くのだそうだ。真ん中にも何か波形の線路が見える。内地でも碓氷峠にあるとかという。下を見ると、大森林から平野があって、その先は南支那海が見える。太陽が海の中に落ちて行くのが、雄大に光って見え、そのすばらしい景色に思わずホッとため息が出る。

いつしか真っ暗になって、うとうとと旅のつかれに寝てしまうが、急激に寒くなって皆、毛布をかぶる。気がつくと、列車は走っているのだが、平坦部をゆっくり進んで、どうやら山を越えたらしい。金属音も聞こえない。暗くてさっぱり周囲はわからないが、相当に高いところに昇ったようだ。やがて十一時頃だったか、「駅だ」「終点だ」の声。聞くところによると、ダラットという。目的地らしい。装具を持って下車する。駅舎らしい建物が右手に電気をつけて、黒々と見える。我々を運ぶトラックが、この時間に出迎えてくれている。軍隊というところは、じつに計画的であり、不思議なほど連絡が取れているものだと、今さらながら妙に感心する。

黒々とする闇の中を、トラックは走るが、妙に周囲が晴れやかな空間の中にいる感じがする。山の中のような気がしない。ここダラットは千五百メートルの高さのようだが、我々の頭には南方といえば、どこでもジャングルがあり、ゴリラや虎や鰐や原住民の国とのイメージが先に立って密林を想像するが、何か違和感を感ずる。

トラックは学校のような建物に入って、ここで今夜は寝るという。部屋に案内されて横になったが、この家の周囲というか、下の方は谷のようになっているようで、そのあたりから波が打ち寄せてくるようなザワザワという音がする。まさかツーランより海をへだてて、あれだけの絶壁の山を越えたのに、また海へくるわけがないにもかかわらず、なぜかそんな感じがする。ひょっとすると、この下の谷は大きな湖でもあるのだろうかと、皆と不思議がって横になる。そんな感じを抱いているうちに寝入ってしまう。

昨夜の後夜半にダラットに着いたものだから、朝の点呼なしに目が醒《さ》めるのが昼前で、のんびり外に出てびっくりした。目の前の景色は見える限りの三百八十度、起伏のある大草原だ。一番遠くに見える小山のような頂上まで、まったく一本の樹木もない。ただただ広い草っ原がつづいている。我々

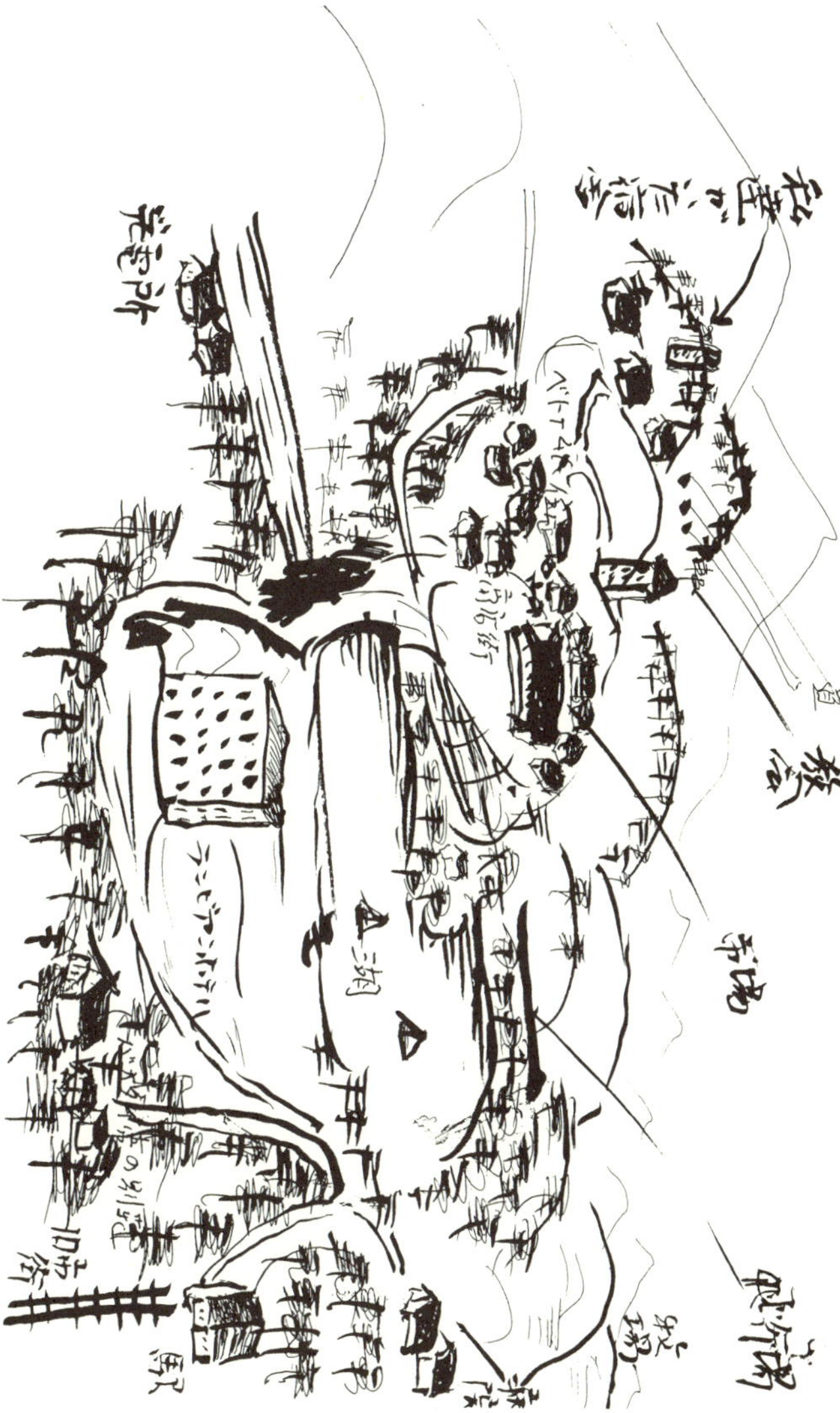
ダラット高原市街

が感じた家の下は海か湖かと考えたのは、ちょうどやはり谷になっていた。そこに吹く風が、すすきをなびかせて、その音がザザーザザーと波の打ちよせるようになっていた。

ちょうど当時三月は乾期で、山の上と来るから、昼間は暑い太陽がサンサンと照り、しかも風が常にあるから、ここダラットはすごく気持がよいのだ。一キロほど先に黒々の点々で牛らしいものが動いているので、この一帯は牧場だ。

見ていると、だんだんとその牛が遙か彼方の小山のような草山に登って行く。それが一個一個、点に見えていたのが、それが集団が一塊になって山を昇って行くほど、遠くまで本当にすばらしい眺めの景色である。我々はものをいわずに見とれていた。

我々の昨夜泊まった宿は、ダラット健兵隊という病院の保養所だ。明作戦に備えてこのダラットを攻め取るため、元気のよい兵隊を患者に仕立てて、この重要地点を無疵《むきず》で接収するために、少数の兵であたったが、相当につらかったようだった。まったくこの健兵隊は、よい場所にあった。駅から湖の方に下りてから右手への道路の奥の方へ、街から反対の方向にあったから、作戦準備をするのには気づかれにくい。

午後、昨夜ダラット駅に残った物資の監視の半数と交替して、物資をトラックで運ぶ。標高千五百メートルの高度を持つランビアン高原の中心地であり、フランス人の別荘地でもあり、第二の首都であるダラットは、南方といえども周囲は松林で、ところどころに南方系の森林が入りまじって、そのたたずまいは草原とよく調和している。中央に人工湖を築いて、電力および水道の便をなし、さすがにフランスが誇るのも無理もない。

兵隊の話では、日本の軽井沢の方がもっといいと言っていたが、それは身贔屓《びいき》で、内地へ還って数年を経て始めて軽井沢を訪れた印象は残念ながら、ダラットに軍配を上げた。作家の林芙美子も訪れて、このダラットの記を書いているのを読むと、うべなるかなと思える土地なのだ。

我々の司令部の兵舎は、駅から湖の方へ太い道を下がると、やがて道が二つに別れる。一方は湖に沿って左の方へ行くと、湖の上にランビアンホテルという見晴らしのよい丘の十階以上もあるすばらしいホテルの前に出て、もう一つの山側を通る道とこの前の方で出合う。そのもう一つの山側の道は、旧王様のバオダイ帝の別荘などがあるところで、ダラットの行政官庁のあるところだそうだが、日本軍の我々のトラックは、なぜか通らなかったから、そのたたずまいは私にはわからない。

ホテルから湖へは芝生の美しい草原で、湖にはヨットやボートが浮かんでいる。人造湖なのだろうが、ちょうど私の隣郡にある久美浜湾くらいの大きさなのである。我々の宿舎は、その道をかなり下がって湖の堤防を通過し、その先の丘が、ダラットの大市場のある大きな広場に出る。広場の周りは、商店や食堂や喫茶店が取り巻いて、唯一の繁華街になっている。明るい太陽の燦々と降る中の彩りは、異国情緒がいっぱいだ。

商店街の坂を下りると、そこは安南人街というか、華僑街が立ち並んでいて、右手の丘の上に朝、昼、晩と大きな鐘を鳴らす教会の下を進んだ先の小山の半面が、わが部隊が接収した別荘地だ。一号兵舎から六号兵舎までと、山の上に円筒形の三階建てのビルのような別荘が、参謀部の宿舎兼指揮所で、みんな松林に囲まれた中にたたずんでいた。一番下の川べりに炊事があって、いつもそこまで食事を上げに行くのは、天気のときはよかったが、五月から雨期に入ると、毎日弱った。

赤、青、黄色とりどりの瓦屋根と、一軒一軒の構造と内部の部屋の違いのあり様は、周囲の松林とそして芝生とのコントラストは素晴らしいの一語につきる。サイゴンのカチナ通りや、ショロンの街も立派であるが、ここの景色は、南方にいる感じは絶対にしない。朝方、霧がかかって陽が上がってくる前の霧の流れを見ていると、南画の世界の中にいるようで、じつに素晴らしい。

我々が最初入った兵舎は、後で三号兵舎といって、淨慶隊でこのダラットに入っていた、我々の分隊が二番目で、その後、兵隊の分隊が一ヶ分隊、一ヶ月ほど遅れて病院下番の雇員編成の掛屋分隊が一ヶ分隊やってきて、多いときは浄慶隊の主力八十名ほどがこのダラットにやってきた。最初、このダラットの別荘に入ったときは、今の今までフランス人が生活していたままで、食事時だったのか、テーブルにまだ食器が出ている状態だった。よく見つけて接収したのだが、あわただしかったのだと推察された。

どの別荘にも、それぞれ留守番役の安南人か華僑のボーイおよび家族が部屋を持って管理していた。どの別荘もそれぞれ綺麗であり、しかも、調度品なども高級品で、ダブルベッドなんて始めて見る我々には、いかに植民地で王侯貴族の生活だったかにはびっくりした。

複雑な部屋の間取りと、かならず玄関から入ったすぐのフロアには、暖炉があって、我々は使わなかったが、相当寒い日もあるのだなと感じられた。我々の田舎では、四ツ間がほとんどで、それから見ると、なんと機能的だと感心した。

この兵舎には、三日か四日かしか住まなかったが、この別荘番の親子には終生忘れ得ぬことがある。前にも書いたように、三月十日の明作戦以後の安南人たちの、我々日本軍および日本人に対する尊敬とアジアの盟主に対する感情は、はっきり素直に我々に伝わってきた。我々の一挙手一投足まで、熱いまなざしを投げてきたのを感じるのだ。

大体、安南人は全体的に見て、中肉中背というか、痩せ形で細身の体つきだ。だから、親の方の年齢はわからないが、祖父と孫の少年のようにも見えたが、その少年が十歳ぐらい。我々は十五歳から十八歳の兵隊の格好をしていても、少年とわかるから、その少年ボーイは、我々に兄貴のような感情をもったらしく、よく遊びに来て、いろいろ安南の言葉や、買物などを教えてくれた。その少年が瞳を輝かせていうのだ。

「安南も二十年待って下さいよ。そうすれば、日本と手をとって、かならず一緒に戦います。日本軍は強い。日本人は立派だ。我々もかならず頑張って日本を見習って……、強くなります」

彼はそれを、動作と言語で体いっぱいで表現する。まったく嬉しい。我々は軍属で軍隊に入って、まだ五ヶ月ほどになるも、兵隊と一緒に起居ともどもの生活をしているから、彼らから見ると、少年兵と思うのであろう。ただ白の流れ星（五星）の胸章をつけているから、兵隊とは違うと思っているのかはわからない。それでも少年から見ると、一人前の日本軍隊の一員に認めてくれるのが、単純に嬉しい。

そのときはそんなふうに受けとめていたが、後述するが戦後負けてから、もう一人の安南少年の言動と合わせると、安南人の心意気が、この戦争によって、すごく変わったことを感ずるようになった。この三号兵舎から、五号兵舎へ数日して移った。

第三章——少年軍属戦えり

ダラット五号兵舎

　我々の宿舎になった五号兵舎は、三号兵舎から、だらだら下る坂道の一番下で、三軒ばかり別荘が並んでいて、その真ん中の道に玄関はついているものの、裏は崖で松林、平屋で、高い木で組んであり、一部にボーイの部屋が階下にあった。

　玄関に入って左側に一部屋あったが、それは厳重に鍵がしてあって、開けることができなかった。後から考えると、この別荘の調度品の重要物を収納してあったのだろうと思う（日本軍が接収の際）。我々の起居する寝台は、入った右のフロアーの二十畳ぐらいのところを真ん中を通路にして、左右、板張りの五十センチほどの高さの板場で、これができるまで、三号宿舎にいたのが考えられる。

　フロアの隣の部屋が炊事場で、その裏側を入ったところが多分、化粧室か脱衣室であり、その半分も板張りにして、我々の寝室に改造してあった。その先が、洗面所および便所、浴室が一緒の四畳半のくらいの一室で、これだけは、いくら外人でも文化に劣るという感じで、始終嫌な感じがした。

　戦後、日本でもホテルの部屋が浴室とトイレが一緒にあって、多少違和感が減ったといえども、我々が浴室で体を洗っている時、大小便に戦友が入ってくると、一緒にそれぞれしゃべっていても、綺麗に水浴したようにも思えず、ただシャワーで体を流したくらいにしか常に思えなかった。

一番裏の二部屋、ガラス窓に囲まれた寝室があったが、これは亀田班長と西郷兵長の各部屋になっていた。私は事情があって入らなかったが、多分、ダブルベッドかシングルベッドのこの宿舎で一番よい部屋だったろう。全体的に見て、この我々の別荘は、別荘の中でも最低のものだった。

ここに我々の分隊が入った夜に、始めて亀田班長（佐賀県の人）から、「君達は亀田分隊であり、今後、俺のいうこと、および西郷班付兵長（静岡県小笠郡の人）の指示を拝じること」などの訓示があった。雇員の先任は小谷。亀田班長の当番は山崎。西郷兵長の当番は中江と指示された。

私は部隊へ入ってからの信条としては、なるべく人より目立たなく出しゃばることは絶対にしないことで、要領などは俺たちは兵隊ではないのだから、生来不器用であり、運動神経は最低であるだけに、むしろ世間によくいう、悪い野郎《やっ》ほど長生きをするという馬鹿な格言を心ひそかに心がけていたのが、当番という役割が当たってこようとは意想外である。

当番になると、勤務の一部が免除になるよいこともあるらしいが、何にしても気をつかわなくてはならない。それも限りがないだけに、私には務まらない。せっかく山水自然な美しい土地に来て、気の休まらない任務とは、何のために南方に来たのか、自分への情けなさに嫌になった。

後から考えてみると、その原因は病院に入院する折の西村ジーコウ軍曹の、私への評価が最低になって、淨慶隊に配属になったように思う。確かに淨慶隊に配属になった雇員は、皆マラリアや内科病棟の入院者で、病院から下番して来た者たちの、行き場のない連中の寄せ集めだった。それはそれで致し方もないのだが、それでも優秀者と目される者は、退院と同時に転属したりする者も後で（戦後）わかったから、やはり、司令部に到着して西村班長の指揮下になってからの評価で、配属になったらしい。

それも自分でしたことだから、私自身は悪いと思ってしたことでないだけに、これも自分の運命かなと思う。しかし、通信所に勤務して、毎日、通信機とニラメッコをしているより、私のこれ以後の軍隊生活は、じつに変化があって、実際にはよい体験と、体力的にも人に負けない自信が出てきて、私には幸いした。

当番に指名されたことに抵抗した私は、西郷兵長に、「私は務まりません。私は不器用で運動神経も駄目ですから、他の人に変えて下さい」と怒られるのを覚悟で言った。

「いいよ、いいよ。誰がしても、俺にしても亀田班長にしても、こうしてもらいたいというほど、君らの当番を当てにしていないから。ただ名前だけでもいいから、当番をしてくれ」と西郷さんは言う。考えてみると、亀田班長（軍曹）も西郷兵長でも、一般兵隊と一緒にいると、神様のような扱いを兵隊たちから受けるのに、何の因果か、我々雇員の班にいるばかりに損をしているのだから、同情せざるを得ない。私も山崎も腹をくくった。やるしかないと。

ただし、私は一計を案じた。私は洗濯を全部引き受けることにして、山崎が班長および兵長室の掃除と食事の上げ下げ、雑事をするという段取りを取りきめた。山崎もそれにOKしたから、私は班長室および西郷班付の部屋に入らなくてよいことになった。

私の性格の中に、決して好い事とは思わないが、どうも偉い人に密着するのが、生来苦手のところがあったからだ。相手が好意を持っていることがわかっていても、なぜか少しの権威のような物を持っている人なら、つい近づくことを躊躇する素直でない心を持っているのである。それを自分自身では気がついていながら、逃げようとする悪い癖。なるべく、自分の心に負担をかけない楽な生活でありたいからだろうと、私は思っている。

この五号兵舎のボーイ夫婦には子供はなくて、女房の方は安南人とすぐわかる体格と服装をしていたが、ボーイの方は、安南人としては、珍しい体格のよい大男で、あるいは外人の血がまじっている二世か三世ではなかろうかと推察した。

彼は元フランス軍の伍長で、まだ若いのに、この別荘のボーイになるのは、惜しいほどのいい男だった。だから彼も軍人だっただけに、フランス式の軍隊の動作や敬礼などをやっては、我々と面白おかしく交流を深めた。このボーイも、いろいろと安南語を教えてくれた。軍隊の中で生活するだけだったら、安南語を知る必要もないし、覚えるチャンスもなかったのに、我々はよい環境に出合って自然と話せるようになった。

我々の仕事は、毎日トラックで朝出て、一日中別荘を調べることに明け暮れた。私たちはもの珍しく各部屋をのぞいて歩いたのだが、兵隊には任務があったろう。多分、短波受信機の接収ではなかったかと思うのだが、その折、私たち少年は気がついていなかったし、その気もなかったが、後から考えると、兵隊たちはポケットに入るくらいの金目のものを、懐ろに入れる楽しみがあったに違いない。それは後になってわかったことだが、我々少年たちは純真だった。

ラジオの受信機は、全部短波でオールウェーブ。内地の国民型ラジオしか知らない我々には、短波、中波のついているスーパー受信機には、強烈に外人の文化の優秀性に圧倒された。そのスマートさと、受信能力は、私たち少年にもはっきりわかった。終戦後、七、八年して、やっと裕福な叔父の家に、始めて同じ格好をした全波受信機を見たときに、ああやっぱり十年は外国人（白人社会）より遅れていたのだなと思ったことがある。

それともう一つ、びっくりしたことがあった。ある別荘に入ったとき、二階の寝室にふみ込んだ際、その部屋の一角に衣桁があって、見るも艶やかな日本の着物がかかっていたのには、皆しばし見取れてしまった。よほどこの別荘のフランス人は親日人であったのか、また奥様が日本人であったのかわからないけれど、すごくそのとき、違和感ながら、ああ日本の着物って美しいなと少年心にも感じたことを忘れ得ない。

しかし、そうした別荘の接収でも、決して良心をなくしたわけではなかったろう。外国資産として、それら調度品などは運び出し、我々の使用もその後させなかった。おそらくすべて一個所の部屋を倉庫に管理したのは確かであり、戦時中ではあるが、できうる限りの処理をしたのは、改めて国際法の生きていることや、人道的というか、法の存在を知ったことはよい勉強になった。

戦勝国の接収員だから、なんでもできるとつい思いがちではあるが、売り飛ばすのに便利な小さなものは、適当に古兵たちのポケットには入ったのだろうが、それくらいは止むを得なかったろう。

兵隊の給料はまったく安かった。我々は月給三十円をもらって伍長と同じだったが、毎月食いたい盛りの腹の虫には、物売りに来るバーサンの菓子代にも事欠く有様だから、仕方なかったろう。確かに兵隊や下士官のしたたかな人は、まったく打ち出の小槌を持っているように金を持っていたのには驚いた。

一週間ほどで別荘の接収は終わり、つぎは通信所開設の使役に追われた。通信所はランビアンホテルの前から山側の森林地帯に入った道路沿いの谷間地帯に、仏印通信隊（星井隊）の中の固定通信隊（渋川隊、ダラット派遣隊、小池中尉）の対空三号とかの大きな出力の機械を、別荘に収納する手助けだった。重たい発電器などを、ウインチで車から降ろして、各部屋に入れたり、通信所同志の有線の電線張りの作業とか、私たちにはどれもこれも始めての仕事で、毎日が珍しく面白かった。

むずかしい仕事は皆、兵隊がすることで、我々はせいぜい荷物運びの手助けぐらいしかできないが、それでも兵隊が少ないものだから、結構、我々少年軍属も戦力にはなったようだ。後から、我々の淨慶隊長（淨慶荘左衛門中尉。兵庫県養父町）も一ヶ分隊を連れて、ダラットにやってきた。

これで兵隊二ヶ分隊、雇員一ヶ分隊の作業隊になる。この淨慶隊の任務は、司令部の警備隊兼作業隊で、種々の任務につくのだから、じつに面白い。

この淨慶隊とは、東部軍、中部軍、西部軍から各一ヶ分隊軍通要員を編成して、淨慶中尉が指揮を取って、この南方軍通信隊司令部（当時マニラ）に到着、そしてサイゴンに移動してきたものだ。

東部軍から来た吉川准尉以下の兵隊は、関東や東京や東海の府県人で、中部軍から淨慶中尉（八月一日付大尉）と一緒に来たのは掛屋軍曹（奈良県）以下、滋賀、京都、大阪、兵庫の人たちである。そして、西部軍からの編成は、西依准尉（佐賀県）以下、佐賀、熊本、鹿児島の既教育兵の無線一ヶ分隊、有線二ヶ分隊。編成当時は百五十名くらいだったようだが、マニラに残った者もあったりして、百名ぐらいの隊ではなかっただろうか。だから結構、雇員の少年隊の五十名ほどにも、戦力の期待はあったのである。

一方では、司令部全体でいえば、兵隊六十パーセント、雇員軍属は四十パーセントほど、軍属の比率が高い部隊だから、そんなにギスギスしたところがなかった。どちらかといえば、自由な空気のようなものがただようところがあるようで、我々もじつにのびのびした生活をした。

〝梁山泊〟の人たち

五号兵舎は梁山泊だった。亀田班長（軍曹）は百姓人らしく、赤ら顔のいつも一ぱいやっているような酒好きの面を持ち、我々にはほとんど怒ったことはなかった。それでも注意しなければならぬようなときでも、気の短い感じはしたが、そのときでも、早く話をすませて一ぱいやりたい顔がみえみえだった。だから、我々は彼亀田班長を鶴亀班長とアダナしていた。

西郷兵長（静岡県小笠郡中村）は小柄な人で、軍隊に入るまでは警察官。だからキビキビしたところがあって、少し早口でしゃべる。ところが、亀田班長の九州弁をことさら標準弁になおしてしゃべろうとする。ゆっくりした口調とは対照的で、二人のウマはあっていなかったろうと思う。どちらかというとおとなしい人で、作業が終わって夕食後は、隣の四号兵舎に後発で来た掛屋分隊の上田兵長（滋賀県の人）の部屋に、毎夜ほとんど呑みに行っていたから、私自身当番兵としては気分的に楽だった。

本当に当番という名前だけで、何一つしたわけでないのに、交替当番の炊事からの飯上げはしなくてよかったから、ずるくて申しわけないことをしたと、深く慚愧に耐えないと思っている次第。この西郷さんともダラットからサイゴンに帰ってから、私はサイゴンの司令部に残り、西郷さんはじめ淨慶隊の大部分はパクセの山岳作戦の方に出て行って、戦後も分隊も別れ別れになったので、同じ中隊にいたのかどうかも記憶にない。後述するように、私の知らぬところで、思わざる恩を受けたことを思い出させる。

このダラット生活は、三月二十日頃の乾期から六月十日頃までの雨期に入ってからも、両方の気候に対面するまで約三ヶ月続いた。亀田分隊の雇員の付き合いによって、性格、出身地なども余裕があったたけに、お互いが戦友らしい雰囲気を班内でかもし出していた。毎夜毎夜、点呼後も皆、寄り集まって、西郷さんや班長に叱られるまで、菓子や果物を出しあってしゃべるなど、じつに楽しかった。

不寝番は一番立ちから一時間ごとの順番はあったが、まともに勤務するのは三番立ちぐらいまでで、四番立ち以後は、ほとんど回ってこない。それをよく知っている週番上等兵の山田、堀江の上番下番の上等兵は、中隊本部から分散した各兵舎まで離れていても、面白がって御苦労でも回ってきて、我々ほとんどが不寝番でおりながら寝ていて、見つかってビンタを取られた。

後半夜、寝ていても、このダラットは治安も、動静も至極良好であったので、我々雇員の不寝番の状態を百も承知の上だから、我々もゲームのように振舞って、それが明朝の話題になるのがしばしばだった。ここで一緒にいた懐かしい班員を記そう。

●小谷義弘（大阪の人）は、学校での組は違っていたが、彼とは八十八部隊（相模原電信一連隊）を出るときから一緒の五分隊だった唯一の人である。どうも私とはフィーリングが合わなくて、サイゴンに着くまで七十日の間中でも、話したこともない。どういう人だったかと言われると、ほとんど記憶がない。このダラットでも一緒になったのだから、ある程度はなじみがありそうなものだが、残念ながら思い出せない。

すごい近視で、眼鏡をはずしたら、おそらく何にも見えなかったろうと思われる度の強いレンズをしていた。もし眼鏡をなくしたら、どうしたであろうか。予備を持って来ているのだろうかと、人ごとながら心配するほどの状態だった。私も近視で、当時は眼鏡をかけてはいなかったが、私の雑嚢の中には二つ眼鏡を持っていて、状態が悪くなるとか、上官への欠礼で参るようなことがあったときはかけるつもりで大事に持って来ていた。

だが、幸いにして、我々雇員は伍長以上でないと、敬礼はしなくてよかったが、金筋が入っていれば兵長であろうと、無難に敬礼していた。だから、軍隊にいる間中に、二度ビンタを取られたくらいだったから、まあよしとしていた。それも一回はサイゴンの司令部のシャワー場の出合い頭だったし、シャワー場という気分のゆるんだときだったから、私自身でも納得した。

近視の眼鏡をかけている者は、いざという時のことを思って、眼鏡を大切にした。浄慶隊の神戸の人で一等兵の山岸さんは眼鏡の蔓《つる》を折り、大久保彦左衛門のように糸で耳にかけて特異な風貌をしていたのを思い出す。多分、スペアを大事にしてのことと思った。

その小谷だが、我々がダラットからサイゴンに退がるときに三分の一ほど残った一員であったが、聞くところによると、七月七日にダラットの陸軍病院の分院に右湿性ロクマク炎で入院。そして第二陸病堤岸分院（サンジャック?）で昭和二十年十一月十八日に病死したと後で聞いた。相当、彼も先任で無理をしたのではなかろうか。可哀そうというしかない。

私も生来、蒲柳《ほりゅう》の質で、十二歳の折、腎臓の大病で医者より見放され、九死に一生を漢方薬で助かり、三年ほどは体操も免除されていた事情から、体力にはまったく自信がなく、果たして海外勤務や軍隊の一員として通用するのが危ぶまれていた。だが、マラリアで基隆陸病に十日前後、サイゴン陸病にもマラリアで一ヶ月ほど入っただけで、五月の月例検査が始めてダラットの医務室であったとき、体重が五十三キロに増えていて、私自身、体重計をうたがったこともあるくらい、その後は順調だった。

しかし、大体は皆、ぎりぎりになるまで無理をするところがあって、後述する私の隣に寝ていた笠原も、他人が見るに見かねて班長に告げるまでがんばるのだ。人のことを言うくせに、私自身もこの戦列から離れまいとするから、もうどうにもならなくなるまで頑張ることになるのである。

●椎名桂太郎（東京班、茨城県人）は関東のド真ん中で生まれたのに、なぜかズーズー弁で、われわれは始め皆、東北人だと思っていた。東京の近いところに住んでいながら、不思議に思って聞くと、彼曰く、「東北のズーズー弁が風に乗って関東まで流され、筑波山に当たって、筑波山の麓に停滞して、あの周辺だけズーズー弁が通用するんだ」と面白いことを、真面目な顔で言うのだから、まったく憎めない。

大体、方言のきついヤツは都会育ちではないから、一般的に何か安心して付き合えるようなところがある。その上にすこぶる美男子で、背はあまり高くなく中肉中背なものだから、その屈託のなさから、皆からケイちゃん、ケイちゃんと言われて愛されていた。

この亀田分隊の雇員は十六名中、大阪班が十二名、東京班が四名なのだから、それまで移動中にあった東京班、大阪班の確執もいっぺんに吹き飛んで、皆いいやつだということがお互いにわかった。

終戦になって、タンフーで農耕して、我々の部隊だけで自活しているとき、我々のバショー（芭蕉）兵舎からゆるい坂道を下ると、約三百メートルくらいのところに、水浴場と風呂場があった。毎夕方、我々が揃って水浴場へ下って行くと、その途中に安南人の子供や娘たちが、彼ら特有の竹の天秤棒をかつぎ、芭蕉の葉で編んだ笊《ざる》の中に菓物や大福、砂糖（黒砂糖）や菓子やオコワなどを持ってきて店を路上で出していた。

この即製の市場が毎日立っていたが、我々は当時まだ給料をもらっていて、十月頃だったか、三ヶ月分か十ヶ月分か、最後だといって三百円をもらったことがあったりして懐が温かかったから、結構、気前よく使っていたときだった。我々の懐をねらって、いろいろの店も出ていたが、中でもホテユの味は絶対に忘れぬことができない。

安南には小麦は少ないものだから、普通の米のウドン（名古屋のキシメン状に似た平たいもの）を、何の油かでいためて川蝦《えび》と安南醤油で仕上げるのだ。それがあっさりしていた、何ともいえぬ味なのである。あれだけは今でも忘れられないが、当時一ぱいが結構いい値だったから、調子に乗って食うのを避けなければならなかった。

とにかく種々の店が出ていた。その中で一人だけコンガイ（娘）の美しいのがいた。安南の服装はしているものの（安南の娘の普通の姿は上半身は白のブラウス、下半身は黒のアオザイにきまっていた）、和服の着物を着せたら、日本の娘より美しいだろうと皆、想像して評判になっていた目鼻立ちの綺麗な娘が注目のまとだった。

だが、その娘は我々には目もくれず、相手にもしてくれなかったが、この椎名と一緒に下りて来ると、その娘はただひたすら椎名だけに相手にするのだ。我々はびっくり、どこでこの娘と椎名と接点があったのだろうと皆、羨んだが、椎名に尋ねても、そのわけもいわず、ただニヤニヤ笑っている好人物で、確かに安南人でもわかる好ましい面を持っていた。

十二月下旬、このタンフーからサンジヤック岬の総軍の集結地まで五日間、百五十キロ行軍したとき、その前夜、果たして椎名は進退をどうするかと皆心配していたのだが、結局、行軍に参加した。

当時、安南の独立義勇軍（モクハイ）が仏軍との抗争に入っていて、日本軍の兵器や兵隊への勧誘が盛んで、兵隊なら下士官、下士官なら将校の待遇などともちかけられていた。

私たち司令部からも、軍属でも炊事にいた金ちゃんや司令官の当番をしていた我々と同じ年頃の川面さんら、安南に永く生活して日常会話ができる人たちは、兵隊らと一緒に隊を脱走して、安南軍または民間人になりすます頃だったから、どうするだろうと皆、心配していたのである。行軍の途路、彼に聞いてみると、

「いやあー、本当に迷った。娘の婿になってくれ。絶対に食うには困らないようにするから。日本へ還っても、日本はどうなっているやらわからないからと言うんだ。

実際、内地の状態はわからないし、また安南というところは、男は雨期だけ働いて乾期になると働いているのは女ばかりで、確かに男天国だ。男たちは乾期になると村の一箇所に集まって、一日中煙草やビンロウジュの葉をニチャクチャ食いながら、駄べっている姿を見ているから、納得もいくんだ。娘も熱い眼差しですり寄ってくるし、おれがもう少しスレとったら沈没したかもわからん」とのこと。

「とにかく、いっぺん内地に還ってから、それからまた来るよということで還ってきたが、おれ自身でもわからんかった。危ない一線だったなあ」

それにしても、じつによい彼の体験だった。

●山崎唯澄（大阪班、高知県高知市浦戸出身）は、背は低くズングリして、少々たたいても、ビクともしない立派な体をした土佐ッ子。その体と一緒で、少々辛いことなどははねかえすバイタリティーを持っていて、そのうえ真面目で正義感のある男であった。学校の組もサイゴンに着くまでの分隊も違っていて、始めてダラット亀田分隊になって知った。

私とはダラットで偶然に、彼が亀田軍曹、私が西郷兵長の当番になってから、お互いがわかったというか、気が合うというか、私の心の中では彼が第一の戦友という思い出となった。ときどき勤務の

都合によっては離れたりしたが、忘れ得ない勤務のときには不思議と一緒になるつながりがあった。

ダラットの兵舎では、四畳半ぐらいの小部屋で四人ほどが、大広間の他の連中と別に寝室であった加減で、私の隣の山崎、同じ部屋に確か笠原や士野も一緒だったと記憶する。この当番中に彼も私も忘れられないことが一つある。このダラットに来てから三ヶ月くらいたった夜だった。山崎が私を起こした。

「中江、大変だ。亀さんがボーイの部屋に入り込んで、ボーイを外に出し、内から鍵をしてボーイの女房と二人だけになっていると、ボーイが恐がって山崎に訴えて来ている」

とのことだった。私はねむたかったし、私自身そのようなことにかかわりたくなかったから、「西郷さんにいえよ」とアドバイスして寝てしまった。後はどうなったか全然知らない。多分、その直後にこの五号兵舎から一号兵舎に移動したから、つい忘れてしまったこともあるが、品のよい話ではないので、ひそひそ話で終わった感じがする。

これより前、山上の円形の司令部の宿舎の安南人のボーイが、首を吊って死んでいた事件があった。兵隊の中での噂話では、ボーイの女房のトラブルの一件だったとのことだっただけに、内部で処理したようだった。それ以後、親日的で協力してくれていたボーイが、まったく人が変わって、掃除や、また我々への話かけもなく、屈託のある顔をするように見かけた。一人の安南人の協力者を敵に回したなという感じを、幼な心にも、我々の心に留めたものだった。軍の権威、権力からすると、それは些細なことかも知れないが、後始末をうまくやったのかなと思った。

ダラットから引き上げて、私はサイゴンでビルマカイカイの治療に当たったため、山崎はラオスのパクセに、三河、石田、太田、高野らと山岳作戦に行って敗戦まで別れ別れになった。だが、敗戦後、タンフーで我々司令部が自活の農耕作業に入ったときも、編成時も、一中隊の同じ富田分隊、タンフーからサイゴンの司令部の連絡所に戻ったときも、なぜか雇員では、彼と二人だけ残留して衛兵勤務をしたりして一緒だった。

サンジャックへ着いてから、私は一先発でバリヤの農耕隊へ出かけたが、山崎らはサイゴンの使役隊へ行っていたようだったが、総じて一緒に行動したのが多かった。復員後、内地へ帰ってから、彼はすぐ結婚して、大阪の叔父の運輸会社を手伝い、ますます恰幅よく、大阪のどこで会っても下駄履きで出てくる。野放図で腹の太いところが、私にはたまらない魅力であった。

だが、まもなくして、神戸の埠頭の倉庫の主任になって暫《しばら》くした折、私のところへ突然、電話してきて、「中江、俺をかくまってくれないか」との一言。わけを聞かずに、「オウ、いつでも来いよ。待っているからな」と詳しいことは来てから聞けばよいと思ったから、そう言ったのだが、それから待てど暮らせど、便りもなければ、本人も来ない。何か事情ありで、逃げる場所を私の方から知らせるわけにもいかないと、待ちに待ったが、それ以来、音信不通。何らかのトラブルに巻き込まれたと解釈せざるを得なかった。

その後、何かの拍子に、週刊誌の特集記事を見たら、山口組の系譜の中に、彼が務めていた倉庫会社の名前があるのにビックリ。何か山口組抗争の渦の中に入ってしまって、どうすることもできず、それから姿を消せねばならぬことが生じたとしか考えられず、彼の男らしい風態から想像してあり得るように感じた。

生死不明も調べることすらもとだえて、せめて高知の彼の実家を探してみようと思っていたが、なかなか四国へ渡る旅行がなく、そのうちにあるだろうと思い悩んでうちに年月が過ぎ、今から二十年ほど前、戦友会が始まった折、各戦友の所在を調べたときにもやはり行方不明であった。

あまり当てにならないが、宮武氏曰く、山崎は山口組の抗争の中で死んだと、テレビで見たことがあって、確か戦友だった山崎ではなかったかとそのとき思ったと。私はその言を信じるわけにもいかなかったが、確かにそんな抗争の中に巻き込まれる格好ではあった。そんな情報を聞いたりしたから、せめて死んでいるなら墓に参って、線香の一本でも立てるつもりで、十年前の高松市に教科書の会合があったので、ついでに金比羅神社から高知へと私一人別れて、浦戸の宿に泊まって訪ね歩いたところ、彼が生きていて、豊中で鉄工所を経営していることが判明し、嬉しかった。

と同時に、生きていたのなら、なぜ私に連絡がなかったのかということを考えると、何か裏切られたような淋しい気持がしたのも事実だった。ともあれ、早速《さっそく》その夜、桂浜の宿舎から大阪の彼の声を聞いたが、やはり嬉しかった。結構、帰還してから今日までには、大勢戦友が亡くなっていて、当然七十歳を越える年になった。往時の十七歳、十八歳の紅顔の美少年たちも一日も永く生きていてほしいと願うのみである。

●三河裕（大阪班）。出身地は関西出身らしいが、くわしくは知らない。現在埼玉県に住んでいて、戦友会にはかならず関東から馳せ参じる。若いときから頭の髪が薄かったが、最近はまったく坊主頭で、それだけに何か言葉《もの》を発するときも、僧侶のようにゆっくりしゃべる男。これはダラット時代も今も変わりない。丸顔でボテボテしたところの愛嬌のある笑顔を常にするよい男。

一組で五年ほど前に死んだ石田繁雄（柴田）とはよい連れで、悪気のない性格から、皆から愛される。私とはダラットやタンフー、バリヤと一緒にいた生活が長い。

●金田昭二（大阪班、鳥取県米子出身）は、私と同じようなヒョロリとした細身の体で、お互い重量物の運搬や穴掘りなどの力仕事には非力で苦しんだものだと思うが、ダラット以降、分隊も勤務も戦後の中隊編成に分かれてからも一緒になった記憶が薄い。ところが、戦友会で始めて有馬の宿で出合ったとき、これが金田とは想像もできないデップリした男になっている。聞けば、米子で鮮魚商をやっていて、高級魚はこの金田鮮魚店からでなければ仕入れることができないほど土地の料理店、旅館では評判の亭主になっているのにはビックリした。

大体、我々通信士の免状を持っておりながら、通信士の職業に携わる者が戦後には少なくて、帰還した当時は漁船の通信士になる者もいた。が、その後陸に上がり、他の職業に転じたのがほとんどだったが、鮮魚店主になったのも珍しかった。

●太田加四三（東京班、静岡県熱川生まれ）は、渾名を〝加四やん〟。名前をちぢめた呼び名であったが、この亀田分隊は東京班が少なかったためで、東京班、大阪班の確執はこのダラットではなかった。あっさりした性格で、背が高くて少し猫背、気のよいやつでちょっと動きに鈍重なところが見受けられて、それが行動そのものに愛嬌があるおもむきがあった。重量物運搬や穴掘りなどは楽だったに違いない体力があった。この君もパクセに行ったし、敗戦後はあまり記憶に留めていないところを見ると、一緒にいるのが少なかったかと思う（平成十二年に亡くなったとは残念）。

●廾野清（大阪班、四国西條生まれ）は小柄で、ちょっとヤクザぽいところがあって、ニヒルような性格が身上。なんでもヒネルところが一味も二味も他の人と違って、そのうえすごい度胸がある一面があった。命令なんか糞食らえと言いたいばかりのところがあり、あるとき、私と中山と廾野と三人、サイゴンの司令部の将校集会所の当番を二ヶ月ほどしたことがあった。その折のことだが、気に入らぬ将校があると、平気でフケ飯を食わしてやれと、本当に自分のフケを飯の上に振りかけて持っていったのには、まったく驚くと同時に、その度胸には唖然とした。彼とは不思議に勤務が一緒になるときが多く、司令官に怒られて、懲罰で参謀宿舎の当番勤務の際にも一緒に行動した。

このダラットでも、悪巧みの第一任者で、毎日やってくる菓子売りの婆さんの隙を見て、わからぬように万引きしたり、また我々も金のあるうちは、真面目な購入をするが、懐が寒くなると、よくタクランだ。二人でつるんで、一人が買って金を払うのを注意を巧く引きつけて、一方がその隙にさりげなく懐によく入れたりした。まあ、面白がってゲームのつもりでもあったが、可哀そうなことをしたものだ。

ときどきは婆さんもわかって怒ることがあったが、大体そんなときは廾野や杉山らの度胸のいいやつらのときに結構、大量に懐に入れるからのようだった。だが、それでも翌日には、その婆さんがいつものように、「コラ、兵隊。菓子、上等、ヘイ！」と売りに来るのには、おかしいやら可哀そうだったりする。戦後三十年以上たった戦友会以後、まったく当時のイメージ通り若い少年が年を経った感じのまま現われたのにはビックリした。今でも若い。

●石田繁雄（大阪班、京都市の人。戦後柴田）は同じ府の生まれの人で、やはり親近感があるうえ、一時、二ヶ月ほどパクセへ行っている時だけ別れたくらいで、そのほか敗戦後のタンフーも、そしてバリヤの農耕隊も分隊まで一緒に一番交流が長かった。学校での組は違ったが、結構理論的で、真面目さがあった。

大体、京都や大阪の関西弁を使う兵隊は、軍隊では弱いというイメージがあって、そうでない人はいらぬ不利益をこうむることもある。だが、私は同じ京都といえども、言葉は名古屋弁に近いような発音や言語だから、京都市の人とは違う人だぞというのだが、京都府生まれとなると、他府県の人は京都生まれと一緒くたになる。ちょっとそんなところに、彼に対する反発心もあったりしたが、それはそれなりに付き合っていった。

お互い皆、個性のあるのを認めあわなければ、団体生活なんか出来ないのだから、それはそれでよしとしなくちゃあね。帰還後も、よく私の町へ遊びにきて、子供ができなかったから夫婦二人できて、私のところに泊まったりした。だが、十五年ほど前にアッサリと病気で亡くなり、ついで奥さんも五年も経ずして死んだのには、彼もあまりよい生涯ではなかったかなと思ったりもしたのだ。この手記を喜んでくれる男だったのになあ。生きていてほしかった。

●笠原章雄（大阪班、大阪市生まれ）は、おっとり型の好人物で、動作も機敏なところは少なかったが、よいところのボンボンのような感じで、それが結局は病気を進行させた。前にも言ったように皆、だれにも負けぬよう、皆が競うような格好に自然になるのが軍隊生活、いな団体生活だろう。病気になって、少々のことは我慢するから、どうにもならないようになるまで、班長や西郷さんに言わない。笠原だけでなく、私も皆もだ。とうとう彼も辛抱できず、また周囲の我々も見るに見かねて、医者に見てもらうこととなる。睾丸炎となって、ダラット陸病に五月十五日に入院することになる。本当に可哀そうになるまで頑張る。早く診断を受ければよかったのに、それがいえなかった。

彼だけでなく私もそうだが、この時点で、私も病院でもらったビルマカイカイが、陰部周辺から足の方に移った。作業に行くのに、ゲートルを巻くから、絶えず乾燥することができず、水浴して清潔にしても、薬がなくほっておくから、どんどん菌が体の上部の方へも移り、とうとうダラットからサイゴンに引き上げて、皆がラオスのパクセに行くときには、もうどうにもたまらなくて司令部で診断。二週間休室になって治療した。幸いに全快したが、ラオスに行けなかったことが残念でならなかった。

笠原が入院するときは、もう彼は歩行が困難な状況で、てっきりダラットで死んだとばっかり思っていたところ、戦友会が始まるときに調べたら、失明はしたものの、灸や指圧で立派に生活され、よき奥様と戦友会にはかならず元気で出てきた。初めて会合に出て来たときには、皆をびっくりさせたものだった。

●中山茂（大阪班、大阪の人）は、小柄で、このダラットの亀田分隊でも一番小さくて、苦労したことだと思う。学校も同じ四組で、サイゴン到着までは別の班だったが、このダラットからはその後、帰るまでほとんど一緒だった。彼が一番小柄で、つぎが山下、この二人が特に小さかったから、兵隊からは可愛がられた。よくシャベルうえ、話題（ニュース）提供者で、この分隊でシャベリ一番は寺嶋。二番が山下、三番中山と、そのほか三河、石田、金田ら、ほかにも相当賑やかな連中がいたから、このダラット五号兵舎は、蜂の巣の梁山泊だった。

それぞれ毎日の勤務や作業が四つか五つに別れて行動したから、毎日の体験がそれぞれ違っていて賑やかだ。内務も夜、不寝番に立つくらいで、掃除はボーイ。兵舎監視に残る飯上げ当番は二名ばかりだから、当番の閑があり過ぎて、物売りの婆さんをからかうくらいで、面白い生活が毎日だ。ともあれ彼は戦後、生死の連絡がない人だ。

●岩本幹夫（大阪班、岡山県湯郷の生まれ）は、どこか超然としたところのある人で、あまり物事にこだわらない性格だったように思う。このダラット時代を除いては、その後、編成上一緒になった記憶がない。

●山下正克（大阪班、神戸出身）。寺島が一番か、山下が一番かと、彼らがいると話題と笑いが絶えない。すごく元気者で、ちょっとドモルところがあって、それがまた愛嬌があった。興にのると猿の物真似が上手で、これは天下一品だった。終戦後も勤務は大体、一緒だった。戦後始めて赤穂の戦友会で再会した折も、一目で山下とすぐわかった。彼はダラットにいるときと同じ顔だった。もっとも戦後、人相の変わったのは私が一番で、名前を言わない限りわからないほど変わっているのだから、人のことは言っちゃいけない。変わらないことはまったくよいことだ。

●斎藤仙治（大阪班、丹波篠山の人）は、真面目な人で、至極誠実。この人とはタンフーでは一緒だったかも知れないが、短期間の交流になったものの印象が深い。戦後は自衛隊に入って通信で頑張った数少ない人で、警察通信に入った高野、新川、世木君らと退職定年まで務め上げた。立派な人だ。

●寺嶋利華（大阪班、大阪阿倍野区の人）。この人ほど元気で、よくシャベル男でありながら、復員して一年も経ずして病死したのには唖然とした。さっそく線香を立てに寺嶋の実家を訪れて、死因を聞いたが、現在にいたっても信じられない。よい男から死ぬのかなと思ったりして、少々悪い野郎《やっ》の仲間に入れば、長生きするのかなと思うときがある。

　寺嶋は、前述した通り山下に負けぬくらいよくシャベル男で、不思議と彼もドモリ気味。その話し口が剽軽で、トボケタ味の論法で話すのだから、皆から面白がられた。鼻の頭に汗を浮かべて話すときなどは、思わずこちらも引き込まれてニヤニヤしたくなる男だった。

●坂西俊郎（大阪班、大阪市阿倍野区の生まれ）。〝蛸の坂西〟と渾名されたほど頭の髪毛が薄い。しかも口が出ていたわけでもないのだが、話すときに口をとんがらかせて話す癖があったのと、眼鏡をかけていたから、印象的にそのようにいわれたのだろう。真剣に物事を考え行動する気真面目さが、つい話なんかのときにそうした表情になっただろうと想像する。タンフーやバリヤは一緒、サイゴン、ラオスで別れたときもあったが、皆真面目で、素直でよい男だったのに、この君も寺嶋君と前後して、復員後一年ほどの間に早死にしたことを風の便りに聞いて暗澹たる思いをした。

●杉山高明（大阪班、愛知県一宮の生まれ）。この人は土野と一緒で、ニヒルというのか、少し眠狂四郎のようなところがあった。近寄ると、一刀両断にバッサリと切られそうな感じを体に持っていて、おそらく冷静に物事を眺めていただろうかなと思うのだが、そうではなくて、何か皮肉の一つもはさんで、私たちが浮き浮きと生活しているのをたしなめ、苦々しく注意したのだろう。終戦後、一緒に生活した覚えがない。

●小笹吉用（東京班、天草の人）は、どこか何かわからぬ不思議な影のようなものをただよわす人だった。この思いは私一人だけではなしに多分、皆が感じ取っていた。どことといって指摘することははなはだむずかしい。微妙なニュアンスからなのだが、それが判明したのは、戦後復員して一切がわかった。父親が朝鮮人で、母親が日本人の長崎県の人。小笹は母親の姓で、帰還してから李振用という名前で手紙が来たのにはびっくりしたが、そのときに感じたことが、あ、やっぱり、どこか違っていたのだなと。

彼が法政大学に入学し、私も東京に上京した折、寮に訪れたことがあるが、そのとき彼が私を迎える言葉を期待していたのだが、残念ながらそのことを一言も言わなかったので、ああこんなヤツだったのかと、ちょっぴり淋しい思いがしたことがある。それは、彼にはタンフーの農耕隊にいたとき、丁度《ちょうど》サイゴンの使役に出ていて、我々はその折、給料の先払いで安南紙幣で三百円持っていたのだが、彼らは手続きが遅れ、その給料をもらっていなかった。そのため、友だちのだれかれとなしに借金に歩いていたことがあった。

彼は私のところに来て、「中江、頼むから、五十円貸してくれ。かならず返すから」と泣くように言うものだから、可哀そうになった彼のいうことを信じて貸した。だが、彼らはサイゴンの使役に行って、タンフーからサンジャックへの行軍のときに戻って来たが、結局貸しっぱなしになって、帰還したら返すの言葉は、せめて東京で一言、すまんと言ってほしかった。

当時五十円は結構使い出があって、バナナ一房でも一円していたから、バリヤに行ったときには皆、丸裸で物々交換して菓子や果物を口に入れていたから、食い物のことになると忘れられなかった。真面目で人に負けないと言う気迫を持っていた男だったが、ダラットだけ三ヶ月の一緒の生活だったのに、何か後味の悪い印象がする。

以上十八名が、ダラット五号兵舎の住人で、うるさく言う人も少なく、楽しく暮らした。その私のことも書かないと不平等になるので、一筆記すのだが、私は別に目だたないように動作や起居をつとめて心がけていたから、他の人から見れば、毒にも薬にもならぬ存在で、多分、印象的にはもっとも薄い存在であったろうと思う。面白い話をするでもなく、人のいう話は結構うなずいて聞いたりしたが、いてもいなくてもよい人間だったように思う。

ただ、兵隊から見ると、営外使役は一の一番に飛び出したから、そういう意味からいうと、積極性があると認められたのではないかと思う。だから、どのときでも、対外使役では一先発でかならず行っていた。ただしこれは私には向かないという仕事があると、二度と志願もしなかったし、また指名されても断わることが結構認められた。それは私にしては、ただ単にもの珍しい経験と、自然の風景と、流動する刺激がほしかっただけなのである。

とにもかくにも、たまに回ってくる週番上等兵の堀江、山田上等兵の不寝番勤務にナグラレるくらいで、それも一つの話題であり、このダラット別荘生活は快適な気候と、食事は南方といえども、内地の野菜と同じものが高原野菜（千五百メートル）の畑で取れるものだから、ナス、キュウリ、カボチャはもとより、豆腐やジャガイモ、春菊などまで出てくるのには驚いた。

ダラット展望

このダラットは、ランビアン高原の真ん中にあって、高原そのものは相当に広く、ダラットを引き上げて、自動車輸送でサイゴンに向かったとき、半日、車を飛ばしても高原の草原を走っていたのにはびっくりした。そのくらい広い草原も、また話によれば、逆に落下傘部隊の空挺隊が下りてくる便宜をあたえるから、決してよい陣地にならぬとの噂だった。

しかし、草原といい、松林といい、さすが唯一の別荘地であるだけに、朝、我々が勤務に出かける折、ちょうど八時半頃からあたり一面にかかっている霧が、太陽が昇るにつけて動いて行くさまは、私には、私自身の故郷は海岸に住んでいた加減で、霧の動きなどは経験および見たことがないだけに、その南画の絵を見る光景には、いつも素晴らしい喜びを感じた。

このダラットの三ヶ月の駐屯生活の中で、忘れ得ないことが三つか四つある。一つは首実検事件であり、二つ目は始めて別荘荒らしをやったことと、そして三つ目はモイ族を使って通信設備をした延長二百五十メートルの地下壕を掘ったことなどである。

作業によく行ったランビアンホテルの先の谷の仏印通信隊（星井隊）の固定通信澁川隊の通信架線工事を早く終えて、まだ他の分隊が仕事を終えるまで大部時間があったので、司令部まで四キロぐらい歩いて帰ることになった。私と雇員の石田と、それに掛屋班長かと思う三人連れで、途中、別荘荒らしをして、帰る話がまとまり、手頃な別荘を物色しながら戻ってきた。別荘には、ボーイの留守番がいて、中には犬がいたりして、なかなかに誰もいない別荘は少ないのである。

幸いに、別荘と別荘は適当にちらりと見えるくらいに離れていた。犬の鳴くのを避けながら、ある一軒の別荘に進入した。幸いに留守で、金目のもので小さいものを物色、銀食器のスプーンやナイフ、時計などを袋に入れ、寝室の机に現金でも入っていればと探したところ、机の中から日本軍の証明書が出て来てびっくりした。軍の関係者かもわからない、こりゃヤバイと、早々に別荘から飛び出して、現地から一刻も早く退ち去った。

盗ってきた品物は、結局それぞれ処理した直後のときだった。ダラットの衛戍《えいじゅ》司令官が少将かなにかで、自動車で行動中、道路で軍属の雇員と遭遇した折、その雇員が欠礼をした。よせばよいのに、その少将の副官が部隊名と名前を聞いて解放した後、その部隊に通報したところ、その部隊に氏名者がおらず、しかもその部隊の者は知らぬとのことになった。カンカンに怒った副官が、ダラット中の軍属雇員を取り調べるため、各部隊の軍属の差し出しの命令をする。

大体この事件には、ミステリーのようなところもあった。仮に欠礼した本人が軍属であるとしたら、別に叱られて階級が下がるわけでもないし、ただ単に注意されるだけで終わるはずなのに、なぜ他の部隊名や偽名を使ったかに問題がある。ひょっとしたら、軍属の服装をして、兵隊が外出したか、または軍属でも兵隊でもない人間が、軍属の格好をして行動していたかとも考えられる。

それにもかかわらず、ダラット中の軍属全員を、司令部の庭に引っ張り出し、風光明媚なランビアンホテルの芝生に、つぎからつぎへと首実検したのには、皆全員がこの副官の頭の悪さには呆れてしまった。まったくいい迷惑で、首実検したとて、わかるはずもないと思うが、ついその前に私たちは別荘荒らしをやっただけに、内心はよい気持ではなかった。

その当時、憲兵隊から通報があって、どこの隊かは知らねども、軍隊用の毛布が多量に民間に流され、取り調べているが、各隊も各員も、内務規律の弛緩を厳重にするようにとの申し伝えがあったから、相当この時点では種々と問題があったのだろうと考える。乗船（復員船）する前に、英軍、仏軍の首実検があったが、まさか日本軍の中で首実検があるなんて、予想外の経験だった。

別荘における通信所および通信線の作業も終わって、つぎは坑道作業に参加することになる。ちょうど四月下旬頃、雨期の前触れがある季節から始まった。我々五号兵舎から右の方へ延びる道路を二百メートルほど行くと、ずーっと山道を昇って、右一方が深い谷間のある崖のような地形に出る。奥まで行ったことがないので、先がどうなっているやら知らないが、多分、その道は行き止まりになっているのだろう。我々の宿舎の前の道を、我が隊のトラック以外の車輌の通過するのを見たことがないからだ。

この右の谷に降りるところに、菓子売りの婆さんの家などが二、三軒あったりしたが、そのうちの一軒を鍛工場にした。奥行き五十メートルの三本の坑道、そして五十メートルの横に各連絡道。そして内部は横二メートル、高さ二メートル、一メートル五十センチごとに柱を入れて、天井には板を入れ、土の落ちて来るのを防ぐ。最初、坑道を完成後、つぎは五メートルごとぐらいに二メートル四方ぐらいの小部屋を左右に作るのだ。このダラットの土地に、本格的な地下要塞、南方総軍の第二線複郭陣地を作るのだ。もちろん、第一線陣地は、海岸線およびその平野らしい。

サイゴンに残った司令部の要員も、その大部分が南部ベトナムの戦車壕の構築に動員されていた。三交替で班長一名、兵隊四名、雇員二名で一班を作り、八時間勤務でやりはじめた。最初は兵隊が掘って、我々が一輪車で土出しをし、前の谷に土を落とすわけなのだが、最初のうちは一輪車の使い方に不慣れで、アゴを出しかかった。だが、要領がわかって慣れてくるにしたがって、少しは楽になると思いきや、一日一日と坑道が奥へ奥へと入って行くから、運ぶ距離が一歩一歩長くなる。

そのうえ、いよいよ雨期が本格的になってきた。平野部の雨期は一日のうち、一時間ほどの猛烈なスコールが降るだけで、後はからっと晴れるのに、ここ山岳部の南方の雨期は、終日シトシトシトと降る雨で、雨が上がってもドンヨリと曇って陽差しがない。だから、土を運ぶ道路は、どろどろに傷んで、一輪車の運行がままならぬつらさ。私と一緒なのは山崎と二人のパートナーで、息はあったが、勤務を終えて帰ってくると、もう何もする気分にもなれない。ただ疲れて寝るようなことになる。

その時分だったろう、私たちの隣の四号兵舎に、掛屋軍曹（奈良県の人）を班長にして、山田兵長（滋賀県の人）の班付きで雇員の第二陣が到着した。三月十日以降に、病院から退員下番者が集約して来たらしい。

大阪班では田辺要（福井県）、若狭清平（奈良県）、真田郁夫（大阪府）、班先任上田一夫（兵庫県）、富山重男（兵庫県）、遠藤豊（徳島県）、松本武夫（高知県）、新川秀雄（京都市）、広友秀一、世木康生（三重県）、小林正一。

東京班では古賀康、山田今朝平（長野県、私たちの班かも知れない）、畠山省三、澁谷茂、武田昭一、代田光次、服部敏雄、坂巻省蔵、内山文夫などだと思うが、記憶に間違いがあるかも知れない。私たちの班は間違いないが、他班は少し自信がない。ところが、作業には、我々の分隊と一緒に行動したことがなかったから、彼らはどんな作業や勤務をしていたかは知らない。

坑道が十メートルくらいに進んだときに、作業員に安南人や支那人などの人夫が入ってきた。これで我々雇員は彼らの作業の監督をしておればよいことになって、体が楽になった。土の捨て場の指導をしたり、鍛工場の連絡をしたり、柱の出し入れの合図をしたり、もっぱら作業の雑事をしていればよかった。

ところが、上の司令部のエライ将校さんが見回りにくると、兵隊や雇員の尻をタタく。タタくといっても、手や足でタタくわけではなく、「兵隊や雇員が率先、作業に従事しろ」ということだが、司令部付きの鳩の権威の坂部中佐が回って来ると、「兵隊や雇員は休め休め、作業で怪我をするなよ。体に気をつけよ。作業に来ている民間人を、大いに使って能率を上げよ」という。

坂部中佐はもうまったく老人で、司令官中村中将とは同期位のジーサン。われわれの仇名はジーサンで通っていたが、さすが話がわかると、評判はすこぶるよかった。京都の公卿の生まれとかで、鳩通信については軍中一の権威者ではあったが、今度の戦いでは鳩は遺物。司令部の軍人の序列としては、司令官（中将）、高級参謀（中佐）、つぎにこの坂部中佐だったから、戦闘では頼りにならなかったが、平時のときには好々爺だった。

一週間ほど民間人の作業員がきたと思ったら、つぎはモイ族が作業にやってきた。始めて見る南方の土人にはビックリした。安南の仏印には、このような裸族の土人がいるとは想像もしていなかったから、このモイ族を作業に使うなんて、はたして彼らがうまく仕事を出来るのやらまったくわからない。体格は中には格好のいいのもいるが、ほとんどが肉のない皮膚ばかりの痩せたやつばかり。そのうえ、上半身は丸出しだから、なおのこと骨まで目の前で見える。これで本当に力仕事ができるんだろうかと疑う。

下半身は褌一つで、それも色はよごれて、灰色から黒くなっている代物だ。それ以外に持ち物とてないのだから、彼らの好物の煙草や宝物の納めどころにはビックリだ。その一本の褌の中に折り込んで入っていたのには、いくら自分のものとしても想像もつかない。毛布は一枚持っているが、それは夜寝るときにかぶるものらしい。南方の土人といえども、あるいは低地に住んでいるのだろうか。この雨期であったためなのか、夜は非常に寒がっていて、火を焚いてあたっていても、ブルブルふるえていた。

給料には、米とかガラス玉とか、ダア（山刀）だとかを渡していたようだから、安い給料でよかったに違いない。女性も連れていて、部族でこの近くで移動生活をしているようだった。持ち物としては、山藤の蔓で編んだフゴのようなものを、ヒタイに掛け、穫れた収穫物などや貴重品を入れてダアなども入っていた。それぞれに名前があるのであろうが、我々とは最後まで会話はできなかった。だが、こちらは便宜上よく働くヤツから、Ｎｏ１《ナンバーワン》、つぎのやつをＮｏ２《ナンバーツー》、Ｎｏ３《ナンバースリー》と仮名をつけると、それで結構、ニヤニヤしながら指名できた。性格的には大人しい部族の感がした。

食事は何を食べているのかわからなかったが、夜間に出る更夜食《こうやしょく》の握り飯は、我々以上に喜んで食べていた。彼らもまったく始めて作業という仕事をしただろうから、非常に興味を持って働きに来たのだろうと思う。

作業の合間に、二週間にいっぺんのわりでダラットの市街へ交替で外出がある。二名でかならず行動する。よく山崎や士野と連れだって行くのだが、ダラットの市場がある丘に好んで行った。我々の部隊から歩いて二、三キロの地点で、右側の谷側に歩いて行くと兵寮があって、食堂（うどんや丼、酒やアイスクリームなど）やピーや（慰安所）などがあって、他の連中は終日、その周辺で食ったり、飲んだりしていた。私は危険のないうちは、民間人の生態に興味があって、市場の丘の周辺ばかりに外出した。

市場の周りには、ちょっとした小綺麗な商店や食堂や喫茶店などがあって、異国情緒があり、言葉はわからぬ片言ながら、結構、心臓強く行動している。あるとき、華僑の喫茶店にコーヒを飲みに入って、不気味な思いをした。

その店に大勢の華僑人がいたが、その眼差しと雰囲気には、入ってからシマッタと思った。ここで恐れをなして店から出て行くことにすればよかったのだが、日本の兵隊として、尻尾を巻いて逃げると思われるのが嫌で、針の筵に座っている心地でコーヒを味もわからぬうちに飲みほして、金を払って出たものの、じつに嫌な想いをした。生きた心地がしないというのは、あんなことを言うのであろう。

安南人の瞳や行動は、親しみのある笑顔とあいまって、我々日本人および兵隊への尊敬する眼差しを感じ取るばかりなのに、このときの華僑人の瞳は、憎悪と迷妄する雰囲気はかつて経験したことのないものだった。多分、このダラットでは華僑も非親日的で、そのときは三月十日の明作戦の直後であっただけに、日本軍の華僑対策に厳重な通告があったか、もしくはまだ通告のない不安な状況の折だったのかと思ったりした。とにかく、ほうほうの態で店から出た。よく生きて出られたなの思いがした。当時、市場の周辺には日本兵の姿は少なかったから。

市場の物資はなんでも豊富で、金さえあれば、安くてなんでも買えた。我々の月給三十円では、菓子売りのバーサンから毎日一円ぐらい菓子を買っていたから、外出したとて、五円ぐらいしか使えない。それで、兵寮に行ってウドンやゼンザイを食うのがせいぜいで、副食用に味噌やハムなどに回す金がなくて、金の使い方にはひどく気を使った。

炊事から上がってくる食事は、悪くはない。マアマアだが、どうしても同じようなもののくり返しだから、つい嫌気が出る。炊事の使役のときをねらって自動車の輸送中に、食糧物資のこれはというものを狙って失敬する。宿舎の道路上に、わざと食事当番を仕事をさせて、歩行中に手渡しするのだが、なかなか手頃の物が取れない。いろいろと盗むのも苦労する。

結構、司令部の下給品の上がって来るのは楽しみになるほど、給与はよかった。バナナ、パパイア、牡丹餅に青豆のゼンザイ等々、何かが三日に一回ほど上がって来るのだから、テンホーと言わざるを得なかった。それでも、我々は食い盛りだから、いくらでも腹に入るのだ。

この坑道掘りになってから、勤務がまちまちになって、いつのまにやら点呼もあるやらないやら。勤務時間が深夜になったりする。だから、坑道班は、食事以外はそれぞれの時間割になるから、分隊への編成がむずかしくなったのだろう。五号兵舎から一号兵舎へ移動して、坪倉班長の指揮下に入った。そのときには亀田軍曹と別れたのだろうか。たしか西郷さんは一緒だったと思う。

去らばダラットよ

一号兵舎に移ってから、二、三日して、我々の班の三分の一ほどを残留させてダラットからサイゴンへ帰還することになった。真っ暗の夜中を、湖の下の発電所の付近の別荘地に輸送部隊がいて、その車輌で貨物の警備と一緒にダラットを出る。こんなところにも部隊がいたのかと不思議な思いがした。広い範囲のこのダラットのあるランビアン高原も、つねに兵隊の姿はあまり見うけられなかった。だが、分散してそれぞれ複郭陣地を造っている加減で、出合いはなかったのだろうが、実際には相当な兵隊がいたんだろう。だから、兵寮の横の方に慰安所もあったのだなと納得する。

暗闇の中、懐かしいダラットを、出発するから、思い残すこともないが、この三ヶ月近く、我々少年雇員は軍の一員として、ある程度の実績を残したこと、そして我々自身がこのダラットの三ヶ月で、軍隊の一員らしくなったことはたしかだ。自然の美しさ、人工の文化の偉大さを深く経験したことを心に止める。

夜が明けるとともに自動車は、草原の起伏のど真ん中のアスファルト道路を、すごい速力で馳せる。私の車輌には、野村一等兵（のち上等兵、鹿児島県の人）と石田と三人、貨物の積載のシートの上の前の枠につかまっている。はじめのうちは周囲の景色にみとれて気を張っていたが、前夜の移動行動の疲れが出て、ねむくなる。

この同じような草原を二時間も三時間も走るのだから、ツイうとうととなって、車上から振り落とされかかるのを、野村一等兵がしっかりつかまえてくれている。このときほど兄貴分の野村さんに助けられたことを感謝したことはなかった。ジリンの中継点からは、荷物を積み直して裏側に安全に寝させてくれたが、まさしく三時間ほど野村さんには迷惑をかけたと思うと同時に、よく生命があったなと、しみじみ思った。有難う、野村さん。

ジリンの中継通信所には、六人ほどが我々の淨慶隊から通信所勤務に来ていて、ここで昼食になったが、私たち雇員では掛屋分隊の遠藤豊（大阪班、徳島県）が一人勤務に来ていた。いろいろ話を聞いたら、「勤務はのんびりだが、人数が少なくて淋しいよ。夜には虎が出て来るんだ」という。虎を殺して肉を食ったが、堅くてうまくなかったよといっていた。そういえば、このジリンで取れた猿の肉を、ダラットの掛屋班長のところに送って来たのを、賞味したことを思い出す。サイゴンとダラットの中継点だから、たえず日本軍の車輌が通って休んでいくので、昼間は賑やかだろうが、夜は淋しいだろうと感じた。

始めて会った遠藤君は、その後、一緒に生活した記憶がないのに、なぜか印象の深い人で、人柄の好さと、少々かん高い声のしゃべりなどが忘れられぬ。戦後三十年経て、有馬の戦友会で会ったときも、違和感なしに、あっ遠藤さんと呼べる変わらぬ穏やかな人だった。

ジリンから、いよいよ高原を一気に千メートル近く直立した断崖を、葛折《つづらお》りの舗装した山道を下りるのだ。さすがにフランス統治時代のサイゴンから別荘地のダラットへ通じる道だから、危険はさほどないというものの、左側は絶壁で、遙かに谷底が見える。雄大な安南山脈が対岸遙かにつらなって行く壮大な眺めは、運転者には酷だ。内地の戦後にできた山岳道路と比べてみても、安房峠から中の湯へ下る道の対岸の霞沢岳山脈が、ほどよい距離をへだてて連なっている。そのために下の渓谷が底まで見えるのだ。

貨物車の荷台から体が飛び出して、カーブを曲がるときなど、眺める余裕などあろうはずはないのだが、スリルと美の興奮との連続だ。雄大な山肌の突端を下りること一時間、やっと平地に下りたとところがパインナップルの農場だ。はじめて成熟してなっているパインを頂く。パインナップルはヤシのように木になっているものだと思っていたのに、畠に一つずつ植えているのは珍しかった。だが、それ以上に畠で成熟したパインの味は、缶詰で食べたそのものだった。

それまで我々は下給品が丸ごと分隊に上がってきて、料理する。手間がかかるわりに、そのほとんどが酸味の多いものが多く、我々が内地で食べた味にはほど遠いものが多かった。そのために、外出したとき、鉄帽の下に隠して持って帰って、毛布などにくるまって日々をのばして食べてみても、あまりうまくなかったが、この畠で熟したのを食べたら忘れ得ぬうまさ。見渡す限りのパインを穫りたい放題に食べるのだから、料理も乱暴にやって、腹いっぱいに食う。この農場は元はフランス人か支那人の経営だったのだろうが、今は軍の管理下の畠だったろうと思える。

夜遅くサイゴンの司令部に帰着する。朝早くダラットを出て、部隊で一日かかるくらいだから、普通の車なら十二時間ぐらいの距離なのだと思う。

サイゴン将校集会所

我々がダラットの五号兵舎にいるとき、小部屋に山崎、疋野、笠原、私と四、五人が起居していた。たまたま私の隣に寝ていた笠原が金玉をはらし、歩きにくいのをガマンしていたが、とうとうダラット陸軍病院に入院した（記録によると五月十五日）。我々の雇員の中で始めてであったが、その後、雨期に入ってから、我々五号兵舎の仲間の中からは、疋野が五月三十日から一ヶ月ほど入院、我々がサイゴンへ帰ってから後、残留組の中で小谷が七月七日入院（十一月十八日、右湿性ロクマク炎で死亡）、斎藤が六月七日に入院（二週間で退院）という記録がある。

サイゴンでの雨期は、一日に一回、一時間ほどの猛烈なスコールがあって、その間は野外作業は休みで、ほどよい休憩となって我々を喜ばせたものだ。それが天然の冥利で、スコールは今日は十二時に降ると、明日は十二時十分に降るというように、一日ごとに十分ぐらいずつ遅れて来る不思議さ。回り回って元の十二時に降るようになると、雨期が上がるという。魔訶不思議な現象である。あれはまことに不思議だ。

ところが、高地の山脈になると、ダラットなんかは一日中ドンヨリ曇った空の下で、あまり太陽を拝めず、一日中降ったり止んだりの日が五ヶ月ほどつづくのだから、慣れない我々は体をこわすことになったのではなかろうかと思う。

南方平地の雨期は、快適な恵みを我々にもたらすが、山岳の雨期はインパールであろうが、ニューギニアであろうが、この安南の地であろうが、ところが変わっても同じ現象を現わすのだから、地球の自然なのだろう。

ちょうど我々一期の明号《めいごう》作戦を終わったのが、雨期に入る頃だった。作戦は北部のラオスで、一部フランス軍の掃蕩戦が我が軍の人数不足で遅れて、一ヶ月以上もかかって終わったのだが、今度は二期の山岳作戦のために、我々はダラットから引き上げて、ラオスの山岳地帯パクセ近辺に、南方軍最後の複郭陣地の設営に行くことになったのである。サイゴン司令部に三分の一の要員が残り、そのほとんどが、サンジャック方面から上陸するだろうと、予想される米英軍への防衛陣地、巨大な戦車壕なんかの構築に毎日出て行く。

安南人や支那人の民間人を使っての作業だから、これで作戦の効果があるのか、まったく頼りないものだ。構築しながら、兵たちは信頼していなくて、気休め仕事である。幸いに、比島から沖縄に戦場が移っていったからよかったものの、一衣帯水の比島から真正面であるだけに、準備が遅れた分だけ頼りなかった。

終戦後、その戦車壕の地点を通ったとき、その巨大さにびっくり、よくぞ作ったものだと感心した。だが、これだけ巨大にしてもおそらく、戦闘能力が月とスッポンだから駄目だったろうなと、あらためて敵の戦力に思いを馳せたものだった。

この作業には、ダラットから引き上げてきた我々の仲間のうち、小柄な連中がサイゴンに残され（半分従事）、柄の大きな連中ばかりが七名ほど（三河、石田、岩本、山崎、小笹、太田）が病院下番（高野その他）の者と共に、ラオスへと出発した。サイゴンの司令部に残ったのは、寺嶋、土野、杉山、中山、山下、椎名、それに私も南方カイカイ（ビルマ風土皮膚病）で、治療のために残された。

結局、我々のメンバーは、ラオスとサイゴンとダラットとほぼ三分の一ずつに別れて終戦後、タンフーで再会するまで、それぞれ勤務していたのである。ちなみにダラット残留員は、小谷（病死）、金田、坂西、斎藤、山田である。

私は何としてもラオスに行きたかったのだが、もうこの時点では南方カイカイが身体全体にフキ出していて、今、サイゴンの司令部に戻って来たのが絶好のチャンスであり、ダラットでは皆に隠れて水浴したり、洗濯したりして、辛抱していたが（皆、そうなのだ。もう絶対に駄目なところまでガンバルものだから、手遅れになるのだ。笠原も、小谷も、私は運がよかった）、ラオスというところが陣地構築と聞いたからには、医療機関もないだろうから、もう恥も外聞もなかった。

入院するのは嫌だったが、班長に診察の旨を言った。医務室で裸になって、皆の見せ物になった。それはそうなのだ、チンポの先から足の先まで、南方カイカイがウミを出して、それが全身にうつろうとして、体中にハンテンが出ているからなのだ。山田政夫衛生曹長から、こっぴどく叱られた。

「なぜ、こんなになるまでいわなんだ」と。

この人は後でわかったのだが、同じ京都府の人で、それも河守（大江町）の人だったから、治療にはうまくとりはからってくれたようだった。この司令部の要員は、全国編成であるだけに各府県で十人程度くらいだから、京都府下では五名もいないくらいなのだ。そのため、やはりなんとなく親近感があった。戦後、戦友会（南星会）で一回会った折、京都市の織物関係で養子（堀江姓）に行かれて、名字が変わっていた。私の町にも再三に来られたとのことだったが、私のことは覚えていなかった。入院はせずに入室で治療。何より部隊に居住させられたことはよかった。入室だから、一切何もせず、治療とて、医務室から緑色の鉱石をもらい、それを熱い湯を炊事からもらって来てとかし、体全体に塗っては太陽の光で干す。一日二時間ほどすればよいだけだから、じつに楽なのだ。

この治療の最中に、一つだけ面白いことがあった。司令官中村中将をびっくりさせたことである。私は結構、これでも隊の話題となって一週間ぐらい、評判になることを三回やった。そのうちの二つは、司令官中村誠一中将をびっくりさせたことである。もう一つは戦後のことなのだが、また先で書こう。

このビックリさせたこととは、治療の最中の折、医務室の前十メートルほどに待避壕があって、十名くらいが居住できるようになっていた。その壕の中で、体中へ液を塗っては、外へ出て太陽に干すまで当たるのが治療で、皆まっ裸のその状態の私を見て、始めのうちは冷やかしていた。が、何しろ男性の世界だから、恥も外聞もあったものではない。全裸で虫干しである。

折り悪く、壕から太陽に干すために上がったとき、眼の前で司令官と頭《はち》合わせ。戦闘帽だけはつけているものの、あとは無一物。司令官も驚いたろうが、こちとらの方がもっとびっくり。といって、あわてて壕に隠れるわけにもいかず、穴があっても入られぬ現状だ。そのフリチンのままで停止敬礼。司令官も一瞬、間があって答礼。何も言わずに立ち去ったが、この司令官は月に一回ぐらい隊中を散歩がてらに三階まででも回ってくる閣下なのだ。ふんどしだけの裸体での敬礼は経験済みでも、筒先が向いたままの敬礼は始めてだろう。

この人の口ぐせが親心。良いも悪いも兵たちは通達がある（大体、通達は兵隊たちにはよいことはなかった）と、「親心さ」とヤユして噂していた。直接には、我々が聞いたことがないから、偉い人にしてあった。その雲上人をびっくりさせたのだから、司令官から軍医の飯島中尉に下問があり、飯島中尉は長谷川曹長に、そして私の衛生兵の大沢上等兵に話が下りて来て皆大笑い。司令官はいつも一人で散歩するのだから、知っていたのは私と司令官だけ。だから、びっくりさせた中江は、ということで話題を提供。一躍有名人となった次第。

しかし、この黄緑色した鉱石は、多分、硫黄だと思うが、じつによく利くものだ。一週間治療すると、カサカサの状態となって、入室から練兵休へ、そしてまた一週間ほどで素晴らしくよくなり、修業停止からへと以上三週間ほどで一人前になったことは、じつに嬉しかった。

この時期、ちょうどサイゴン司令部内では、内務が厳格に実施されて、兵舎に居住している一般兵隊および下士官の評判はかんばしくなかった。この南方軍通信隊司令部は、その前年（昭和十九年）十月にはマニラで総軍と一緒にいたが、比島が米機動部隊の空襲を受け、なすところを知らぬうちにさんざんやられた。南方への補給基地のマニラ湾は、輸送船の沈没のみ。比島を十四方面軍に明け渡して、当時仏領の印度支那のサイゴンへ命からがら逃げて、ここサイゴンの半中立地帯に住まいをかまえたのだ。

司令官や参謀らの偉い人たちは、航空機で移動したのだが、下士官兵たちは何次かに別れて、軍艦や輸送船でボルネオ、シンガポール、タイ経由で移動して来るのだから、途中で撃沈されたり、また再度乗船したりして、ここサイゴンへ何ヶ月もかかって到着してくる状況である。

我々は昭和二十年一月三日に司令部に着いてからも、なかなか兵員が揃うことが遅かった事情もあるうえに、明作戦で仏軍と戦い、やっと落ち着いた時点では、それぞれダラット、パクセと三方面に各部が派遣されていったものだから、内部的には上級者の数が減ったので、どうしても兵舎内は気楽な雰囲気になるのは当然なのだ。

浄慶隊も浄慶中尉以下二ヶ分隊はダラット、吉川曹長以下二ヶ分隊がパクセ、残った西依曹長以下二ヶ分隊も、一ヶ分隊は衛兵要員、一ヶ分隊および我々雇員は全部、作業隊に毎日勤務しているから、内務班にいるのは、衛兵下番と食事当番二名ほどだ。だから、寝ようが何しようが、あまり文句を言う者がない。私もこのときの分隊長がだれだったかも知らない。多分、衛兵司令の下士官二名が、その日その日の班長だったからなおのこと、印象がないのだろう。

だが、内務の充実を要求されて、夜になると、兵隊の初年兵たちは、気合いを入れられていた。ちょうどこの時期に、我々雇員の中で、大正十五年生まれの軍属が現役入隊して、一つ星の兵隊になって、それがこの浄慶隊でその教育をしていた関係もある。

東京班の杉浦や、大阪班の田辺、富山、若狭の諸君が、勤務の合間（通信所）に浄慶隊へ来て、一般教練や執銃訓練を、ときどき炊事の裏の草原でやっているのを見た。可哀そうになあーと思ったが、私も昭和二年生まれだから、その前年、内地では十八歳も現役徴集というお触れを見ていた。どうせ遅かれ早かれ、そうなるんだなあ、まあ少しでも気楽さが長い方がよいなあと思ったものだ。

また、この当時、司令部にも安南兵補が入ってきて、上等兵補が上で、以下一等兵補が数名、部隊に編入生活を共にしたのは珍しかった。私たちに敬礼してくれるのは彼ら兵補たちだけだから、じつに気持がよかったし、嬉しかった。我々は伍長以上の全部にはこちらから敬礼し、兵長以下の兵隊からは敬礼はない。一方的だから、なんとはなしに初年兵が入って来たように、先に兵補に敬礼されると、偉い人になった気がした。兵補にすごく親しみが湧いたし、安南人でありながら、日本人同胞の感じがした。

ともあれ、それらが一緒になったから、内務がきびしくなったのだろうと思う。朝夕の点呼も、朝は前庭で行なわれるようになり、夜は週番士官が回ってくるようになった。私の勤務も、将校集会所当番に、士野、中山と三人で、それに司令官の当番の山田上等兵（副官部）が当番長で四名勤務。何しろ司令部なのだから、将校がウヨウヨ、下士官がウヨウヨ。兵隊なんて、我々をふくめて半数もいない。この将校集会所で、司令官はじめ大多数が昼食を食べるのだから、普通の時でも二、三十人が食べにくる。朝食、夕食は、隊に宿泊している者と、夜間勤務の将校の数名だけで用意しなくてはならなかった。

ちょうど私が勤務直後、多分六月上旬頃だったと思うが、幹部候補生の通信兵科の見習士官が、昭南（シンガポール）の予科士官学校を卒業して、全員五十名くらい中告に来た。一週間ばかり勤務先へ出発するまでの間、三階の講堂で起居していた。張り切っている現役ばりばりで、見ていても気持よかったが、昼食時には司令官の前で、指名されては種々返答していたが、コチコチになっていて、戦々恐々とした感じがじつに面白かった。

夜になると、全員が食事せずに外出するから、将校食のあばれ食い。当番の余得は食い盛りの我々少年には、幾ら食べても満足感のない時代なのに、食事がすぎてもったいない話だけれど、食いあきた。それでなくても、普通でも昼食の将校食でも、一番よくておいしいところは、いつも我々用に最初に取っておくのだから、ピンハネは当たり前。少々当番という勤務は、勤務としては情けないが、この境遇には絶対的な魅力があった。

週に一回、日曜日には半部ずつ外出もあり、士野らとよくカチナ通りや総督府前の方に遊びに出た。海軍兵寮や陸軍の兵站は引率外出で、伊吹少尉がいるときに連れて行ってもらった。我々はつとめて一般民間の食堂や喫茶店や市場や映画館などを見て回った。

サイゴンの街は、さすがに〝小パリ〟といわれるくらい美しい街だ。街角には、広い歩道にパラソルの下、椅子と机が並んでいて、通る人を見ながら食事をするという優雅なたたずまい。それに感心することは、広い歩道の中に、一辻ごとに駅の売店のような一坪か一坪半ぐらいの日常品を販売している小屋があって、ちょっとした買物、ノート、針、糸、ボタンなどのたぐいまで、万屋《よろず》式に販売しているところが、なんと便利だなあと感服した。

市場はなおのこと、珍しくて、ありとあらゆるものが、いうならば露店の百貨店か。我々が見たこともない品々が、ところせましと並んでいる。毎日やっているし、その人の多いこと。ゆっくり歩いていては、一日いてもあきることがないほどの大市場が駅の近所にあった。電車が通り、可愛いコンガイ（少女）がアオザイの色もあざやかに裳裾《もすそ》をなびかせて歩くさまは、上流家庭の娘か、または華僑の娘か。

後でわかったことは、一般の娘は白いブラウスに黒いアオザイが普通で、色物はちょっとよい家庭の娘なのだということだった。しかし格好はよかった。安南のアオザイ姿は、魅力的な肉体を絶対に我々に見せないが、ショロン（我々の司令部のあるところは、そのショロンの華僑街のはずれ）のこの前の大通りは、華僑の娘が、あの支那服でチラチラ太股まで見えそうで、見えないなまめかしい歩きを、色とりどりの刺繡《ししゅう》の豪華さで、ハッと息が止まる思いにさせられた。

我々の連中の一部、確かに年の大きい連中の中には、戦後にわかったことだけど、外出の折、我々にも渡された〝戦闘一番〟を使用した者もいたようだ。私も一回は興味本位にその場所に行ったことがあった。簡単な施設で、暑いところだけに、背たけくらいの上は素通しの室である。

その上から戦闘帽を取られて、なかなか返してくれず、娘から入れ、入れと誘われた。一緒にいた兵隊も面白がって、「中江、入れ、入れ」と、茶々を入れられた一抹があった。当時は純情だったし、恋心みたいなものもかすかに漂ってはいたが、未知なる世界と言えども、経験しようという気がまだ当時はなかった。珍しい街、珍しい食物、珍しい社会に、興味がいっていて、踏み込まなかった。

二回目は好きな熊沢班長が、我々雇員二名ほどに、「付いてこい」と一緒に外出したとき、確か駅裏の方に立派な建物があって、重厚な構えからして、そんな施設だとは思いもしなかったが、熊沢班長は室に入ったまま、我々をかまってくれなかった。ここは高級な施設だったろうが、私たちが軍属であったので、うまく利用したもののようだったが、私たちはわからずに何かよいことをしたような気がこのときはした。だが、このときもその気にならなかったのは、不思議でもなんでもなかった。

この当時の仏印は、敵からは置き忘れられた地域になっていたらしく、空襲などもなかったのに、内地との海上の連絡船は、一月末の輸送船団が最後で途絶した。南方からの内地の輸送も絶えていたのに、なぜか航空便による葉書は一週間に一枚ずつ出せたし、また不思議と内地からの手紙も、この司令部宛の私には到着していた。戦いは沖縄戦が終了していて、内地との連絡がなくなっていると思えるのに、これまた不思議な思いがした。後から考えると、心理戦の一つで、内地と交流があって、まだまだ日本は負けていないぞというなけなしの便りであったのだろう。

やがて見習士官たちは、いずこへとなく転属先に出達、司令部に残ったのが三名ほどで、そのうち二名、山田見習士官と粉川見習士官（名古屋出身）が淨慶隊に配属になった。淨慶隊は淨慶中尉以下、将校准士官もおらない作業隊および司令部の警備隊だから、すごく戦力が増したように感じた。ところが、またもや私に、「粉川見習士官の当番になれ」との班長からの通達である。山田見習士官は中山が担当した。

私は班長にも断わり、私以外の誰かに指名してくれと頼んだが、聞き入れてもらえず、仕方がないから粉川見習士官に直接、将校集会所に夕食に来たときに交渉した。私は軍属であること、通信軍属で採用になったこと、兵隊になったら否応《いやおう》も言わずに勤務するが、当番の経験もなければ、するすべも知らない。当番は許してほしいと。ダラットで西郷兵長の当番をしたことは隠して申告した。

粉川見習士官も、ムッとした顔をしたが、「まあ、できるだけでよい。食事は将校集会所でするし、洗濯は自分でするから、そんなに世話をかけることもなかろうから、よろしく頼む」ということだった。私はとうとう見習士官の室にも一回も訪れなかったが、粉川見習士官は、そのうち少尉に任官すると同時に、いつのまにか営外居住になって出て行った。

営外居住の司令部の将校の宿は、司令部の横のショロンへの鉄道側に、司令部の地続きである。高い塀で、直接には行き来はできないが、外回りの建物が営外宿舎であったらしく、そこから通ってきていたが、いつのまにやらパクセの陣地構築の浄慶隊の隊長になって行ったようだった。

サイゴンには山田少尉が、浄慶隊の留守隊長になって作業に出たり、司令部に戻ったりして、すごく張り切っていた。粉川少尉はどちらかといえば、おとなしい人で、大学は文科系か？　山田少尉は声は大きいし、ずんぐりと太いし、行動に男らしいところがあって、兵隊からはたのもしい感じのする人で、人気があった。

浄慶隊の人事係の先任の西依曹長（佐賀の人）が、それまでサイゴンの司令部の浄慶隊を指揮していたが、この山田少尉が任官したとき、西依曹長も准尉に任官した。このときに司令部で少佐になった人が二人いた。菅野少佐と牧少佐の二人だ。

菅野少佐は材料廠の隊長で、器材や自動車や修理などの管理部門の長であり、ここも軍人はごく少なく、ほとんど司令部ができたとき（昭和十八年）、シンガポールで、現地除隊した軍隊上がりの軍属が多かった。どちらかといえば、軍隊の酸いも甘いも知った連中ばかりで、勤務が終わると、いつも梁山泊のような雰囲気で、我々の隣の一画を、治外法権の隊員が起居していた。我々の浄慶隊は、初年兵なんかがいたりして、兵としての規律があったりしたが、その材料廠の隊員からは絶対の人気のある隊長だった。

見たところ、猫背であまり風采は上がらず、将校集会所でも大きな声も聞いたこともない、一見おとなしい少佐だった。だが、軍人では司令部では、司令官のつぎが浜田参謀中佐、坂部中佐、そのつぎが伊崎少佐、そのつぎがこの菅野少佐で牧参謀少佐。だから五指の中に入る人なのだが、この菅野少佐が材料廠の悪くれ男たちから見れば、この隊長が司令部の将校のNo1なのである。たとえ火の中、水の中、菅野少佐の命令なら、死んでもよいという人格者だそうだ。横からウカガイ知れぬ何ものかがあったのだろうと思える。

牧参謀少佐は〝ヨカロウ参謀〟という仇名があった。浜田高級参謀は、前任の高級参謀の某大佐の名前が高かっただけに、損をしたところがあるようだ。兵隊たちは高級参謀といっていたから、それなりに尊敬されていたのだろう。牧参謀の場合は、大尉時代から司令部で肩章を吊っていたから、どうしても安く見られただろうと思える。この人の口ぐせが、〝ヨカロウ〟というおおまかなところから名がついた。

親父の話術

ここでこの南方軍通信隊司令部の構成、歴史をひもとくと、左記のようになる。

通信隊司令部（南通）は、昭和十七年九月十五日開隊（シンガポール。当時昭南市と改称）。その中心地・大和ホテルの近所で司令部を開設する。初代通信隊司令官は外立司令官（戦死）で、二代目が石川浩三郎少将（長野県出身、後中将）。そして三代目中村誠一中将が就任した。

第一通信隊（比島軍、マニラ）、第二通信隊（マレー駐屯軍、昭南）、第三通信隊（ジャワ駐屯軍、バタビア）がそれぞれ司令部を編成。仏印通信隊（星井隊、サイゴン）やタイ通信隊（バンコック）、ビルマ通信隊を管轄していたようだ。

司令部は——参謀部（浜田萬中佐、神奈川県日吉）——暗号班

電波班　上田技師（北海道）

- ―副官部（福田大尉、石川県）――淨慶隊（作業警備淨慶大尉〈八月大尉〉、兵庫県大屋町）
- ―探知班（敵性無線、松本中尉）
- ―通信統制班
- ―鳩班（井崎少佐、京都出身、東京）
- ―海底無線通信班
- ―材料廠（菅野少佐）
- ―通信教育隊
- ―通信二十四連隊
- ―医務室（飯島大尉、長野県）
- ―経理室（河野大尉、東京）
- ―星井隊（星井大尉）
  - ―仏印通信隊――澁川隊（固定通信）（澁川中尉）
  - ―ボルネオ通信隊
- ―タイ通信隊
- ―ビルマ通信隊
- ―北部通信隊（ハノイ）

合計で六百名（うち軍属百六十名〈終戦時〉）であったが、終戦時にタイ、ビルマ、北部・ボルネオの通信隊その他が百八十名転属したから、サイゴンの司令部は、総計で四百二十名の人員だった。

将校集会所においては昼食時、中央に中村中将、右に浜田参謀、牧参謀が並び、左に上田技師（将官待遇親任官）以下、勅任官、秦任官の文官が並んだ。

一般的には、文官たちが将校集会所に現われるのは一週間にいっぺんか二週間にいっぺんくらい。そのとき全員が集まるようだったが、文官は出席を嫌がったおもむきがあったから、常時ほとんどは将校たちだった。昼食時には一般状勢や注意、それに若い将校の研究発表などがあって、下位の将校にとっては、ビクビクものの食事会であった。

我々は食事の準備だけで、立入禁止だったが、当番長の上田上等兵は司令官につきっきりで、パン食（司令官）のサービスをしていた。我々三名は、食事が始まるこの間の三十分以上が戦利品を頂く時間となる。幸いに将校集会所は、兵隊からの治外法権のところがあるから、誰も訪れることもなく、ゆうゆうと頂くのだから、我々食い盛りにはたまらない魅力があった。

集会所の勤務だから、内務班の各種の勤務や当番も免除されるので、気楽なものだ。ただ、この時期に、朝点呼のために前の広場に集合後、私たちの浄慶隊の人事係班長の西依曹長（後准尉）が毎朝、「中江、軍隊へ志願しろ」と勧誘されるのは、始めは冗談だと思っていた。ところが、なかなか真剣で、なぜだろうといろいろ考えてみた。

私はこのサイゴンの司令部に着いてから一週間に一枚ずつくれる航空郵便の葉書をかならず丹念に書いた。私は無線講習所に入るまでに信用組合に三ヶ年務めていた加減で、ペン字と細い字とが少しは一般の人より慣れた字を書けた。葉書に細かく多く書くと、ちょっと見た眼には、美しく見えたりしたのだろう。しかし筆まめに書いたものだから、それが検閲で認められたものらしい。このことは、サイゴンの第二陸軍病院に入院した折も、真面目に書いたものだから、引地看護婦から特別食をもらって、薬箱に字を書かせられるはめになって断わりつづけたことがあるからうなずける。

確かに西依曹長は、志願したら、中隊事務室で使うつもりだったらしい。私はどうせ現役入隊で、遅かれ早かれ軍隊に入らなくてはならないならば、入ってもよいとは思っていた。だが、今のこの待遇と環境は悦に入っているのだから、一日でも今のままがよいと思って、にやにや笑いながら、「西依曹長、いっぺんに伍長にしてくれるなら、入っていいけどなあー」と返答していた。

この手紙の一件では、思い出すことがある。私たちが基隆《キールン》の駐留から高雄へ移動するとき、一夜、栄町の橋本さん（熊本出身）という家に泊まった。その折、ひそかに手紙を親父あてに送ってくれるように頼んだ。サイゴンに着いてすぐ、橋本さんのところにも、司令部の部隊名でお礼を出しておいたところ、非常に分厚い手紙（封書）が橋本さんから送られてきた。

ちょうど私が陸病に入院したものだから、その後で隊にとどいたものらしいが、よくぞ二十年二月頃に内地から基隆へ、基隆からサイゴンの私の隊まで届いたものだ。よほどこの手紙も運がよかったものだと感心したが、それ以上にこの手紙の中味が、じつに面白いのにはびっくりした。途中、検閲に引っかかりながら、よくぞここまで、この分厚い手紙が到着したものだ。小説より面白い物語を、親父が書いて来たのには、びっくりした。

親父の話術は、能弁ではないが、うまくユーモアをまじえて、とつとつとした話し方であるくせに、しゃべると最後まで聞かねばならないような間合いが常にあった。それは私にはとうていできえない話術で、素人で小学校の義士会（十二月十四日）で頼まれて演壇に立って話したことが、二度や三度はあったということを言っていたが、それがこの親からの手紙を始めてもらってわかった。じつに面白い。検閲者も、この不思議な実話を、皆が大事にしてくれたろうと思う。

物語は昭和十九年十二月三十日、正月用の魚をとるために、私の母の本家の兄が友人二名と漁に出て、漁を終わって沖より帰るときに、故障した舟（一人）を助けて引っ張って帰港した。その途次、当時のこととて油も機械も悪い状態の時代だから、この舟も故障した。とうとう流されるまま冬の日本海を漂流することとなった。経ヶ岬沖（京都府最先端）を海流と雨と風に吹かれて遭難。

一方、港ではいつまで待っても還ってこないものだから、留守家族は火を焚いて沖を眺めるのみ。海上は冬の海でシケてくる。四家族、親類縁者は気が気ではなく一夜が明ける。この当時、四人の年齢は四十八歳から五十歳くらい。昔からこの港では遭難はしょっちゅうあったから、漁師としては覚悟はあるというものの、一艘を助けてもらった人は本漁師でも、後三人は縮緬《ちりめん》屋の主人たちである。

戦争になって、機械が皆、鉄屑になって供出されたから、俄かに漁師になった人たち。小さいときから、この港町に育ったといえども、海の恐さのすべてもわからない人たちなのだ。

明けて三十一日、私の親父が親類の一人に、五里ほど離れた算盤詰め（占い）に自転車で走らせて聞きにやらせたところ、算盤詰めの親父曰く、「本日中には知らせがある」との一言。それがよい知らせか悪い知らせかわからぬままに、自転車をこいで帰って皆に伝えたる。ところが、なんと不可思議なことに、その夜六時に、福井県深浦から電報が到着した。「四名無事救出、迎え頼む」とのことだ。皆、喜ぶと同時に算盤詰めの不思議さにびっくり。

さっそく、明けて一月元旦、親類代表が各一名ずつ雪の北陸路を迎えに行くのだが、当時のこととて汽車の運行もままならず、武生から越前海岸までは雪の山脈越え。一足一足ふみしめて、今ならば四時間ほどで到着するのに、丸一日かかって糠部落に到着、対面したわけである。

経ヶ岬沖から若狭湾を越えて、この越前海岸まで冬の日本海の嵐の中の漂流といい、救出の時の海岸の激濤といい、そして冬の難破に偶然、村人に見つかったことなど、じつにくわしい物語が、縷々なめらかに書いてあるのだから、小説を読むより面白い。始めて親父からもらった手紙といい、私はその筆文章に圧倒させられた。

この算盤詰めについては、じつは私は恩人のような思い出がある。私自身は親父から聞いたのみで現状は知らないのだが、私が小学校五年の三学期に腎臓を患って、何回となく腹から水を抜き、あげくの果ては、土地の医者からも病院の医者からも見離されて、もう家に連れて帰って死ぬだけというときに、思案の末、始めて親父がこの算盤詰めに占ってもらいにいった。

親父の言葉によれば、その向こうの占いの村夫子は百姓の好々爺のオジさんで、子供の遊んでいた大算盤をパチパチと本人の生年月日を聞いただけで、計算して曰く、「卦が出ただけのことしか言わないから、もし貴方の方で、悪い卦が出たと思ったら、なんにも言わずに帰って下さい。現われた卦より言いませんから」

「それで卦は如何でしょうか」

「本人さんは元気ですね。これはスイキの病《やまい》です」

と、それだけをポッツリと言った。

親父としてはスイキの病がわからない。頭をかしげかしげして、五里の道を自転車をこぎながら帰って皆にわけを話すのだが、誰もわからない。もう皆あきらめて、死ぬのを待つより仕方ないなあは腹の中。ところが、私は十一歳でなんにもわからないから至極平静。やはり運かも知れないし、俗にいう寿命があるということか。

偶然にもそのとき、京都の親類から、私の容態をいって調合してもらってくれた漢方薬を飲んでいるかと問い合わせがあった。ちょうどこの薬が私の家に着いた折、一、二回飲んだときに病院に入ったものだから、忘れていたのだ。それまでにも漢方薬のいろいろな薬は、よいというものはみんな飲んでいたが、利きめがなかったから、そのときも人の親切を無にしてはならない程度に飲みかけて止めたものだ。

だから、あらためてあきらめて飲んでいたら、なんと一週間目、産月のようになっていた腹の中のものが、あっという間にくだって、今までの腎臓の機能が回復するという、じつに素晴らしい効能なのだ。そのとき、くだっていった水分を見て、算盤詰めの言ったスイキの病は、水気の病だったことにきづく。じつに明解なる占いだったことを。

この漢方薬は、京都市中京区千本通丸太町角の吉田九郎薬店（当時）、現在も息子さんが京大の漢方研究所に務めながらやっている。私はこの後、同じ腎臓で苦しんだ人たちに、この吉田薬店を知らせて、多くの人を助けた。じつによく効くものだ。それからこの算盤詰めには、絶大なる信頼があり、従兄の本家の長男の嫁取りのときにも、占ってもらったところ、西からの縁談は悪く、南からの縁談は良い、という卦。不思議とその後で南一里半くらいのところからの縁談があり、結婚、二男二女をもうけて、現在も六十年近く夫婦健在でいる。

戦後、その老人は亡くなって、息子さんが後を引き継いだのだが、研究が足らないのか、いつしか人の噂にものぼらないようになった。そんな長い文章の親父の手紙も大切にしていたが、終戦時、書いたものは皆、燃やせというときに燃やしたもので、今は残っていないのは残念で仕方ない。

将集の勤務は、愉快に暮らしていたところ、七月初旬、ふざけすぎて、士野と中山が喧嘩している現場を、福田副官大尉に見つかって、その懲罰に私も巻き添えを食って外出禁止の命令。せっかく楽しみにしていた外出がないとくると焼けの焼んぱち。一ヶ月たっても解除にならない。命令を出したのを忘れたかも知れないと思うようになったのは、八月に入ってからだ。

副官の野郎メと、口では言いながら、ウズウズしていたら、士野が、「あの野郎、こうなればフケ飯を食わせてやれ」と本気になって、しかも堂々とやったのには、私はびっくりした。よく兵隊仲間では話には出るのだが、現実に士野が実行するとは恐れいった。なんと度胸のあるやつだと、あらためて顔を見た。結局、終戦になって、外出どころか外出禁止は解けなかった。

七月中旬頃、将集で参謀が状勢の説明をしているのをチラッと聞いたとき、ビルマの二十八軍の策軍がシッタン河を渡る作戦の報告だった。戦況報告はどうなっているのかわからなかったが、当時三月頃から「サイゴン新聞（日本語）」が発行されて、ニュースより、下段に出ている連載ものの富田常雄の「姿三四郎」が兵隊中の人気で、映画を上映したりしてものすごく人気があった。我々は内地で藤田進の姿三四郎の映画や、岩田専太郎の挿絵の富田常雄の本を読んだりしたが、現地のサイゴンでもこの新聞の人気は姿三四郎だけで、うばい合いの状況だった。戦況は大本営発表の報告だけで、面白くなく、B４の紙面には、全然明るさがなかった。

我々の将校集会所の隣の室が電話受信所であったが、七月始め頃から、全波の受信機（フランスより接収したもの）が交換所に配置されて、夜間になって将校たちがいなくなると、この部屋へ遊びに行って聞いた。東京放送はどういう関係か、受信はほとんどできなかったが、モスクワ、デリー、サンフランシスコの短波放送は、じつに鮮明に入ってくる。モスクワ放送は朝鮮人らしい発音のアナウンサーで、堅い口調のニュースだったが、音楽は琴とか、歌謡曲は少し古い時代のナツメロが毎日、放送された。

デリー放送が一番人気があって、最初と最後は「荒城の月」の曲で締めくくっているのが、すごく印象が深かった。歌謡曲も新しいのを、主に軽音楽で送って来るのだからたまらなかった。ニュースの解説者も多少なまりはあったが、綺麗な標準語でしゃべっていた。

サンフランシスコ放送は、壮重な言葉で、ニュースを送ってくるのだが、それがじつに詳しい。あまり詳しすぎて、半分はデマかなと思わせるところがあった。たとえば、何月何日には福岡を爆撃に行くとかを予告したり、今日の戦果は瀬戸内海で軍艦「日向」を撃沈したとか、軽巡の何々を大破したとか、じつに詳しいのだ。地方都市の小さい街の空襲の戦果も、丁寧に説明してくれるのは、後から考えると、事実その通りなのだが、真実でも我々の頭には、当時信じられなかった。

しかし、東京放送が入らない限りは、やはり通信機器の遅れは、戦いに負けても仕方がないなあーと思った。何にしても小国の実力が、あらゆる面で劣っていたことは、認めざるを得ない。それを精神力で補うなんてことは平時の話。今日、二十世紀初頭でも、それは変わっていないように思う。独創力と総合力とは残念ながら今も同じ。昭和四十年代から昭和五十年代のバブル上昇は、あたかも戦線がハワイからオーストラリア、それにインド国境まで拡大したときに似て、アメリカ大陸のビルや会社を購入したりしたつけが、米国や英国その他の白人国よりの巻き返しを食らったと思える。残念ながら底が浅かったとしか考えられない。

七月中旬、サイゴン在住の軍属および居留民中の在郷軍人が兵寮付近の広場に集合させられた。何千人か、四、五千人ほども集まったか、すごい人だったが、何が目的なのかさっぱりわからない集まりだった。日中暑いのだから、皆、広場の周囲の大木の日陰にたむろしている。広場ではリヤカーにボール紙を張ったような偽装の戦車だそうだが、何にしてもわいわいと我々はしゃべっているからには、中央でシャベルことはわからない。

どうやら戦車攻撃の演習の実演だったようだ。戦車へ布団爆弾を抱いて、体当たり。軍属や在留邦人にも演練を見せる情けなさ。軍属や在郷軍人への覚悟を伝えるつもりなのだろうが、することが情けなくわびしい。覚悟するどころか、皆の感想たるや、敗戦の現実をしみじみと味わわせる。

上級指導者および上級将官の下級兵たちへの心境を知らせたのだろうが、効果は別の反対方向に進みそうだ。当時、各部隊にも総軍軍楽隊が巡回してきて、一夜、演奏会をして斬込隊の歌などを指導した。結構この斬込隊の歌は評判がよくて、我々は常に口づさんでいた。斬り込みの要領をわからなくても、覚悟の方はできていたつもりだった。前一節しか覚えてはいないが、唱いやすい。

〝楠氏の教え　かしこみ　そなえ　血盟すすった三人組で　ドンと斬り込む　敵の中〟

悲愴な節回しの曲で、すごく覚えやすい。南方軍の歌と共に好く唱ったものだった。この歌などを軍歌演習で唱っている方が効果があると思った。

対外放送のポツダム宣言は、我々に何らの思いも浮かべさせえなかったが、八月五日の広島の原爆投下のサンフランシスコの放送は、我々すら本当だと思った。というのは、兵隊の噂の中で一番希望の持てる、我が国が開発している新兵器の中に、マッチ箱大の大きさの爆弾で、戦艦がふっ飛ぶほど強力な爆弾ができあがるそうだという話がささやかれているからだ。それができたら、戦況は一挙に我らの手になるという神風のようなものとの認識があったからだ。残念ながら成功したのが一日早く、敵国だったという現実。

広島は、三十年間は草一本とて植《は》えることができえない不毛の地となる放射能の土地になるとのこと。一日中、放送は核爆弾の説明で、いかにその爆弾が強大か、その威力の賛歌についやしていた。モスクワもデリー放送も、その日は、不思議なほど、音楽のみの放送だった。

「サイゴン新聞」の翌日版は、大本営発表の新型爆弾の広島投下の発表だけに、広島出身の兵隊はわからぬままに、不安な表情を表わしていた。その後、二、三日してからのモスクワ放送は、日本への宣戦布告は、我々南方軍とは関係のない戦いであるからあまり関心がなかったが、九日の長崎への原子爆弾の攻撃には、何か事態が急激に回るようで、各対外放送もニュースの解説が早口になった気がした。つまり、言うことが山積みにある状態のような感じだった。

そして、その翌日と思うが、八月十日にはサンフランシスコ放送は、日本のポツダム宣言の受諾についての交渉があることを発表しだした。解説によると、ポツダム宣言は無条件降伏であるとの解説だった。無条件降伏とは、シンガポールの陥落したときの山下大将のニュースを思い出した。

だがそれは、我々には信じられないことだった。半分以上は敵の宣伝であり、謀略だろうと信じられたし、電話室のこの傍受は、副官から他言無用の差し止めを食ったが、すぐこの情報は兵隊の間に広まった。だが、やはり信じる者の方が三分の一くらいだった。その翌日（十一日）から将校がつきっきりで、サンフランシスコ放送および海外放送を聞いて、我々が遊びに行って聞くわけにいかないようになった。

第四章——戦い敗れて

運命のとき

運命の八月十五日の十二時がきた。私自身、十日の日まで対外放送を聞いて、この四日ほどは聞かなかったものだから、この重大放送があるということについては、その前夜、皆の意見は多分、ソビエトに対する宣戦布告だろうということだった。

戦いに負けて無条件降伏ということは、ひょっとしてあるかも知れない。だが、それは口から出して言うべきではなく、また、降伏などについては、言える雰囲気でもなかった。年上の兵隊の補充兵は、そうあってほしいとは思えても、その後の我々の成り行きがわからぬままでは、嬉しがってよいものやら、それはまだまだ思慮の及ばざるところがあるから、それもまた不安。結局、何だろうで一夜を明けた。

十二時に作業を止めて、裏の広場に集合、受信機を中央にして、司令官以下、一緒に聞いたが、天皇の声は始めてである。しかもむずかしい言葉とアクセントの声は、電波の波でトギレトギレで、一番優秀と想っている敵国の短波受信機でも、我々にはさっぱりわからぬ放送だった。

結局、意味不明と、むずかしい言葉とで、我々の後ろの方で聞いていた周囲の者たちの意見は、対ロシアへの宣戦布告と、国民への再度の頑張れということだろうと判断した。それにしても、司令官はじめ将校連は一番前で聞いていたが、何も発言せず、〝解散〟の言葉なしに、自由解散したのは、後から考えるとおかしいことではあった。その夜、サンフランシスコ放送、デリー放送、モスクワ放送の電波は、いっせいに日本の敗戦、無条件降伏をながしてきた。

私自身、一番最初に感じたことは、これで死ぬことはないなということだ。病気や事故さえ気をつければ、内地へ還れる。それは何時になるやも知れないが、それまでは死とか生命《いのち》とかは、思慮外に置いていただけに、死という言葉と生という保障が、前面に飛び出してきた。

皆、そう思った。言葉は出さなくても、最大の危険地帯からのがれたことは事実だということだ。私たちのような十四歳から十八歳の少年でさえそう思うのだから、まして世帯持ちの兵隊たちは、つぎの難関……故国へ還れるか否かの問題が最大の関心事になった。独の敗戦による捕虜が、二十年の重労働で、祖国へ還れないなどのことが、誠しやかに議論となった。たとえ帰還できるとしても、南方総軍の司令部部隊は、最後の最後に還されるにきまっている。

まあ二十年は労働しなくてならぬから、年の大きい兵隊は、「生きて還れぬと覚悟しなくてはならない。お前たちは若いから、絶対に二十年たっても元気でいられるから、還れるけれどなあー」。

戦死という言葉からは解放されたが、重労働という言葉と病気という言葉が、論じられるようになった。その夜、銃による自殺者が出た。将来を悲観したのか、はたまた戦争犯罪者としてなのか、それとも広島や長崎の人だったのか、私たちの浄慶隊ではなかったから、くわしくはわからなかった。作業も勤務もまったくなかったし、上級指揮者からの何らの指示もない、治外法権の一夜だった。

兵隊はわりあい冷静だったが、班長以上は、敗戦を認めにくく否定する人が多かった。しかし、腹の中では一様にホッとした面があったから、なお、いろいろと論が出たのだろう。身近な戦友が死して我一人残った思いの辛さも皆、それぞれが戦場に長くいた者ほど、あったに違いない。ワアワア泣く者、せっかく国の為と想って、一銭五厘で九死に一生を得たのに、この敗戦で無になった者、都市出身者で故郷が空襲で壊滅になって、家族や生活を不安がる者、一夜は皆まんじりとなく暮れる。

一夜明けると、我々の悲嘆に暮れているわけにはいかないことが始まった。朝から兵舎の前の大通りは〝モクハイ〟〝モクハイ〟（一、二、一、二）の掛け声とともに、老若男女の安南人の大行進なのだ。あの三月十日の明作戦の翌日にも、この安南人のデモ行進はあったが、あのときとは雰囲気がまったく違う。彼ら安南人の日本軍に変わっての、統治国民の独立デモンストレーションなのである。皆、安南の小旗を持って、中には青天白日旗を持つ華僑人もまじえての大行進だ。声をからしてねり歩くのだから、びっくりさせられた。

複雑な安南の国。仏領印度支那であり、バオダイ帝国を六月頃に日本軍は認知したりしているが、どうも今、行進をしている連中は、またそれらとは違う感じがする。三月十日の朝、フランス軍を降伏させた翌日の行進は、我々に向かって、敬意と御礼の顔を現わしたが、今日の彼らは我々の方を見ず、前方に向かってまなじりを上げていた。

終日、つぎからつぎへと行進してくる。これには日本軍の我々は、サイゴンの街の変化にとまどいを感じる。我々は彼らを略して〝モクハイ〟と通称したが、越南同盟と正式に言っていた。日本軍の我々のところにやってくるときには、略して越盟《えつめい》と言っていた。

街全体が一夜にして変化したから、総軍として我々にしても泣き暮れているわけにはいかない。我々司令部も遽《あわ》ただしく通信連絡その他、派遣先の要員への連絡および司令部への復帰、通信線の確保などと、終戦処理の仕事に騒がしくなる。

この司令部の開隊記念日が八月二十日で、そのために会食の準備に一ヶ月前から用意して楽しみにしていたのが、とうとう残念会になった。全員、衛兵以外は一堂に会して、野外での会食、三百名くらいの司令部要員だから、こじんまりと食事にありつける。

中村司令官を中央に、サイゴン在住の司令部兵、全員での会食は、司令部の裏手の広場で始まる。日本酒や支那酒《チャンチュウ》やビールなどを、大きな茶碗で飲む。これは司令官よりの酒、こいつは副官からの酒、また浄慶隊長からの酒とて、もう皆、やけっぱちでガブガブ飲む。戦争に負けて、今後の先行きが不明であるゆえに、これが部隊での最後の集合体なのかも知れぬ思いが皆の胸にある。重労働二十年の話が、誠しやかに皆の心の中をよぎっているから、無茶苦茶だ。御馳走も、炊事の最高の努力による一品ばかり。

食うわ食うわで、とうとう私自身、途中で会場を出て、私の班まで戻ったことは覚えていたが、その後まる一日、どうなっていたかなど、皆目わからない。ただ世界中がぐるぐる回って、こんな苦しいことは始めてだった。まる一日寝ていたのか、二日寝ていたのか私にもわからぬが、始めての酒と支那酒とのチャンポンのガブ飲みは、私にはこの経験がよい薬だった。その後、長い間酒を見ると、想い出して、一滴も飲まぬようになった。そんな一日が、戦後八月二十日にあった。

やがて我々は、司令部から移動して全員、郊外のタンフー送受信所の近くで、自活の農耕生活のために八月二十七日頃に移った。全部の兵隊を、一中隊と二中隊に編制替えをする。各中隊ごとにバラックの兵舎を構築、屋根は芭蕉かバナナの葉で葺き、壁は萱だから昨日までの生活と比べると、落ちぶれたものだなと感ずる。だが、それでも我々自体での自活であり、英軍や仏軍の姿を見ないままの生活だから、敗戦になった思いはないわけだ。

ダラットやパクセに派遣されていた兵隊たちも皆、本隊に帰って来て、人数も増えた。しかも武装はそのままだから、ますます心強い。というのは、ベトナムのモクハイ（我々は越盟のことをモクハイと略称）が、独立戦行動を起こして、日本軍にはこの当時も親日的でむしろ、日本軍とは友好的に対処して、我々の持っている銃器をなんとかもらうとか、買いに来たりしていた。一般的には終日、寺を拠点にして、太鼓を終日タタイていた。姿はタンフーに行ってからは見えなかったが、蠢動している不気味な感じはうけとれた。

八月は雨期の最中とて、一日に一回、猛烈なスコールが一時間ばかりやってきて、我々畠作りをする作業には、よい骨休みの休養になった。畠作はカンコンとか、サツマイモとか南瓜とか二、三ヶ月で食べられるものを植えたが、結局、収穫するときには移動したから、安南人に作ってやったようなものだった。安南人は雨期の間だけ、それも少しの間、稲作りの種をまく間だけ作業するのが男の仕事で、それ以外はどういうものか、畠仕事は雨期の間といえども見たのは少なかった。

仕事をしているのは、女たちだ。女たちは終日、畠に出たり、水をくんだり、竹の天びんにかごを使って、物売りに来たり、運んだりしている。この安南の国では、男どもは終日、一軒の軒下に集まって、煙草をのんだり、駄べったりしているのが仕事だった。男の天国かも知れないが、どこにどうして、あの米軍を負かした気力があったのか、不思議でならなかった。後でバリヤで私が遭遇した事実と、ダラットでの少年の事蹟とは、この当時の大人の男たちから感じたこととは、どうしても合点がいかなかった。

日曜日の作業の休みのときには、外出とてないが、近所の安南人の住宅を訪れて、彼らの生活ぶりをのぞいてみたり、安南人の食事をよばれたりしていた。生活ぶりは、日本の明治時代以前の農民の暮らしではなかったかなと思えるが、ただ南方では気候的に暮らしやすい面があるから、あまり本人たちは貧しい暮らしを感じてはいなかったろうと思える。

私はこのタンフーに移ってからまもなく、まだラオスのパクセの派遣隊が帰るまでに、サイゴンの司令部へ使役要員に行って、そのまま山崎と二人だけ雇員は残留し、サイゴンの司令部の連絡所に、浄慶隊の兵隊十名ほどと衛兵勤務要員に残された。このとき、兵隊の数が足りないから、始めて銃を持って衛兵に立った。八時間勤務、二交替に分けて、六名くらいで司令部の警備に務める。

上番下番で、勤務そのものは大したこともないが、夜間動哨すると、この広い兵舎に元は三百名近い兵がいたのが、四十名くらいの要員が残っているだけだから、夜は淋しい不気味な感じがする。街では相変わらずモクハイが気勢を上げて、常時行進してくる。幾ら親日的といえども、いつ、彼らといえども、どうなるかわからない不安もある。

不安ということで思い出したが、まだ使役の作業で兵隊が多くいるときに、突然、英軍の将校が二、三名、ジープに乗って司令部へ入ったときにはびっくりした。将校だから拳銃の一丁くらいは持っていたには違いないが、まだ英軍がサイゴンに進駐してから数日しかたたぬうちに、しかも兵隊を連れずに司令部に訪れるなんて。

何か要件があってのこととはいいながら、敵軍の中に入ってくる度胸には、私はそのとき二階の窓から皆とのぞいていたが、皆感じたことは、「ようやるなあー」という思いと、日本軍と英軍というより、外国人のこだわらない態度、そのものの違いは、そのときは日本人なら出来ないことだとは思った。ところが、じつは降伏式にはまた違った思いをしたから、何がなんだかわからないことにもなったのだが！

衛兵勤務をしたことによって、軍隊で一人前に扱ってもらった感じが何より嬉しかった。我々雇員の中には、大正十五年生まれの十九歳は現地では二十年六月に現役入隊したのだが、私は昭和二年生まれの十八歳。一番幼いやつが、昭和五年生まれの十五歳からの雇員なのだから、今の中学三年生を想像して頂きたい。今の子供はその当時の子供より、身体的には一年ほど大きいのだから、中山なんかは今の、中学二年生の小さい子をくらべてみてほしいのだ。

だから、軍隊の要員でありながら、我々はまだまだ一人前には見てくれないところがあったのだろうと推察する。私の相棒の土佐出身の山崎は一歳年下で、背も私より低く、ずんぐりはしているものの、銃をさげる格好は、友達ながらおかしかった。

結局、しばらくして衛兵勤務は免除になって、内務班の雑務の勤務を二人ですることになったが、一つにはモクハイなどの世情不安で、日本軍に対してはこの当時、親日的であったから、武器の強奪まではなかったので、衛兵勤務の緩和もあったのだろう。

まもなく噂にのぼっていたこの司令部へ、サイゴン第二陸軍病院が移動してくることとなった。我々通信隊司令部のサイゴン連絡所要員も、一ヶ所に同居することとなって、いっぺんにこの司令部が賑やかになった。もう何もすることがなくなった、給与も病院給与。仕事といえば、水浴場を病院使用にあけ渡したから、我々専用の水浴場を、兵舎裏の洗面所の一ヶ所を区切って、そのついでにドラム缶風呂をこしらえ、その火焚きをするのが唯一の仕事になった。

我々連絡所要員ばかりで風呂に入っていたが、この第二陸病の看護婦さんたちの水浴所がなかったので、使用させてくれとの申し入れがあって、我々の水浴、風呂が終わってから、彼女たちが使用したのだ。無聊《ぶりょう》に苦しんでいた兵隊たちが、中江と山崎は看護婦と怪しいという噂を酒の肴にするから、にやにやと笑って冗談口に合わせたりしたことが、本隊に帰ったら、噂が噂を寄んで、我々が本当に看護婦とよい仲になっていたことが信じられていたのにはびっくりした。

第二陸病のマラリア病棟で御世話になった引地さんとは、このとき再会したけれど、あっさりとした再会だった。退院前の特別食の件は、「オヤマアお元気」。向こうも、私が一人前の兵隊らしくなったので、見違えたような、何か記憶を想い出すそぶりのようだった。

また特に司令部要員は、参謀から不心得のないように厳重に申し渡されていた。特に風紀が重んじられた。というのは、南方軍司令部付の各部隊の女子雇員が、この陸病の臨時看護婦ということになって、また民間の独身女性は、軍と一緒にいるわけにいかないから、それらが多く臨時看護婦になって入っていた。だから、トラブルをさけるために、女性関係のつき合いは非常にきびしかった。

結局、この連絡所に一ヶ月ほど勤務した。陸病が来るまで二週間、来てから二週間ほどいたが、部隊から一歩も出ることができえなかった。兵隊は夜陰ひそかに下士官は外出して、ホテユやラーメンを食いに出たり、果物や菓子などを買ってきていたようだった。陸病にも一部、酒保があって、確か大福や安倍川は売っていたように思う。

一ヶ月ぶりくらいでタンフーに帰還すると、尾鰭《おひれ》が付いて噂が飛んでいたのにはびっくりした。中江は童貞を失ったことになっていたのだ。ラオスのパクセ派遣隊が引き上げてくる道中でストントレンとかいう地で、今後の先行き不安から、兵隊に連れられて童貞を失って帰ってきた雇員たちが、私や山崎も同類にさせられた話。私や山崎が説明しても、残念ながら茶々を入れた話になって、どうでもよいなあと思った。

一中隊の中の我々雇員の分隊は分隊長が富田軍曹で、少年通信兵出身(鹿児島県)で私と同じ年。参謀部か副官部に勤務していたようで、私たちは始めて顔を合わした。年が若くて軍曹だから、兵隊の班長に持って行くのがむずかしいので、我々雇員班の班長に持ってきたようだ。さっそく、我々は談合して、指揮系統は班長として認めるが、内務については、我々に口を出さず、我々が規律していくの了解で、富田分隊を構成することにした。

少年通信兵の第一期生らしい人が准尉で、司令部に二、三人いたが、他の期の伍長、軍曹級は少なかったし、一期生組はさすがに軍隊生活も長いだけにそれだけの貫禄に見えた。残念ながら富田軍曹は大人しい人柄の人ではあったが、多分、参謀部か副官部にいた人で、我々淨慶隊の雇員とは全然馴染みがなかったから、同年であるだけに我々が反発したのは止むを得なかった。

想い出すと、輸送船上において、少年兵上がりの兵長に、欠礼した。輸送船上のこととて、他部隊の混載から、他部隊の兵隊とトラブルを起こして、年の大きい柄も大きな一等兵に、背のびしてビンタを取っているのを、周囲の者は見て見ぬ振りしていた。それは滑稽で、階級社会の軍隊の規律は、皆わかっているものの、どこか漫画的で、本人たちも行動を起こしたものの、おさまりにとまどっていたことを思い出すと、若くて階級が上でも情けないなあと想ったことだった。

農耕作業も一段落ついて、私たちがタンフーに還ったときは、もう何もすることがなかった。それに我々部隊の回りにも、他の部隊もいたのか、部隊の兵舎の前には臨時の市場ができていて、安南人たちがホテユの簡単な屋台店や天ぷら、ラーメン屋、菓子や果物をザルに入れて運んでくる露店の物売りが並んだ。

当時の通貨は安南では安南銀行の紙幣が通用していて、日本軍の軍票は使われていなかったから、戦後、多少の物価の上がりはあったが、我々が給料としてもらっていた金で、いろいろと買えた。だが、食欲の旺盛な、我々の世代ではとめどがなかった。最後に十月頃、三百円を給料としてまとめてもらったが、先行きがさっぱりわからぬのが軍隊の常だから江戸ッ子でもないが、宵越しの金を持たぬとかなんとかいって、気前よく買い食いする。だから、あっという間に残り少なくなる。それに先にダラットのところで書いた小笹吉用に五十円貸したものだから、後から悔やまれた。

別に部隊の回りに垣があるわけではないから、我々のバラック兵舎から下って二百メートルくらいのところの谷川に添って、炊事がある横の水浴場までの道にも、安南の娘《コンガイ》や子供の果物や菓子売りの連中がたむろする夕方は、何より楽しみだった。その中にきわだって美しい顔立ちのキリッとした娘が皆の注目だった。管笠にあごをくくった顔は、年の頃はわからぬが十五、六歳か。前述したように、椎名桂太郎一人に目を留めて、他の連中には絶対見むきもしなかったから、彼女の恋は間違いなかった。安南の娘にも、すごいのがいるなあと皆、感心すると同時に、なりゆきに興味を持った。ひょっとしたら、椎名は脱走するかも知れないなと思ったりした。

当時、ベトコン連中は、夜間になると兵舎まで訪れて、兵隊なら下士官、下士官なら将校の待遇をあたえるから、武器、弾薬を持って独立軍への協力の誘いがあった。一部、戦犯のおそれのある者は、安南人または華僑人街にもぐり込んだ。炊事にいた金ちゃん（軍属だったが名前は知らぬ。略して皆が金ちゃんと呼んでいた）と、兵隊が一名に、それに川面《かわも》（軍属。当時司令官宿舎の当番で十八歳。元船員で十六歳から船に乗って、その舟が撃沈され、比島でこの司令部のだれかに助けられて勤務）の三人が、ある一夜、脱走したのにはびっくりした。

金ちゃんは炊事にいて安南語はうまいし、川面は司令官宿舎の当番だったから、自由に常に外出していたので、安南事情はよくわかっていた。そして知人もあって、脱走したのであろう。結局、我々が帰還するまでには、隊へは戻ってこなかった。中には脱走しては、仏軍や英軍につかまって、また元の隊に戻る者や、一週間ばかり脱走して帰ってくる兵隊などもいて、この時期が一番、進退的には自由なときだったに違いない。

ユニオンジャックの旗

十月に入って数日たったときに、降伏式があった。全員武装し、隊伍を正した。タンフーから二、三キロぐらいのところに英軍の駐屯地があって、その英軍の兵隊たちは噂に聞くグルカ兵だった。その噂は、サイゴンの埠頭へ行った作業隊から、我々は聞いていた。監視にグルカ兵が作業場に立っていたが、英人の将校が回ってくると、すごく緊張する動作を示す。だが、彼らがおらぬときは、このアジア人のグルカ兵は、日本軍人には尊敬と親しみとを見せたそうだ。

彼らがかなわなかった英軍と戦い敗れたといえど、アジアの黄色人種が英軍を一回は打ち破ったという実績。それは日露戦争でロシアを負かしたこととふくめて、やはり日本人の偉さを彼らは知っているからに違いない。確かに仏印であろうが、ビルマであろうがマレー、ジャワなどアジアの植民地は、インドを除いて白人を駆逐したのは事実だからだ。戦後、日本帝国主義だというけれど、東南アジアから確かに白人を逐放したのは事実だ。その後、その他の民族に対して、侵略したというのは、あまりにも酷だといいたい。

米英を相手にして戦いを挑んで、勝つために施策を実行するには時間的な余裕と、考慮が足らないのは止むを得ない。戦勝国のソビエトがベルリン解放から四ヶ月の日時があっても、満州進攻のスケジュールおよび日本居留民への対策および原住民に対する方策として何一つないではないか。あげくの果ては、満州、朝鮮のあらゆる物資、器材を根こそぎ運び込んで、しかも八月十五日、日本が全世界に対して手を上げている時にも戦闘行為を継続し、軍隊軍人のみか、民間の引き揚げ輸送船まで、終戦後も撃沈するなどの暴挙をおかしたではないか。戦争状態における行為は、ある程度敵味方とも、やむを得ずの局部、局部にはあろうが、降伏した者に銃を向けて殺すとは、許されることではない。

当時は我々はそんなニュースは知らなかったが、南方においては英軍でも米軍でもさすがに紳士で、翌日から戦闘行為をぴたと止めた。それなのに、ソビエトは終戦の斡旋を日本から頼まれている事情を早くから知りながら、戦闘行為としての期間の暴虐や暴行こそは、問題にすべきであろう。

話があらぬ方向に移っていったが、話をもどそう。パンジャプ州のグルカ兵は、昔の侍のように髪を裏でくくって、明治維新時代の侍姿の感がした。一見したところ、その精悍さは筋の引きしまりの具合から、鍛えられている感じだ。そして何かしら、同じアジア人としての共感を得る思いがした。しかし現実は、そんな生やさしいものではなかった。一生を通じて、こんな屈辱をあたえられたことはなかった。

学校の運動場のような広場に整列する我々の四周には、重機関銃の放列。降伏式なる始めての出合いは、何事が起きるのやら我々には不安。あるいは全員を集合させて、ここで皆殺しになるやも知れぬ思いが湧く。後から考えてみると、当方の日本軍も武装して銃、弾薬を持っているのだから、彼らとて危険状況には違いないから、万一に備えて、四周を固めることは当たり前なのだ。しかし、実弾の入っている銃を向けられていることは、じつにきびしい。

司令官中村中将が一番最初に一人出て、ユニオンジャックの旗に敬礼し、傲然と椅子にこしかけている英軍の司令官に軍刀を渡し、敬礼するも、かの英軍の司令官は答礼もせず、じつに敗戦の思いをしみじみと味わった。将校の代表十名くらいが、司令官にならって軍刀を机の上に差し出す。一般兵はその場に銃器、弾薬をおいて、ユニオンジャック旗に敬礼する。時間にして三十分ほどであったが、こんな惨めな屈辱を味わったことは残念ながらなかった。

シンガポールで、我が軍が英軍を無条件降伏させたときの悔しさを、彼らとしては返していることなれど、戦いには絶対負けてはいかん。この思いは終生忘れぬぞと皆、心に誓ったのも事実だ。帰還して各地から復員して帰った者達に聞くと、場所、場所によっては降伏式はない人の方が多かった。

我々仏印は捕虜収容所なるものに入らず、日本軍自体で自活して集合していたから、降伏式なることをして、屈辱を味わわせたに違いない。ただし、彼らの都合により、十人に一銃ずつ、また各部隊に船に乗るまで、日本軍にあたえて、主たる道路、橋梁の監視および保全に使用（日本軍）したのだから、降伏したのやら傭兵になったのやらわからぬ。

この降伏式になるまでの間に、我々の司令部の食糧米三千俵を、一夜にして奪い取られる事件があった。我々のタンフー駐屯地から十キロほど離れたサイゴン河の川岸に大きな倉庫があって、そこにわが部隊の購入した米袋が積んであった。一ヶ分隊の警備隊が監視のために分屯していた。私も二度ほど、ここから部隊までその米袋の使役に行ったことがあって知っていたが、六十キロ、百キロと麻袋の米の運搬に行ったものだ。

四十キロは竹で編んだ袋で軽くて持ちにくく、六十キロ袋は最初のうちは、トラックの上から肩に乗せてもらっても、歩くのがやっとだったが、軍隊に入って十ヶ月たってくると、二段や三段の階段ぐらいは上がれるようになった。百キロはとても歯が立たなかったが、それでも最後頃には腰に乗せてもらったら、十歩ぐらいは歩けるようになった。いつしか、前にも言ったように、私は営外の使役には一番で出たから、結構、こういう仕事には慣れて、いい経験になった。

その川岸の米倉庫がある夜、モクハイの襲撃を食った。大勢のモクハイの攻撃には、終戦後のこととて、警備隊も真正面の抵抗がかなわず、本隊まで十キロ駆け走で逃げ帰る事件があった。一名の負傷者も出さずに帰ってきたのはよかったが、その捜索にトラック二台で出発。一台は一中隊で二十名ほど。私も志願して同乗し、竹槍を持つ。現場に到着してみると、その三千俵の米は一俵残さず綺麗になくなって、見事な空倉庫。目の前がサイゴン河だから、舟で運んだものか。

それにしても、我々の食いぶちだから、生死にも掛かってくるので、なんとか奪い返すしかない。一台ずつトラックに分かれて東西に進む。我々のトラックが進んで行く先に、道に樹を倒して進攻できないところに出会った。我々は車を降りて進んで行くと、道の両側にひそんだ安南人の群れが、竹槍や弓矢をかまえていて、それから先へ進ませない。何百人か何千人か人数はわからないが、一歩も通過させない雰囲気がする。

我々二十名のうち銃を持っている者は、六、七名くらいで、下士官はサーベルだし、文官は竹槍だから、戦い意志はないし、終戦後のこととて、争いは避けなくてはならない。西依准尉が無駄な抵抗は止めようと引き上げる。果たしてこの部落の者が取ったのか、はたまた道路を封鎖したのは、ベトコン部落で仏軍に対する抵抗のためかもわからないところがあったから、米の三千俵は痛かったが、捜索はあきらめた。

もうこの当時はベトコンの力が強くなって、各地で仏軍と事をかまえて、道路の決壊とか橋梁の破壊などが執拗に進んでいた。我々の部隊からも、仏軍の要請によって道路監視や橋梁の確保に分隊を派遣していたが、ベトコンはかならず日本軍と接触して、トラブルはなるべく避けるべく連絡して来ていた。もちろんそれは、脱走日本兵か元兵補が話し合いにきて、お互い戦闘はせずに、もしあっても芝居をし、弾は上空に射撃するとかして、音のみ激しくしていたようだった。この米捜索の場合は、談合はない不気味な対峙であったから、多分この部落の者たちの争奪だったに違いない。

　あきらめて引き上げることに決定したのだが、それでは時間が早すぎる。そこで、適当に時間をつぶすことになって、回り道をして帰ることになったのだが、このとき忘れられないことが二つあった。

　一つはこのトラックで走っているときに、私の横隣にいた兵隊が、「あー、山田ではないか」と大声を上げる。そのとき、私は四方山《よもやま》の景色が珍しかったので、他の皆は荷台にもたれて座っていたが、私とその人と二、三人は、立って前方を見ていたのである。大声のその人は、操縦席の上をたたいて、車を止めたのだ。何事だろうと皆が不思議がったところ、ちょうど我々の車とすれ違いに、安南の民間人の服装の格好をした一人の男が歩いていたのである。

　車が止まると、もうその男とは十四、五メートル離れていて、私が見たときは後ろ姿だけだが、確かにその男《ひと》は日本人の体付きだった。大体、安南人は筋肉質の痩せ形がほとんどで、肥えた男は支那人（華僑）だった。日本人の軍人の体型は肩が張って、支那人のような脂肪ぶとりではないから一見してわかる。私の隣の人は通信教育隊の人らしく、「山田、山田だろう。隊へ戻れよなあー」と叫ぶ。

　その瞬間、確かにその人は立ち止まったように見えた。ピクッと、肩が動いた感じがしたが、後ろを振り返らず、スタスタと遠ざかっていった。教育隊の人は、「確かに山田だったと思うのに、やっぱり隊に戻れないのか、戻りたくないのか、残念でたまらないなあ。確かに山田と思うけどなあー」と、何度も何度もつぶやいていた。

　車と通行人との一瞬であり、またこの当時の運転手たるや殺人運転手と仇名されるほど、軍隊の勇猛さから乱暴な運転ぶりだから、相当なスピードを出していた。見間違いということもありうることなれど、私は確かにその人は日本人だと思えた。それほど、この当時、脱走兵があちこちで噂があった。確かこの仏印全土では二、三千人は脱走兵があったと想える。帰還して何年かして映画「ビルマの竪琴」を見たとき、同じような場面に遭遇して、まざまざとその場面を思い出した。

もう一つの事件は、この後に起きた。ベンハウの近くまで行って、部隊の方向へ車を回して帰るのだが、当時この我々の車とすれ違う車が不思議となかった。車のあまり通らぬ道を走っていたのかもわからぬが、相当飛ばして車は走っていた。道はジャリ道だったから、かなりバウンドしていた。と、突然、後ろの荷台の扉のかけ金がはずれて、あっというまに扉にもたれていた兵隊がふり飛ばされた。四、五人もたれていたのに、落ちたのは一人。

びっくりして車を停めたが、もう車は五十メートル走っている。誰であろうか、もう重傷か死んだかと見まもる中、むっくり起き上がって走ってきたのには皆びっくり。不思議なこともあるものだと感心するのだが、それが田辺一等兵だったのには、またびっくりした。田辺要一等兵は、我々雇員で一緒に大阪からきた同級生。隣県の福井県三浜町のやつで、同じ日本海岸に育った同志であり、学級も分隊も違っていたが、彼は大正十五年生まれのため、六月に現役入隊した。我々淨慶隊が教育指導をしていた関係もあるし、また彼も入院下番後は淨慶隊に配属になって、ダラットにも掛屋分隊の一員で来ていたが、何しろじつに大人しい男で、物をいうのにも、ゆっくりゆっくりしゃべる。

よくこれで軍隊が務まったものだと、常々思っていたが、どうにか現役の一等兵でいつもよく見たので、そういう意味で興味を持っていた人である。普通なら大怪我かまずかったら死ぬのに、傷一つなく、よく助かった者だとひどく感心する。扉がいったん下に落ちて、その反動で扉が上にあがるときに体がひっかかって、そこで地面に落ちるときに軟着陸の格好になったものとしか考えられない。何か運のようなものを感じる。この日一日は、本当にいろいろ出食わした日だった。

十一月に入った一夜、南方軍燃料廠から南山寺一という人と南燃亭楽山という二人の講談師が、我々の隊に慰問にきてくれた。南方軍燃料廠も軍属の多い部隊で、その関係かどうか、この南方軍通信隊司令部とは、よい関係にあるのだろう。この後、バリヤの農耕隊でも、遙か彼方に離れていても、隣近所に自活して、その折も同じメンバーが農耕隊に慰問に来てくれたりしたから、よいつながりがあったのだろう。

バリヤの件では、のちほど書くことになるから、しばらくおいて、この講談師の講演がきっかけで、我々の隊も演芸会をやることになった。各中隊競演で人気第一の隊には、賞品として酒をあたえるとのことで、雨期も終わった一夜、演芸会があった。いろいろと各隊の芸達者が得意の芸を披露するのだが、この司令部では始めてのこととて、いつもなら各隊では、ときには無礼講でおだを上げてやっていても、なかなか賞品が出るとなると、緊張するものらしい。

私の分隊にも、一中隊から何かやれと指示があって、それなら雇員を代表して歌でも唱おうかということになった。これがまた司令官をびっくりさせることになったのだ。演《だ》しものは、どうしようと相談したが決まらず、意外性から「花子さん」をやろうということにした。

一つとせ　人はすきずき　水仙の花より綺麗な　花子さん　花子さんよ　二つとせ……三つとせ……

これはざれ歌で、山下の十八番《おはこ》だったから、私に山下、士野、中山と四人の班では、小さい連中ばかりが出演した。司令官はじめ参謀その他司令部全員の中で歌うのだから、負けたといえども、まだ秩序が保たれているときのことであり、降伏式の直後であるだけに、日本を再建して彼ら（英軍）に今後は復讐する気持になっている時期だったので、これからの時代をになう少年たちが唱う歌ではないのを、逆受けに歌ったものだから、その度胸のよさに、一瞬、皆も息をのんだが、ヤンヤ、ヤンヤの喝采を得た。

ほかの演し物もよかったのであろうが、優勝して一中隊に酒五本頂いたのはよけれど、二、三日後、おとがめがあって懲罰。よって士野は司令官宿舎の当番、私と中山は参謀宿舎の当番、山下は将校宿舎の当番を勤務することになった。せっかく将校集会所の当番が、敗戦と同時に解かれて喜んでいるのに、今さら勤務とは情けない。

司令官宿舎も、参謀宿舎も、それぞれ一個建てで、一般兵舎と違って南方らしい高殿式だ。階段を二、三段上る立派な宿舎? 竹および茅葺きなれど、丁寧に作ってある。将校宿舎もこの近所にあるだろうが、私にはわからなかった。参謀宿舎の当番長はいい具合に、将校集会所の当番長だった山田上等兵で、この時分は兵長になっていた。敗戦後十月頃にボツダム進級があって、相当大部分が一階級進級した。だから兵隊にはつけなかったが、将校らにはポツダム中尉とか大尉とかいって、揶揄していた。

私は今でもそうだが、偉い人に近づくのが嫌で、決して褒《ほ》めたことではないのだが、上級者にすり寄っていくことに抵抗があって、素直ではないのである。もう少し可愛がられるところがあればよいのだが、いつも気をつかわない気楽なところを選んでいるものだから、ついそうした偉い人に近づこうとしない。自分自身がもしどうしても、そのような環境に立ったときは、無制限に気をつかい過ぎるところを、自覚しているためだからだ。どうしても百点を取ろうとする気持があるからだ。私はなまけ者で、せいぜい楽をして生活したいと思っているのである。

山田当番長に言って、炊事の谷川から桶で十回水をくんでくる仕事を専門に志願する。ちょっと見るとつらそうに見えるが、一日に十缶運んでくる仕事で、体力的には少々つかれるが、気をつかわなくてよいのだ。しかも、それだけすれば、後のことは一切しなくてよいのだから、午前中に終わろうと午後から仕事しても、だれ一人文句がこないということだ。だから、参謀宿舎の内へは、中山が用があって、代わりに一ぺんだけ入ったことがあるだけで、しかと見たことはない。

大体昼過ぎまでには水汲みを終わって、後は屋台店や露店の菓子売りや果物売りをカラカッタリしていたから、金はいくらあっても足りなかった。ある日、司令官と参謀とが会食することがあって、野外の大樹の下で机と椅子を出し、夕食を共にしていたとき、土野も私と中山も一緒に呼ばれたことがあった。中村中将が私に、「帰還したら何をするつもりだ」と聞いた。この中将の訓示は、我々がサイゴンに到着したときと、戦後八月二十日の部隊の開隊記念日のときに聞いたときと二回ぐらいしかないのだが、将校集会所において、勤務を私たちは二、三ヶ月していたものだから、割合い普通の気楽な感じでその言葉を聞いた。

私は「家が本屋をしているので、家業をつぐかも知れません。今は還ってみないとわかりません」と言った。土野にも中山にも尋ねる。結局、中将でも参謀でも、懲罰で我々がこの勤務についているのを知っていた。多分、第一中隊長が福田副官大尉だったから、宿舎の当番をさして、我々をたしなめる一刻を持ったものだと思う。割合に叱られるでもなく、ただやさしく、「将来、君たちは日本の次の世代を荷っていかなくてはならない人だから、つまらない歌など唱うべきではなく、真剣に日本の再建に努力してもらわなくちゃあ、戦死した戦友たちに申し訳が立たぬぞ」、そのような趣意だった。どちらにしても、兵から見れば高御座の人の中村中将を、これで私は二回驚かせたものだった。それでも司令官中将から言葉を聞くなんて、どえらい事だったのです。

タンフーの日々

十二月二十日頃、このタンフーの居住地からせっかく畠を切り開いて今、収穫するときになって残念ながら、サンジャックへ向けて移動することになった。このタンフーの想い出は、四ヶ月ほどだったが、意外といろいろとあった。椎名君と娘のこと、参謀宿舎の当番になったこと、安南で味わったうまかったホテユの味。そして堀江兵長から聞いた話。

堀江兵長（ダラット時代は週番上等兵でおなじみ）は、私の隣村の出身で、まさか隣村の人がこの全国編成の部隊にいるとは想像もしなかったが、その堀江さんからの話。堀江さんは中隊事務室に上番下番の週番をやっていた関係で、隊員の住所、氏名がわかるのだから、早くから私が隣町の書店の息子だと知っていたらしい。そんなことは一言もダラット時代には、対話する余裕のある場所があっても、話してくれなくて、不寝番の勤務の折なんか、なぐられるのが当たり前だった。皆さぼっていたから、笑い話で翌日の話題にしたものだったが、若いから皆、武勇伝のごとくになぐられるのが当たり前に受けていた。

その堀江兵長と現在の弥栄町の鳥取の人で、坪倉班長もいるのだというからびっくり。坪倉伍長は、ダラットから下りてくる数日前に五号兵舎から一号兵舎に移動したときの一号兵舎の班長だった。おとなしい人で、私の地方の人のようには感じなかった。この人も、このタンフーで一回会って話をしたが、分隊が違っていたし、作業で一緒になることもまったく少なく、サイゴンの使役に行っていたようであまり、縁がなかった。その堀江兵長の話。

ダラットで浄慶隊の雇員ばかりの成績序列の会議があって、浄慶隊での雇員五十名ばかりの成績順位で、一番が上田か中江で争われて、私（堀江）や西郷兵班長は盛んに私を一番に推選したが、結局、一番は上田（五号兵舎）になった。上田は掛屋分隊の先任の雇員の班長をしていたから、ダラットの作業隊にくるのは、我々より一ヶ月おそかったが、認められたのであろう。雇員にも序列があるということとは、始めて知って我々も隊員の一員であることをしみじみと知ったことと、西郷兵長が私に好意を持っていたことを感じた。

私としては、当番になっておりながら、西郷さんから避けるようにわざと当番の免職をねらっていたのにと思って、まことに慚愧に耐えぬ思いをしたのだが、この西郷さんも、ダラット以来、パクセに行って終戦後、タンフーで何ヶ月かぶりに会ったが、すぐまたサイゴンの仏軍使役に行ったりして、会わず、サンジャックに行った以降も作業隊が別で会わず会わずになった。

これは考えてみると、私はもの珍しもの好きで、舎外使役といえば、間一髪、一番に出て行ったのが目について、積極的だと見られるという。私としては思わぬ副産物が生まれたことにとまどった。

軍属の成績の話のついでに、もう一つ思い出したことがある。サイゴンの将校集会所に勤務していた当時のことなのだが、西依准尉から毎朝点呼時、「中江、軍隊へ志願せいよ」と冗談半分、真面目半分で言われていたのを前に書いたはずだが、その最中に一度、浄慶隊事務室に遊びに行ったことがあった。それは西依准尉の意見を、知りたくてのことだった。その折、雇員の名簿を見せてくれた。何げなく見ると、八十八部隊からの司令部への到着書類の名簿だった。

大阪班七十五名の名簿は、学校の成績順に書いてあって、先頭からそれが五分隊の分隊員が並んでおり、比島へ行った連中は消してあった。もちろん、私の成績が一番に興味があったが、そこには私が思っているより、遙かによい成績が現われている。と同時にこの南方派遣の総軍通信要員は、残念ながら就職または配属先の見つからなかった連中が、ほとんどほうり込まれた感じがしたのが、だれにも言えない驚きを感じた。そのことは戦友たちに確かめることを躊躇せざるをえなかった。

しかし、確かに南方や船舶を希望した者も、当時は相当に多かったから、かならずしも私が案ずるほどのことはなかったかも知れないが、東部八十八部隊に入隊した軍属勤務員は、確かに危険度は最高にあった。が、軍の要請の講習所としては応ずるより仕方なかったろうから、多分、成績の悪い者が放りこまれた感じが、そのときした。事実、電話級を持って卒業した者が全員四名とも南方行きの八十八部隊要員に編入されていたし、そしてその全員がダラット行きの亀田班にいったのは、そのことを裏書きしていた。

だから成績のよい五分隊の中で、この通信業務のない司令部の作業隊、いちじるしくは警備隊に回された者は、私と小谷義弘よりなかったのを見ると、私の場合は西村班長から想像だにしなかった失点からの報いによる勤務になったから止むを得なかったが、小谷も何か失点があったのかなあと思ったりする。彼はひどい近眼の加減が失点になったかなとも思ったりもする。

結果的には生命の危険はあっても、私には希望する南方へ無事到着したし、しかも通信所勤務もやむを得ないと想像していたにもかかわらず、浄慶隊に勤務したことが、一日一日が変化があって面白かった。それに作業が兵隊と一緒で、ボカ沈要員として、内地を出港したのにもかかわらず、無事着いてみると、通信所勤務員は限られてしまって、成績のよい者たちがそれぞれ勤務して、残った病下番者の勤務先は作業隊に回されたようだ。

多少、体力的には半分も能力的にもできえなかったが、それでも蛸壺掘や坑道作業なども一人前に従事したことは、皆それぞれが大きな自信につながったことだけに、我々には貴重な経験となった。ときに最初にダラット作業隊に参加した我々亀田班員（二十名）は皆、そんな思いをしただろうし、その大部分の者が意外に作業に使えることを認識したのだろう。我々のみパクセ築城の第二段の山岳作戦に参加できえたことは誇っていいと思う。

それにしても結果的には、我々作業隊に行った者は、それぞれの勤務から学び取ったものおよび行動力は、一人前の大人並みの要求に対しただけに、それぞれ知らず知らずの自信につながった。だれにも負けない気構えと体力の錬成につながったことは、内地に帰還した後の生活行動に大いにつながっていった。西村軍曹よ、有難う。

浄慶隊は前にも書いたように、通信兵の既教育兵の分隊で、有線が二ヶ分隊、無線一ヶ分隊編成であり、東部軍、中部軍、西部軍から編成の各一ヶ分隊で、中部軍から編成された一ヶ分隊の長が浄慶大尉（終戦八月進級）。通信分隊は一ヶ分隊が五十名編成らしく、三ヶ分隊でこの司令部では、有線の架線や作業や警備などをなんでも屋でやっていた。だから、関西の人も滋賀県の中西伍長（甲賀郡）

や神戸の峰岸一等兵も安木伍長（林田区）らがいたのに、京都人はいないとばかり思っていたから、同郡の者が三名もいたことには、びっくりしたり、心強かったりした。

安南料理のホテユの話。安南料理は残念ながら味わうチャンスがなかったから、南方へ行っても日本式の食事であり料理であったが、この終戦後のタンフー時代の屋台の〝ホテユ〟の焼きうどんというか、この味は忘れられない。一ぱい確か一円か二円で、一ぱいの分量はあっけないほど少ない。腹いっぱい食って見たいなと常々思っていても、結構値段が高くて（他の物価に比べて）、多く食べることができなかったから、その味が残って今にいたっているのだとも思える。

このホテユは普通の米を粉にして、それでこねて薄くしたもので、油で焼いた物を菓子やセンビにして売っていた。この他、安南はモチ米は少なくて、モチ米は大体葉に包んで蒸し、おこわにして菓子売りが売りにきた。ただ一般人には米そのものは、他国へ輸出するほどとれておりながら、実際には貴重品のようであった。

我々がトラックで食糧を輸送する折でも、かならず子供たちが寄ってきて、砂の上に落ちた米でも、奪い合うように集めていたから、普通の家庭で米を食べていなかったのではないかと思う。そのただ米のウドンながら、彼らとて貴重品の料理であったのだろう、日本人がウドンが好きなのを知って、このホテユを屋台で売るのである。ちょうど名古屋のキシメン状のウドンを油でいためて、安南醤油で味をつけて食うのだ。川エビも一緒に入れ、少々の野菜および香辛料を入れるのだが、これがあっさりしていて、じつになんとも言えずうまい。一度食ったら止められぬ味なのだ。

我々は敗戦後の食糧給与は以前として、日本軍または司令部の独自の自活調達しているから、食事も足りてはいるのだが、何しろ仕事は少なくてひまがあり過ぎるので、どうしても食うことになる。それに、十月頃に給料の何ヶ月分か安南紙幣で三百円一ぺんにもらったから、懐は暖かいのでつい買い食いをしてしまうのだ。このタンフー近辺の住民たちも、我々部隊の特需でうるおったものだろう。

とにかく〝ホテユ〟はうまい。

サンジャックへの道

十二月も終わりになる二十日頃だと思うが、いよいよ我々も移動することになる。一部兵隊および雇員は船で食糧および装具を運び、部隊は五日間、百五十キロ行軍に移ることになった。

おのおの食糧は一週間分、米は靴下に入れ、乾麺麭は雑嚢に入れて、なるべく軽装にして行軍することになるが、重要なものは離すわけにはいかないから結構、重装備になる。朝、いまだ陽の上がらぬ暗いうちに、タンフーの住民たちに送られて出発。サンジャックがどこの方向にあるのやら部隊は進む。農村地帯ばかりの道を歩むことになるのだが、見渡す限り平原の中。十一月より乾期に入っているから、じつに日中は暑い。

幹線道路はさすがにフランス統治国は舗装がしてあって、しかも道路の横には大樹の並木が亭々としてそびえているので、日陰に入ると歩きやすい。だが、そうばかりは許してくれない。急ぎの行軍ではないから、気分はのんびりといえども、暑いことは暑い。私は歩くことについては自信があったから、へばるなどということは考えてもおらないので、兵隊の銃を好んでかついだりした。それでも最初の一日目の行軍は、足が慣れないため、夕方近くになってやっと着いた。

その日の宿泊地では、炊事の準備の当番もあたる折には、私も〝あご〟を出して、飯を食うのは、どうでもよいの心境だった。これで後片づけをして、また夜半に行軍しなくてはならぬとは、ちょっと心配にはなったが、翌日から夜行軍に転換したから楽にはなった。今度は昼間はよく寝たといえども、夜間行軍は周囲の景色などが見られぬから、前の者に付いて行くようになると、単純に眠たくなって、もうほとんど寝て歩いている状態である。だから、途中どこを通ったのか、見当もつかない。

三日目頃から落伍者が出るようになって、我々が宿営地に到着した後から、だいぶ時間がたってから到着する者も出てきた。四日目、フーミの飛行場がその日の宿営地であったが、その夜、行軍の行路上で始めて、大きな山らしい谷間を通った。それまでは行けども行けども、平原上の坦々とした道路を行軍するのだから、単調で眠くなるのも無理もない行軍である。

ここで始めて変化が認められたが、じつは後からわかったことなのだが、大きな山だと思ったものは、塩の倉庫群で、どてらい一棟一棟が体育館のように大きく、夜間黒々とそびえていたものだから、谷間の道を歩んだと思わせた。ここへはサンジャックに着いてから、すぐに塩の積み込みの使役に来て、倉庫から艀《はしけ》に塩をカマスに入れて運んだのだが、その岩塩の山がその倉庫にうず高くつもっていたのである。

岩塩が掘り出したまま運びこまれて、それがまた堅くひっついているのだから、ツルハシで破片にして、アンペラ袋に入れ、かつぎ上げて艀に乗せるのだ。昼間は作業ができないから、もっぱら夜間作業だ。暑いことはないが、夜間、電気とてないところの作業だから、古タイヤを燃やしてタイマツに仕立てる。古タイヤというものが、じつに明るく燃えるということと、長く燃えるのにはじつに感心した。いろいろと勉強になった。

サンジャックは、フランス人の避暑地で、岬の小山はこの五日間で始めて見た山だ。五日目の出発時から遠く見えて、そこがサンジャックだと目標は示されたが、行けども行けども山が近づいてこない。やっとたどり着いたら百メートルにも満たない小丘だったのには驚いた。大平野の中の小山は、三十キロ手前からでも見えるものなのだ。あらためて大陸というものを知った。

最後の一日は各小隊分隊ごとに自由に行動が許されたから、テンデンばらばらに行軍する。サンジ

バリヤ川
炊事班
二師団(男)
バラック兵舎
二中隊一中隊
バリヤ山
←バリヤ市街
発電所
畑
病院

ャック近くの公道には、日本軍のトラックがうるさく走っていて、アゴを出している連中は、車を呼びとめ、乗せてもらうつもりでいても、日本軍のトラックは空で走っていても、乗せようとはしない。英軍のトラックは止まって乗せてくれたといって、乗ってサンジャックに集結した連中のぼやくことぼやくこと。

サンジャックは幼年学校（フランス人）が集結及び宿泊地で、広い芝生の競馬場のような運動場を持つ学校であった。寝たのはこの運動場の観覧席の裏の下側が宿舎だったが、私は一夜のみで、さっそく翌日、バリヤ農耕隊に参加した。サンジャックは外見を一瞥したくらいだったが、やはり赤や緑、茶や白の別荘の屋根と、穏やかな砂浜の海が印象に残った。

確かバリヤ農耕隊へ行ってからしばらくして、昭和二十一年の新年を迎えたから、逆算するとタンフーを出たのが十二月十日頃で、サンジャック着は十二月十五日。塩の使役に二、三日行っていたから、多分バリヤへ着いたのは十二月二十日頃だと思う。最初行ったのは三十名くらいで、癩《らい》病院の倉庫のようなところが宿舎だと間違え、後から参謀が来て、「おい、とんでもない宿舎に案内した者は誰か」と注意されて移動したのだ。

その途中、癩病舎がのぞき見える場面があって、じつに嫌な情景を見たものだから、数日、食事がのどに通らなかった。水浴しようにも当座は水浴場がなくて、空気感染するとかしないとか、面白くなかった。どちらにしても、南方の風土病はいろいろと兵隊たちから、それとはなしに耳に入って、誇張した話で伝わってくるから、恐ろしいとは思う。

だが、軍隊では、絶対に生水は飲まぬということと、食器の煮沸はかならず励行したし、便所の手洗いには、かならず消毒液が置いてあったから、我々後方部隊は恵まれていた。それでも、コレラ、赤痢で、ときどきは外出禁止になったり、果物の下給品の休止があったりした。さすがに戦後は果物の下給品はほとんどなかった。

バリヤ農耕隊も、まず宿舎の建設からで、そのために竹伐採や萱伐採、シュロの葉輸送の使役に出る。南方の竹は内地の竹と違い、竹の株が森林になっていて、内地の孟宗竹は一本一本はなれているので、切って処理するのも簡単だ。だが、仏印の竹は、人の腕も入らないように密集して竹藪になっているから、一本切っても分離がわずらわしい。そのうえ、とげが枝にあるから、じつに手間がかかる。それでも竹はよいが、萱伐採には弱った。一日のノルマが達成できずに、とうとう兵隊に助け舟を出してもらった。もうそれからは萱伐採だけは、使役の声がかかってものがれた。

正月がくるということで、我々三十名くらいの隊員の炊事班も、新年の御馳走の用意に、支給品の食糧を保留する。食事が粗末になるのはいつものことだが、正月の御馳走を楽しみに夢を持たせる。この時分、コックリさんがはやって、毎夜毎夜、コックリ名人を呼びだして、油火の下で、帰還の日時を聞くのが娯楽だった。

油あげがないから、天ぷらの野菜で辛抱してもらって、いろいろと聞きたいことがある人が尋ねるのだが、皆興味をもって油火の周りをかこんで待つのだが、なかなかにいい答が出てこない。一番興味のある帰還の日時の問題も、よくとぼけた返答がもどってきて、それでも皆の楽しみの一つになっていて、毎夜毎夜、この正月前は賑やかだった。

正月用に青いバナナを安く購入して、壺に入れて蒸すのだが、いろいろと葉っぱなどを入れて数日待ってみたが、とうとう失敗に終わって、最後はマラリアの熱発者に抱いてもらったりした。なかなか黄色にならなくて、むずかしいものだと結論づけた。バナナに種があることも知った。モンキーバナナなど野生のバナナは、皮をむくと実のほとんどに種が入っていて、全然食えるものではない。知らぬうちは最初は誰でも、失敗した経験がある。

昭和二十一年一月一日、バリヤの支那人家屋の仮宿屋で迎えた。まだバラックの兵舎は未完成で、ヒンヤリとした暗い支那家屋は日は入ってこないから涼しいのだが、小さくて陰気だ。待っていた正月の御馳走は、炊事班の大活躍による自慢なのだが、量は少なくとも、餅あり、ゼンザイあり、南京豆による炒り豆、尾頭の変わりは付近の池から取ってきた雷魚、藷《いも》のキントン、モヤシの酢のものなど、敗戦後では一番の料理。

普通食は冬瓜の塩汁に野菜の天ぷら。それに朝なら梅干一ヶ、昼食はパパイアの青いところの漬物、夜は塩コブがつくぐらいだから、それから見ると、テンホーの甲だ。もうこの頃になると、皆それぞれが安南の紙幣を持っている者は少なく、もっぱら物々交換を始めたから、間食も節約しなくてはならなくなってきた時節。下給品がなによりになる。

昨年の一月一日は輸送船の上だったから、何一つ正月らしいものを食べた覚えがないから、期待はしたものの、これでも満足しなくてはならない。帰還の日時がわかっていれば、部隊の経理もやりやすかったのだろうが、いつまで自活するのかわからないから、確かに糧秣の確保と残置を、炊事もやったし（後日、炊事勤務になってわかった）、主計もそう考えていたのだろう。しかも大むね、食事のまずさはあっても、量的には不足の情況には、我々はなかった。

やがてバラック兵舎が完成して、サンジャックから後続の一小隊も到着して、我々の兵舎はバリヤ農耕隊として賑やかになった。この場所はバリヤ山麓といっても、低い山の麓で、兵舎の裏の十メートルほど崖下に、川幅十メートルくらいのバリヤ川が流れていた。私たちの水浴場の遙か五百メートルほど川上にバリヤ発電所なるものがあって、それは米を焚いて発電しているという話だった。

ここ仏印では、汽車は割木を焚いて走り、発電所は古米《こまい》を焚いてタービンを回すなんて、ちょっと考えられないことが当たり前になっている。この発電所は、うちの部隊が頼まれて修理に行き、そのおかげで、電線を引いた。うす暗いながら、明かりを得られたことは、文明人の生活の喜びを味わうことができた。人の心もただ、一灯の電灯の明かりで、落ち着けることをしみじみと感じた。

前方は広い平野と丘で、田圃と畠は雨期のみしか耕作しないのがこの安南の農民だ。日本人のように乾期でも、田圃に井戸を掘って野菜を作るなどの勤勉なことはしない。日本人の勤勉と努力の精神があればこそ、国家の興隆があり、進歩があるのだということを深く感ずる。見渡す限りの広い平野なのに、部落や人の姿は見られなかった。

我々の兵舎から川下三百メートルくらいの川岸に、バリヤ農耕隊の炊事場があって、そのまた川下に、仏印通信隊（星井隊）や通信教育隊のバラック兵舎がそれぞれあるのだそうだが、炊事場からもその場所は見えなかった。私たちが飯上げに行くと、同じようにこの炊事場に取りにきていたから、いるのだなと感じた。

百メートルほど前方に広い道が通っていて、右側の方向にバリヤ市街地（小さい部落なるも、ちょっとしたおしゃれなレンガ建ての家や店もあった）に通じ、左側を進むと、発電所へ通じた。

我々の農耕隊は、一反歩ほどの田圃中に四ヶずつ井戸を掘って、畠にはカンコン。四、五反が我々司令部の農耕地だ。薩摩諸、南瓜《カボチャ》などを植えて、最初みんなで作業することだから、すぐできてしまう。後は交替で朝食前に陽の上がるまでの一時間くらい、井戸から水をくみ上げて撒《ま》くともうそれで仕事は終わりだ。だから、ひまがありすぎて、物売りに来る少年たちに、のんびりとたかるのが楽しみだった。もうこの時分には金はなく、物々交換で持ち物を手ばなすしか方法がなかった。

ベトナムでは家鴨《あひる》が飼いやすいのだろうか。その卵が大きく安いものだから、一番我々の副食によく使った。生では衛生上、注意を用したから、卵焼きのオムレツにしてよく食べた。もちろん果物の宝庫だから、バナナ、パパイア、ザボン、パンの実、椰子、竜眼、マンゴー、マンゴスチーン、金はいくらあっても足りなかった。とうとう我々も文無し、交換物資もなくなると、ごまかして盗むようになるのもやむをえないことになる。ついに重大な忘れられない出来事に出会うことになる。

それは、いつも来る物売りの安南少年だった。その前日も、一人が〝コーカン（物資交換）〟の相手をしている隙をついて、私をふくめて二、三の兵隊が売り物の品をポケットに入れた。そのときは彼は気がつかなかったが、帰ってからわかったに違いない。それまでにも、ちょいちょい彼らの気のつかないのを幸いにして、皆が商品を盗んでいたのだ。

その日も少年は、〝コーカン〟といって売りにきた。いつも竹で編んだ浅いザルの中に品物を入れ、頭の上に乗せて、器用に歩いてくる。一人か二人が、交換の物資の値定めを少年としている間に、その他の者が素早く菓子や果物を取る。さっと要領よく現場を去るのだが、そのとき彼の目に留まった。用心をしていたに違いない。見つかってしまったのだ。〝コンコトック（いけない）〟と叫ぶ。見つかった者は仕方なく返すが、うまく去った連中は、宿舎に入って出てこない。返せ、返せと叫ぶが、知らぬ顔。とうとう少年は怒って、我々に向かって叫んだ。猛烈な語気で……。

〝ケナイ（ここは）安南。ニッポン、コンコトックニッポン、帰れ〟

意味はわかった。我々は退屈しのぎの気分と、いつものように多少のシャレのつもりであったのに、こう痛烈に叫ばれる堂々たる態度には、我々もあっけに取られて、一言の声を発することができない。いくら戦いに敗れて、銃や剣を持っていない日本軍の集団といえども、この宿舎には、大人たちが五、六十人もいるのだから、相当の勇気がいる。真っ赤な顔をして、真剣に叫ばれると、その迫力にぐうの音も上げえない。このような怒りを現に表わすなどとは、たとえ利害があるとはいえ、言える様ではない。このようなことがいえる原動力はなんだろう。

当時、安南独立に立ち向かったモクハイ（独立軍）は、仏軍との交戦がいたるところで住民を巻き込んだ勢いが、こうした気概を生んだのだろうか。ダラットの少年といい、このバリヤの少年といい、確かに今度の戦争は、南方の白人支配下の住民たちには、ものすごい民族意識や人種意識、世界の情勢までも呼び起こした感がする。だから、あの長い間の民族独立戦争に、白人王国の仏軍や、そして米軍を打ち負かし、勝利を博したすべてではなかろうかと思う。

我々が復員船で帰国したとき、進駐軍にたかってチョコレートをねだる日本の子供に、ただ一人も、そうした気概を持った者がいたのだろうか。私は疑問に思うし、現在の平成の日本人には、なおさらそのような気概は望めないと思う。戦後、平和になれて五十幾年。確かに平和は喜びにたえない。日本国憲法は国と国との紛争に戦争放棄を宣言した。

戦前の昭和十年代の日本は、狭い国土に六千万の人口は住めないと海外へ進攻した。ところが現在、その当時よりなお狭い日本本州に一億二千万という二倍の人口が生活している。しかし過密化している地域に人口はますます集中して、過疎はますます過疎となる現況は、どう説明してよいのやら。そして世界第二位の経済大国の日本は、生活が豊かになっている事実。後進国から見ると、うらやましいと思っていることだろう。

歴史は不足や不満から、あるいは一人の独裁者から戦争は起きることを物語っている。我々国家国民が平和を維持するには、憲法の条文だけでは守れない。そのよい例は、進攻する者にとって相手の国の憲法を知って、攻めて来ないだろうか。他国の軍隊が進入してきたら、彼らの剣の下に唯々として従っていくのが、この国の文化であり、知識なのだろうか。民族の独立は、いずこにあってもよいのだろうか。

確かに世界各国は、第二次大戦後の処理の問題については、第一次大戦後のドイツに対する賠償などに深く反省したところを表わした。少なくとも、人類は進歩しているのは認める。湾岸戦争後におけるシリアの処理も、今となると不充分ながら、よかったようにも思う。ただやはり独裁者国家は、危険がともなっているのも事実である。

戦勝国の人々は、この盲目的に強く激しい日本人が、いったん戦いに敗れると、猫のようになるとは夢にも思っていなかったであろう。占領軍が本土に進入しても、テロやパルチザンが、いたるところで起こり、日本人が抵抗するだろうと思っていたに違いない。ところが、現実はあまりにもあっけない。猫どころか、かみつくことすらない兎だったのだ。日本人の長所の単純性なのか、亀にも負ける兎ではないだろうか。

もっともっと、こうした国家民族独立の問題については、議論があってよいことだろうし、明治維新の馬関戦争や薩英戦争の歴史を、我々は考えるべきではないだろうか。我々は確かに第二次大戦には、歴史始まって以来の敗戦国になった。他国の軍隊が、我が国に進駐して占領された。現在も戦後五十幾年たっても、戦中の我々が、仏印に駐留しているのと同じ状態がつづいているのだ。我々が仏印に駐留している時には、我々の意識には、仏領印度支那にいるという考えは確かに希薄だった。米軍の駐留軍も、条約上駐留しておりながら、米国の支配下にいると感じているに違いない。

戦いに敗れて、仏印の国に自活して生活していた我々の意識は、いつのまにやら時間を経ると、仏領印度支那にいることすら忘れかかっているのだ。平和に慣れること、人間の生活の安定による心情は、今さらながらこのままでいいのか。

明治の戦いに負けなくても、結ばれた友好条約という不平等な条約ですら改定するのに二十数年以上かかった。ソビエトとの友好条約すら、戦後まとまっていないのだ。白人社会のきびしさを、我々は深く考えるべきであろうし、唯一、白色人種の中のサミットの一国の中の黄色人種の代表として、もう少し考えるべきではないだろうかと存ずる。

一月中旬頃、我々の宿舎の前の道を、完全武装した大部隊が通過する。当時、我々は降伏式後、サンジャックの本隊では十人に一梃の小銃を持たされていたが、このバリヤの農耕隊には、武器というものは皆目ない。それだけに重装備のこの二師団の兵隊のたのもしいこと。本当の兵隊を見る思いと同時に、当時は我々の意識の中には、兵隊というものがなくなっていて、軍隊という言葉のみが生きていることを感じるくらいになっていた。

二師団（勇）の兵団は、左側の火力発電所の奥の地区へ進駐。それだけに今までは我々の居留地から見える範囲の中には友軍の姿が見えなくて、我々の非武装の兵隊としては心細いところもあった。

だが、二師団が駐留してからは、前の本道をトラックの通るのが賑やかになって、非常に安心感があった。

当時はベトナムの独立軍（ベトコン）の跳梁が各地で激しくなって、ここの近辺の土地へは日本軍が集結したものだから、周辺は大人しく穏やかだった。だが、この勇兵団は、終戦時にはサイゴン周辺で対米作戦のため防御陣地を作っていたものだから、終戦後も英軍や仏軍の交替するまで各地の治安維持や道路の確保に対応していた。ベトナムの独立民軍は、各地区の確保を目的に進出し、いたるところで道路の破壊や占拠をつづける。

日本軍との戦いを避けるために、元日本軍にいた兵補や、日本軍人で安南軍に逃亡した兵が、絶えず連絡してきたから、直接には戦わず、射っても空に向かって射ち合うという芝居の格好で推移したのである。

だが、ランビアン高原のダラット市街は、陣地作りの日本軍の大部分がサイゴン地区に引き上げたものだから、警備隊や連絡所程度の小部隊がベトコンに包囲されて、ダラット、サイゴン間の道路は封鎖された。仏軍の攻撃では失敗に終わる。

そこで勇（二師団）兵団に、道路およびダラットへの連絡路への攻略を依頼する。勇兵団も、ダラットの警備隊は、仏軍との移乗までは自分のところの中隊だから、仕方なしにベトコンを攻撃した。ベトコンとは話し合いながらサイゴン、ダラット間を進攻し、ときには少々の犠牲を出しながら、ダラット警備隊を救出する。そして仏印全土で、フランス軍とベトコンとの戦闘が激化することになる。その戦乱に巻き込まれた部隊および仏軍に協力した部隊から、優先順位で内地へ帰還させるエサをあたえられていた。だから、勇兵団は乗船間際まで、重武装していた。

このとき、ダラットの通信連絡所は、我が司令部の我々の隊長、淨慶大尉（兵庫県大屋町）が指揮官で、通信一ヶ分隊とともに残留していた。結局、ダラットが開放されても、司令部へ復帰せず、直接勇兵団と一緒に一先発で帰国した。だが、その中で鈴木兵長（滋賀県）は、ベトコンとの抗争に巻き込まれて抵抗し、戦死したとの話のみがサンジャックに連絡された。

鈴木兵長は西郷兵長とは仲よしで、我々がダラット五号兵舎にいるときは、隣の四号兵舎の掛屋軍曹の率いる少年通信軍属分隊の班付きにいたから、よく我々の兵舎にも遊びにきたりして、我々も可愛がってもらったのでじつに残念だった。相撲取りの息子さんとて、体格も立派で大らかな人だったが、なかなか負けぬ気が害《わざわ》いしたのだろう。ついベトコンに抵抗したのだろうと、その気持がわかるなあーと皆、話していて、おしい人を失ったことを悔やんだ。

この勇兵団が我々の宿舎の裏を流れる川の上流、発電所までの間の川が蛇行している地域の右岸に駐留、農耕を開始していた。だが、我々の宿舎とのその間は密林地帯で、竹藪などでさえぎられ、まったく通行がかなわなかったが、いつも百五十匹ほどの勇兵団が飼っている家鴨が川下まで群れを作って泳いできた。我々のところでちょっとした堰堤になっていたものだから、下にはさがれず、この間の川中で飼育されていたから、勇兵団がいることを確認できた。この家鴨については後刻、我々とは面白い一件があるので後述しよう。

勇兵団が川上に駐留してから、前の本道はその車輌の通行で賑やかになった。それまではじつに淋しいほど静かだった。多分、勇兵団がまだここへくるまでの夜だった。ある晩、相当遠い南西の空が真っ赤に焼け、火柱が上がって、ぼんぼんとドラム缶のはじける音が大きくした。手のつけられそうにないほどの大火事が発生したのだ。

聞くところによると、南方軍燃料廠の火災らしく派手だった。さすがに燃料（ガソリンその他）のはじける火災は勇ましく美しく、皆、田圃のあぜに腰掛けて、両国の花火を見る感じで見ていた。野次馬連中は、現場まで歩いて見に行った者もいた。夜だから近く見えたのだが、なんでも四キロほどのところに燃料廠が駐留していたのが、このときわかった。

南燃と我々南通司とは、お互いに軍属の要員の数の多い関係だろう、兄弟関係のような付き合いだった。タンフーで自活していたときにも、講談師が講演に来たし、このバリヤの農耕隊にも、その同じメンバーで南燃亭楽山と南山寺一《はじめ》の二人で講演に来てくれた。講演は講談の一席で、徳川の天一坊の陰謀録の話を二夜ともしてくれて、我々を慰問してくれた。それだけに、この夜の大火災は、ちょっとした印象に残った。

毎日の作業はほとんどないものだから、皆ひまをつぶすのを持てあます。私は木村利三伍長（横浜港区小机町の人で参謀部勤務の人）や加藤正一兵長（神奈川県川崎市、同じく参謀部勤務）、そして材料廠に勤務していた成田清作（青森県南津軽郡拍子町、軍属）の四人で、木で麻雀パイを彫って、麻雀をすることに決まった。

私は始めてここで麻雀を習った。兵隊によっては支那の象牙のパイを徴発して持っていたりして結構、戦利品として大事にしていた。こう暇がありすぎて、簡単な作業を終わると、朝から夕方暗くなるまで、あちこちで麻雀を開帳する。夜はさすがにしない。したくても明かりがないから。

加藤兵長は器用な人で、小刀一本で模様まで綺麗に彫って完成した。我々はそれぞれ絵を書く者、みがく者など分担する。大体、兵隊の中にはいろいろの職業の人がいるものだから、なんでも器用に作るのだ。花札なんか、ボール紙でじつにうまく絵を書いて作る。

木村伍長や加藤兵長は昭和十四年兵で、それでいて長い間、上等兵の階級で戦後ポツダム進級になったのだが、聞いてみると、ニューギニア派遣の部隊だったという。病気にかかって、比島まで後送。マニラで退院になったものの原隊の復帰はできず、転属から転属で、最後はこの南通司に転属した者だから、年数は七年兵でも階級はストップになったままだという。

大体、軍隊の転属は、おおむねその隊のお荷物になるような力のない兵隊か、または乱暴な兵隊で、上司との関係がうまくない者が時に転属される場合が多いが、病院下番で原隊への復帰ができえない者は、付近の部隊へいや応なしにほうり込まれる。外様大名だから、出世はできがたいのだ。

木村さんも加藤さんも、じつによい人だ。参謀部や副官部で苦労したから、このバリヤ農耕隊にくるまでは、無縁な人だったが、成田さんとの三人は麻雀を知っているのに、一人足らないので私に声がかかる。

私はなんでもやってやろう、なんでも見てみようの気持があるから、入れてもらう。暇なものだから、すぐ要領がわかる。そうなると、朝から飯を食い終わると、さっそく開帳となる。麻雀台も皆、手製だ。この時分がもっともはやった。仕事がないから、それぞれ時間つぶしを考える。

宮田堅城上等兵（浄慶隊の初年兵。鹿児島川辺郡西南方村の僧侶）なんかは習字を始める。この人には感心した。暇があると、大体人は遊ぶことを考えるものだけれど、習字などをする人はまさに珍しい。さすがに僧侶というか、知的の人というか、少し変わってはいた。大体その他の者は、集まって話上手な人の話を聞いては、駄べッテいるのが多かった。

麻雀ももう交換物資がないものだから、賭けるものがない。やはり賭け麻雀でなければ、面白くない。それで、毎日一番負けた者が、三人の食事当番になることに決める。ただ単に食事を各自に運んできて、食べた後、綺麗に洗って、熱干消毒をして食器を納めるという簡単な仕事なのだが、それが我々の罰則だ。やはりそれだけのことでも気合いが入る。

麻雀でもかぶでも、最初は一番素人《しろうと》がつくものだ。私も四人の仲では新米、一日二日と勝ち進む。成田さんはこの当時、流《はや》りの鬚をのばして、あの青森のズーズー弁で悔やしがったり、意味不明の言葉で戦うのだから、すごく面白い。一番上手な人が一番負けるのだ。年の大きな人に当番になってもらって尻がこそばゆい。とうとう第三位になっても、一番尻《けつ》にならなくて十日間が過ぎた。気の毒すぎて、確かこの賭けはそれで終わったように思う。その後もずっと麻雀はつづいたが、それだけは印象に残っている。

印象に残ったこと

勇兵団の慰安会

勇兵団が我々の川の上流間近に駐留してから一ヶ月ほどたった夜だった。勇兵団の演芸隊が素晴らしいということで、皆で行った。我々のところから、発電所の橋を渡って左側へ十分足らずのところに、勇兵団のバラック兵舎があった。近所に畠らしいものは見えないから、帰還船がくるまでの待つ間だけの駐留なのに、勇兵団の師団司令部もここにいたのだろうか。

じつに立派な舞台が広場の中に造ってあって、花道もあったり、引幕なども、それにマイクロホンまで用意してあったのにはびっくりした。しかも、勇兵団がこの地に来てから一ヶ月もたたぬのに。

我々バリヤ農耕隊へ最初から来ていた者は、後からサンジャックから交代してきた者たちから、サンジャック劇場で南方総軍の特任小隊の演芸が毎日公演をしていて、交替でサンジャック周辺に集結している部隊が見物していること、またその素晴らしいことを聞いてはいた。だが、私たち農耕隊員には縁のない話だった。

タンフーの自活していたときに、南方総軍から特任小隊員の募集があって、南通司令部の部隊からは材料廠の板坂軍属（東京浅草の人）が転属していったことがあった。板坂軍属は運転手で、我々もよく自動車の乗車でお世話になったが、この人の特異の芸は、首筋に針を通して、紐で椅子をつり上げる早業で皆を驚かしたものだったが、浅草ではこの芸で食っていたらしい。そう言う一芸に秀でた人たちを集めて、総軍特任小隊（演芸班）を組織しているようだった。

この勇兵団の演芸班も、師団から集めて公演をしているので、それはまったく素人ばなれをしていて、楽団といい、劇団といい、私たちには目を見張る思いだった。本格的な演芸なのだ。あかあかと電気は発電機《モーター》でつけていたし、照明はスポットライトを当てて赤、青、黄色とじつに華麗だ。広場の大きさから、各部隊がつぎつぎと交替でくるために、毎夜のごとく公演には、すばらしい女性？　が出演する。男性とは思っていても、それがどうしても女性なのだ。

いつか少し前に我々のバラック兵舎で、昼寝をしていたときだった。日本語を話す女の子の声がするではないか。何か幻に出合った感じがして、声のする方に顔を出すと、私たちの通信軍属の一期先輩（昭和十九年六月入隊。八月マニラ司令部到着）の玉井博君と三筒照男君の二人だ。彼らは仏印通信隊（星井隊）の通信所勤務をしていたが、星井隊のバリア農耕班になって当地へ来た者である。我々の小隊に、その同じ戦友がいたので、遊びにきたわけだが、彼らは我々の同期生と違って一歳年が若い。

玉井君などは後から炊事演芸班で一緒になって仲良しになったのだが、昭和六年生まれと言っていたので、当時十四歳になるかならないかの声変わりしないまでの声帯で、キーの高い音声なのだから、娘の声と瞬間、錯覚するのだ。そのときふっと、日本の娘、女、そして母、妹のことを思い出した。残念ながら、私が家のこと、母のこと、妹のこと、そして彼女のことを思い出したのは、このとき一回だけだった。十八歳の少年なんて、こんなものなのだ。玉井君らの話はのちほど話さなくてはならぬことになるので、ここでは止める。

勇兵団の演芸の話の筋はもう宙に浮いていて、ただそこに見るものは、日本の内地の幻影であり、時代劇の世界なのだ。仏印在住の日本女性からあつらえたであろう、和服から洋服から、それに髪形のカツラから、みごとだ。皆、ジッと見つめるのみ。固唾を飲んでいるさまがわかる。女性その者をまだ対象者と考えていない者でも、皆はその雰囲気にはみごとに圧倒される。

男の声とは知りながら、形は女として見ているのだ。見事な演技は、舞台に眼を向いていても、思いは別のところにあるのだろう。うっとりと目頭がうるんで、台詞は耳に入っていないようだ。終わって帰路に着いても、興奮はおさまらないらしく、黙々と、我々の兵舎に帰る。

家鴨《ガーガ》争奪作戦

もう一つ、勇兵団には忘れられない想い出がある。

我々の水浴場が兵舎の裏側にあるのは、前にも記した。我々が水浴しているときでも、川上から百五十四匹ばかりの家鴨の群れが、川下の我々のところまで、遊泳してきて、ちょうど川はここで堰堤になっていたから、また川上へと帰って行くという動作をしていた。家鴨は絶対に部隊行動をして、集団でかならず行動していた。その勇兵団のガーガーを一網打尽に陸に上げて、我々の腹中に入れようとの作戦を、我々は練ったのだ。

大体、勇兵団の演劇会を見に行って、皆が感じ取ったことは、確かに戦後も苦労して犠牲を出し、仏軍や進駐軍に協力してきたのではあるが、この終戦後半年を経ても、重装備のままで、武装解除なしに従来の日本軍の態勢でいるのだ。我々のようになにもかも交換して、物資のない者たちとは格段の生活をしていたから、少々勇兵団のおこぼれを頂戴しても、悪くはなかろうというのが皆の意見だった。

総軍の我々は大体、甘ッちょろい考え方で、勇兵団のようにガダルカナルやビルマで、さんざん辛い生活と、戦闘をしてきた者とは違う。自活に入っても、豚や牛、それに家鴨《ガーガ》など飼育されそうなものは、東北の兵隊だけに勤勉なのだ。それに加えて、帰還の順位は連合軍の協力No1のために、一番の札を持っていることなどを聞いているから、皆この計画には乗り気だった。

さっそく手分けして、それぞれ任務につく。川から陸上に追い上げる者、陸に待っていて捕虜にする者、遠くの田圃に穴を掘る者、ドラム缶に湯をわかす者、六十名がそれぞれ実施に移る。家鴨は水面ではスイスイとうまく泳ぐが、陸上ではじつに鈍感なもので、尻を振り振り、ヨチヨチ歩きしかできないものだ。南方の鶏は二十メートルや三十メートルくらいは平気で飛ぶ。内地の鶏からくらべると、大いなる違いなるも、家鴨はまったく同じ。簡単につかまって、簡単にしめ殺せる鳥、全羽百五十四匹攻撃に成功。

夜になってから、遠くの田圃で羽根をむしって、きれいに後を残さないように土をかぶせる。風呂に入っていたドラム缶二ケで、その家鴨をみそ汁で焚く。炊事に家鴨二十匹ほど持って行って、味噌と交換だ。夜中、月の光の中で一人二羽ずつの家鴨《ガーガ》は、たっぷり味がしみ込んで、そのうまいこと。どうしても全部痕跡のないようにしなくてはならないから、無理でも食わなくてはならない。食った、食った。少々毛皮がついていてもなんのその、うまかったなあー。この味はゲップの出る思いはしたが、忘れられない夜だった。

勇の兵隊が翌日昼頃、我々の兵舎に捜索にきたが、我々は満腹で動くのがつらいくらいで皆寝ていたが、皆そしらぬ顔。証拠は上がらず、ウサンくさい顔をして探し回ったが、知らぬ存ぜぬで帰って行った。気の毒で申し訳ないはずなのだが、じつに愉快な一夜だった。

勇兵団の演芸に刺激されて、我々のバリヤ農耕隊でも演芸大会をすることになった。農耕隊としては始めてのことで、小坂隊長（少佐）も乗り気だった。このとき始めて農耕隊全隊員が、一緒の場に集合した。炊事の前の広場に、簡単な舞台をこしらえた。机が一脚、頭上は天幕というこしらえ。各小隊の競走で一番人気を博した小隊には、炊事から酒一本と砂糖いくらかが賞品に出るとか。

我々の一号兵舎は、司令部の一小隊と二小隊、そして星井隊（仏印通信隊）の三小隊。四小隊が通信三十四連隊、それに通信教育隊の五小隊の計五小隊百五十名ほどがバリヤ農耕隊ということがこのとき、皆にわかった。どうやら、小坂隊長は、教育隊の将校ではなかったろうかと思う。ただの一回も、我々と直接の接触はない。終戦後は特に降伏式後は、規律はなかった。ただ単に連絡所の機能だけだったのだろう。

演芸会は夜、始まった。周囲はゴムのタイヤの燃やした灯りの照明であり、兵隊たちは広場に尻を据えて、のんびりとくつろぐ。皆、それぞれ芸達者や歌の節回しのうまい連中が、各小隊の代表として出るのだが、何しろ人員が少ないから、これはというほどの者がいない。二小隊からも選抜されていたが、雇員の中から誰か出ろ、出ろといわれていたが、始まるまで決定されていなかった。出場者がきわだった者がいなかったから、「よし、俺が出て何かやってやろう」と思い立ったら、飛び出していた。飛び入りに近かった。

「二小隊陸軍雇員中江こと南通亭アンカップ（仏印の言葉で泥棒）講談の一席読み上げます」とスラスラと口から飛び出した。うまくつかえずにさらりと言える。こうなれば、少々違っていても、立板に水の如くしゃべくったら、嘘でも講談師だ。

一に慶安の陰謀録、二に徳川天一坊の陰謀録、三に宇都之宮の釣り天井の天下徳川三大陰謀録の第一の筆に留められましたところの慶安の陰謀録は、快僧全達の一席をおそまつながら、おあと時間の来るまで読み上げます、と一息だ。そして、慶安三年六月一日、江戸は芝増上寺前の……。とこの後少々ばかり聞きかじりの講談をうまくつなぎ、ちょうど時間となりました。おあとと交替。おそまつさまと、うまくおさまった。我ながらじつに巧く口から出たものだと、自分で感心する。

こんなに巧く出るものと思いもよらなかったし、これがヤンヤヤンヤの大喝采なのだ。それはたった二回、タンフーの自活当時と、このバリヤ農耕隊に来て二ヶ月前に、南燃から慰問公演に来てくれた南燃亭楽山師と南山寺一《はじめ》の二人の講談師のモノマネを盗んで発表したことと、私の名前がトッサに南通亭アンカップ（泥棒）で、まったく盗んだものだと、皆に理解された意外性と、それが兵隊ではなく、白紙の状態の少年軍属であったことが皆の興味の驚きになったようで、これで我が二小隊が優勝になった。

その夜はたった一本の酒を皆で分け、甘党の連中には、炊事から青豆をせしめて、ゼンザイを頂く。一躍有名人になった小生は、おほめの言葉ににやにや。一小隊の成田さんなんかは、自分のごとく喜んで津軽弁のズーズー弁でチョビ髭をひねくりながら陰謀録を語るところなどは秀逸。それからは、陰謀録という言葉が、何事にも使われるようになった。何も考えることがない時代の頭の中にしみ込んだ話は、素直に再言できることを私自身も感心する。

そんなことがチャンスになって、我がバリヤ農耕隊の雇員隊員で、演芸班を作ることになった。ちょうど勇兵団や、傷病者の第一船帰還船のビッグニュースが入ってきた当時だったが、我々総軍指揮下の兵隊は、南方軍最後の帰還になるとの噂なども信じられていたし、まだ当分は現況がつづくという認識があったから、それも面白かろうと参加者はスムースにそろった。

二小隊の雇員班から中山茂（大阪）と私。一小隊から徳長明（姫路）、吉田潤作（大阪市）、星井隊より我々より一期上の男前の高須信行（東京新宿）、臼杵孝司（大阪）、三箇照男（富山）、玉井博（大阪）が炊事に集合した。班長は教育隊の杉本軍曹（鳥取県倉吉）で、年輩のおとなしい人。兵隊は乾一等兵ともう一人くらいいただろうか。一挙に炊事班員が増えたから、炊事そのものは楽なのであるが、その合間に演芸の稽古をするのだから結構、忙しい。

私は芝居要員に選任されたから、芝居がなければ、人の踊りの稽古をにやにや見ていればよかった。中山茂君と三箇君とは一番小柄で一メートル五十くらいか。柄は大きいが玉井博君が一番最年少で、昭和六年生まれだから、このとき十四歳。我々より一期早く司令部に到着しておりながら、我々の同期の者は一番年少でも昭和五年生まれだから、ちょっと合点がいかなかったが、彼の説明によってわかった。玉井君ら一期上の連中は、我々の想像もできない不運と苦労の連続を味わって、司令部に勤務していることが、この炊事演芸班に入って一緒に生活してわかったのである。

実科丙組の話

彼らは昭和十八年九月、軍の要請により、私立および専門学校の通信部門の各種学校が官立無線電信講習所（逓信省管轄）に統合され、東京（本所・板橋支所）、大阪、仙台、熊本ら五、六ヶ所に支所を開設。各学校（大阪の場合は三校）の生徒は全校生いっせいに同じ問題で、編入試験でテスト。成績により別科（高専準拠。選科卒業。一級技術者養成）、選科（後普通科。中等学校卒業程度。二級技術者養成）、そして実科（中学二年修了程度。後特科三級技術者養成）に別れて編入された。

大阪支所（大阪市矢田）の場合は別科五十七名、選科甲五十八名、選科乙百二十五名、選科丙九十名、実科甲四百十名、実科乙四百三十二名、実科丙三百九十名と、一挙に千五百六十二名の多さになったため、昼間と夜間に別れて授業を受ける。軍および民間の技術者の緊急要請により、短期に仕上げさせられる。

高須君や玉井君らの実科丙は年も一番若く、養成機関（七ヶ月）も一番長くいたが、十九年五月に卒業、その後に我々の特科生（実科を改称）が入学した。だから玉井君らは、小学校六年卒業の中学一年生の折に編入試験を受けるはめになったのだから、今の中学二年の五月には卒業ということになる。我々特科生は、中学二年修了もしくは小学校高等科卒業という者が、試験があって入ったから、我々の方が年上になるわけである。

それにしても、十三歳で軍がよく入隊させたものだと、あらためて感心すると同時に、軍の要請も、我々に期待したのだろうかと思えた。我々少年の心には、当時としては、昂然たる気持が先に立つのは、致し方のないことだから、何らの不安もなしに、わからないまま軍隊に入隊したものである。皆、当時はそうなのだ。いな、現在でも少年の心は変わっていないのではないだろうか。

不安とか死とかは、まったく埒外のこととて、そんなことは考える年頃ではない。彼らはそれでも東部八十八部隊（通信連隊。神奈川県相模原）に一ヶ月教育を受けた後、七月十一日に部隊を出発、東京班八十名、大阪班八十名の計百六十名。一説には計二百四十名という説もあるが、我々少年には全数がわかっている者がないから、我々特科の東京七十五名、大阪七十五名、計百五十名だったから、私は百六十名説を取りたい。

官立無線の瀬尾先生の資料によれば、瀬尾クラスは七十四名が卒業生で、そのうち東部八十八部隊に入隊したのが十四名であるという。実科内卒業総数三百九十名から考えると、多分五クラスあって、一クラス十四名として七十名となるから、七十五名または八十名が実数だと考えられる。ちなみに、十九年五月卒業時では、我々十九年十月卒業と違って、まだ相当の自由な勤務先があった。

〔注〕彼らの勤務先は、陸軍航空保安部へ十名、海運会社に二十九名、海軍軍属二名、通信会社九名、航空会社三名、満州台湾三名などがあった。

〔注〕彼らから五ヶ月遅れた我々特科一クラス十月卒には、東部八十八部隊へ十九名、陸軍中央通信隊十一名、西部軍司令部（沖縄三十四軍）十名、満州華中電々五名、中央気象台三名、名古屋師団三名、海軍一名、民間会社三名、大阪中央放送局一名、台湾総督府二名と七割が軍へ。

〔注〕我々よりもう一期後特科、昭和二十年三月二十日卒業生になると、少年通信兵十四名、暁部隊（船舶兵）九名、東部・西部軍司令部七名、逓信局六名、現役入営三名、不明三名と戦時一色になる。

話を戻そう。彼ら実科丙組は一ヶ月の軍通教育後、七月十二日、東部八十八部隊を出発。門司から貨客船吉野丸に乗船（八千九百九十トン、速力十三ノット。元ドイツ船、日本郵船KK。戦時中病院船で活躍する）。七月二十五日、高雄着、七月二十七日、関東軍の将兵五千十二名と隊貨四千立方メートルを搭載出港。

〔注〕　船団名ミニ船団。僚船第一小倉丸、光栄丸、武豊丸ほか十四隻。護衛船艇＝駆逐艦汐風、海防艦石安、第五十五駆潜艇、第二十八、三十九号掃海艇、特設砲艦華山丸。総計二十四隻

七月三十一日午前一時二十分、針路を二百十二度に変針し、三時にはバシー海峡ダルピリ島を通過した。早朝にはルソン島の北西端を通過して、その夕刻、リンガエン湾に到着の予定だった。午前三時四十分頃、右舷四十五度の近距離に雷跡三本、魚雷は第二、第三番艙に命中した。船体は急速に傾いて、七分後には海中に没した。五千人の乗船者は、なだれのように海中に落ちた。

玉井君は下の方の船室に寝ていたが、ズシーンという音とショックで目がさめ、やられたと直感した。とにかく甲板に出なくてはと、必死に船室を飛び出して、上甲板に上がろうとするのだが、皆、必死だから、幼い我らはあがれない。一人の兵隊にしがみついて、大きな声で、「兵隊さん、甲板に出して下さい」と泣きながら叫んだ。

その兵隊さんは、「よし」と確かに答えてくれたと思う。そのまま私（玉井）をかかえて、暗闇の中を右往左往し、やっと甲板に出られた。（今思えば、大人一人でも甲板に出られず死んでいった人がいるのに、子供一人をかかえて、よくも助けてくれたものだと顔も姿もおぼえていないが、今も元気でおられるのを祈っている）

その兵隊さんは、シリゴミをしている私に、「子供、早く飛び込め」と、私をかかえて海中に飛び込んでくれた。それから無我夢中で艦より離れるときに、その兵隊さんと離れ離れになった。何秒たったのだろうか。後ろの方で、ボー、ボー、ボーと悲しい汽笛が鳴りひびき、ふりむくと私たちの輸送船吉野丸が海中に沈んでいくのだ。このとき始めて助かったのだという気持が湧いてきた。

これからは、何が何でも救助のあるまで、この広い海の中でがんばるんだと、自分に言い聞かせた。

海の中の集団は、十五人〜二十人ぐらいで一組となり、あちこちに流れている板切れを集め、各自がもっていたロープを出しあい、筏を作り、それにつかまり救助を待つことになった。

やっと空が明るくなりはじめる頃、私たちはだんだん、空腹をおぼえてきた。幸いに私たちと同じように炊事用の野菜が流れており、その一つの南京カボチャを私は食べた。南京の甘さと塩水の塩からさがミックスされ、この世にこんなうまいものがあったのかといえるおいしさだった。

昼頃、空に友軍の飛行機が飛んできた。誰もが手を空に向けて、「オーイ、オーイ」と大声を張り上げ、助けを求めた。このときこそ飛行機で勇気づけられたことが忘れられない。このとき、吉野丸のほか万光丸、扶桑丸、光洋丸の四隻が沈められたのだそうで、海上は遭難者で一ぱいだったのだろう。飛行機の中から、日の丸の旗を振ってくれているのがわかった。これは「ガンバレよ、後からきっと助けに来るから」という合図のようである。

昼すぎから波が高くなってきた。その波と戦っているま、だんだん落後する人々も増えてくる。力尽き、筏から離れ、海底に沈んでいく。私の周囲も六人ぐらいの人数になり、淋しくなってきた。そのとき、隣にいた兵隊さんが私に、「おい！　子供、お父さん、お母さんのことを思い出して、元気を出すんだぞ」と励ましてくれた。空は青空、すばらしい晴天だが、心の中は闇。いつ死ぬのかと考えるようになってきた。「水を飲んで死ぬのは苦しいし、寝て死ねたら楽だがな」。

私のそばには、死体となって浮いている兵隊さんがずいぶんたくさんいて離れない。「私ももうすぐこのような姿になるんだ」。このとき死ぬことの恐ろしさはなかった。早く楽になりたい……と、反対に両親の顔が現われ、「博ちゃん、ガンバルンダ、シッカリしろ！」と叱ってくれる。多分、他の人々もこのような場面に何度もあって、助かる時を待ったんだと思う。

そのうち、だんだんと暗くなってきた。ふと気づくと、目の前に大きな輸送船（光栄丸）が浮いている。皆は「オーイ、オーイ」と助けを求めるが、いっこうにこちらに進んでこない。よく見ると、船の前方が大破して、これも魚雷を受けたが沈まず、航行不能となっていたのである。元気な人たちは、船に向かって泳ぎだして行ったが、私には泳いでいく元気がなかった（これが幸いだったのだ）。船は近いようでも、決して泳いで行ける距離ではなかったのだ。途中で力つきて死んで行く人ばかりだった。

そう言えば、私（中江）も、この泳ぐことについて、注意された経験がある。我々が乗船してその翌日（十一月三日）、上甲板で輸送指揮官から注意を受けたとき、「この中で二キロ以上泳げる者はいるか」と質問された。横山（二郎）や橋本（勝彦）や福沢（秀雄）らと一緒に私も手を上げたら、曰く「泳げるからといって、海の上では泳いではいけない。海は広いから、泳いだ者が負ける。絶対に泳がないようにすること」と言われた。泳ぐ者の方が、遭難する確率が多く、早く死ぬのだそうだ。それがわかっていても守れないそうだ。

空も暗くなり、かすかにお月さんが見えるようになったとき、やっと海防艦が救助に来てくれた。つぎつぎと甲板からロープが落とされ、助けられていく有様が映画でも見ているようだ。私たち六名も団結して、筏から離れず、かけ声をあげ、足で水を蹴って船に近づくようにがんばった。だが、波が高くて近づけない。むしろ離れて行くばかりだ。救助も順番に助けているのだ。私たちも六人一緒に筏に集まっているから、船の方から来てくれたのである。一人一人に分かれて泳いでいたら、救助の網からはずれていたかも知れない。

やっと船の側に着いたとき、上からロープが降りてきた。前の兵隊さんがロープにつかまったが、ロープの先にある輪の中に足を入れることができず、ロープがもち上がると力つき、途中でザブンと海中に落ち、そのまま船より離れて流されて、「オーイ、オーイ」と叫んでいるだけで消えていった。

私の目の前にもロープが降りてきた。先にある輪のところに必死に足を入れ、ロープをしっかり握りしめた。後はスルスルと甲板に上げられたが、甲板に上がったとたん、ああ助かったと気がゆるみ、ねむくなってきた。そのとき、水兵さんが棒のようなもので私の尻をたたき、「ねむっては死んでしまうぞ」と、叱ってくれたのだ。これで私は、やっと助かったのである。

遭難して、十六時間海の中にいたようだ。私は幸運であったのだろう。大勢の一緒に入隊した友だちや、あのとき助けてくれた兵隊さんは、助かっているのだろうか。以上が私にとって忘れることのできない一生の中の一日だった。

結局、マニラの南方軍通信隊司令部に到着したのは百六十名中六十数名で、八月十二日頃、ばらばらに集結したのである。乗船部隊の将兵で救助された者は、約半数の二千四百名であったことが後に判明した。やはり幼い少年たちだっただけに、六割の遭難者になったのかと、感じている次第だ。

九月二十一日、マニラが始めて空襲にあった。マニラ湾の船舶は、立ちどころに大損害を受ける。南方軍（総軍）のサイゴンへ転出命令が出る。

十月十三日、マニラ乗船出発。六十数名中、二十数名が比島第一通信隊司令部に転属して比島に残り、四十数名がまた船に乗って昭南に向かう。マニラ残留員から、「お前ら、マニラ湾を出たら、また魚雷にやられるぞ。やられるのは決まっている、気をつけろと」とかいって、皆をおどろかした。手を振る顔に輝きがなかった。少人数の残留だけではなかった。本隊から別れること自体、いい知れぬ淋しさを誘うのだった。恐ろしいことを経験すると、恐怖が蘇るのだ。

もう絶対に沈むものと覚悟を決めて乗船、夜は上甲板で、航海中はいつでも海に飛び込める状態で過ごした。不思議にも、少年軍属の心を察してか、潜水艦の攻撃を受けずに、昭南（シンガポール）に上陸（十一月三日）する。

十一月十一日、昭南出発、タイ、カンボジアを経て陸路、十一月二十一日、サイゴンに無事到着、仏印通信隊（星井隊）または通信統制班に配属、通信所の勤務をしていたとのこと。遭難者のことは九死に一生のこととて、生き残った者にとって、絶対に忘れ得ぬことだった（以上玉井博談）。

戦後わかったことなのだが、残留した比島班の二十数名は、大阪班でたったの三名しか生存者がいなかったことを思えば、何かわからないが、人間には運のような、定められたものがあるのだろうかとも思える。私は学校（官立無線）にいるときに、何も聞いていなかったが、大阪在住の我々の仲間は、この吉野丸の遭難のことはどこからかの情報で知っていた節がある。だが、それも噂ばかりで、彼らも疑心暗鬼の情況だったであろう。

もちろん、我々の特科組で基隆で別れ、比島第一通信隊司令部に転属になった戦友たちも、無事バギオの司令部に到着の連絡があったものの、その後の経過は、我々の知られざるところであった。彼ら実科丙生二十数名、および我々特科生五十名も同じ経過をたどることになるのだが、別記で生存者の記録から後述しようと思う。

なお、我々の情報の中には、当時沖縄三十二軍司令部に配属になった西部軍司令部に入隊した我々の特科生（大阪支所より四十名）の戦友たちは沖縄戦線で、その五割が戦死した。その知らせは、戦後四十年経た同窓会が有馬で始めてあったときに私たちは知った。そのあらましも後述する。

実科（丙）の先輩の戦友たちとこのバリヤの炊事場で一緒に生活したのは、三月中旬頃から四月末頃までの一ヶ月少々だったが、現在の境遇が一緒であるのと、年齢がほとんど同じであるゆえに、何らの違和感もなかった。我々が輸送中に士気を鼓舞するためになされた大阪班と東京班との確執のようなものもなかった。確かに彼らの方が四ヶ月早く軍隊の飯を食っているだけに、我々が一月にサイゴン司令部に到着した折の、彼らの動作は軍服によく似合っていて、俗にいう板についているなあと感服したものだった。

こうして敗戦になって、階級のようなものが希薄になってくると、同じような年頃とて、すぐ親友になるものなのだ。このとき一緒に炊事勤務、バリヤ演芸班になった実科生の東京班高須信行（渋谷区）君とはまったく意気投合した。彼は眉目秀麗で、背は高く眉はキリッとした男らしい男だった。

確か私より一歳若い、当時十八歳だと思うが、じつに気持のよい男だった。

彼らは一月中旬頃にバリヤ農耕隊へ増員になってきた同じ茅葺き兵舎で、生活していたのだが、寝る場所が離れていたのか、当時は話したことがなかった。私の横に、彼らの実科生で通信統制班にいた臼杵孝司（大阪）君が戦友になり、私と非常にウマが合って、その関係で高須君を知っているわけだが、炊事にくるまでは話をするほどではなかった。

彼や中山進、三箇照男、徳永明（特科、大阪）、石田繁雄（後柴田。特科、京都）、寺嶋利華（特科、大阪）、三河裕（特科、埼玉）、玉井博（実科、大阪）、吉江辰治（実科、大阪？）らが踊子要員で、演芸班長の教育隊？の光本軍曹（鳥取県倉吉）の指導の下、彼らが月明かりの中、草原の舞台で、磯節やはたまたお島千太郎なにかの舞踊を、私は面白半分で眺めていたのである。しかし、平成十三年の今になると、高須も徳永も石田も寺嶋も玉井も亡くなって、私と三河の二人、吉江（不明）がいるくらいで、じつに残念だ。

中でも高須君と寺嶋君は帰還後、二年くらいの間に死んだのはまことに惜しい。とくに高須君は東京からわけあって、丹後の私のところに訪ねてくれた。一夜私の家で話し合いながら、彼の悩みを引き出せず、また丹後の私のところまで来たのを深くも察することができなかった。

翌日、天の橋立を見物して別れたのだが、東京で失敗して関西にのがれてきたことを彼も話さず、そして自殺したことを後から聞いて、じつに残念なことをしたなあと、惜しんでも惜しんでも取り返しのできないこととて悔やまれる。私もその後、東京で出たとき、彼の家を探して渋谷を歩いたがわからなくて、線香の一つも上げられなかったのが、残念でならない。皆、本当によいやつだった。よいやつから死ぬるというが本当だろうか。

たった四十日間の炊事当番だったが、炊事の勤務についたことで忙しい任務で、休むひまはなかった。そして夜は演芸練習をしたり見たりし、その合間には炊事の倉庫に夜間しのび込んで、缶詰やコンビーフなどを盗んで、元の兵舎の世話になった加藤様や木村様に渡したりして、結構それなりにスリルを味わったりした想い出がある。

この演芸班の公演も、二回ばかりやって好評を博した。特に三箇君と玉井君の野崎小唄や、徳永君と玉井君の鴛鴦《おしどり》道中の踊りは素晴らしいと大好評で、演芸会が終わっても各小隊から呼び出しがあって、稚児のようなおもむきで、年輩の班長たちから人気があった。それだけに、彼らも皆の期待をになうために常の挙措動作は、女性の日常生活になった。徳永、玉井君のアベックは炊事の華であり、勤務中もその行動には、同性愛以上の浮き名をながしたものだった。

バリヤ農耕隊日記

四月十五日に突然、バリヤ農耕隊引き上げの命令が出て、聖岬《サンジャック》の本隊に帰ったのだが、結構このバリヤ生活五ヶ月ほどは、いろいろあって面白かった。小さいメモのような日記には、今読んで私にも意味不明のようなところがあって具体的なことはわからないが、それなりにおぼろげながら体験記の感じがするから、書き残しておきたい。

昭和二十一年一月一日

早いものじゃないか、南方へ着いてから、二回目の年を越えるなんて。しかも正月らしからぬ正月なのだ。バリヤで正月を暮らすなんて、親父《おやじ》も親母《おふくろ》も夢にも想っていないだろう。餅を七つ食った。戦いに負けても正月か!

一月三日

今日から農耕だ。今日一日くらい、まだ遊ばしてくれてもよいのに、小坂（小坂少佐。バリヤ農耕隊長）のジジイめ。百姓だ、百姓だ、という百姓は嫌だし、雇員の中では俺だけだし、嫌になる。石田（石田繁雄雇員。京都）は炊事、加藤（参謀部加藤正一兵長。神奈川県川崎市）さんと二人で麻雀を作る。

一月四日

加藤さん以下、雇員ばかり十名で榧《かや》刈り使役に行く。俺はどこに行くにしても、使役は一番に出される。島瀬（人車班長）の人事とこの頃はうらんだりする。榧刈はなんとえらいことか。飯窪（軍属、川崎市。材料廟）さんと三河裕（雇員、埼玉）ら、コックリさんを上げてくだらんことを言う。

一月六日

発電所の近くの新宿舎に移動する。我らの宿舎は独立して一小隊と二小隊が入る。場所はなんといいところなり。何より本部より離れて見えないのが嬉しい。皆、喜んで榧兵舎に入り住む。

〔注〕床の部分は竹のゴツゴツしたままが板代わりだから、その上に干し草を一メートルほども積んで、その上から茣蓙《ござ》を乗せ、我々の体重で押さえつける。始めのうちはふわふわするのだが、一週間もすると凹凸がなくなって、ユラユラと床は揺れながらも結構、なんとかなるもんだ。

一月九日

急速に加藤さんと親密になっていく。いろいろの話を聞いたりして嬉しい。百姓作業に出るのは少なく、多くの使役で営外に出る。相変わらず給与が悪くて、皆ぶつぶつ言う。聖岬では、毎日水泳とか聞く。

〔注〕加藤正一兵長さん、三ヶ月ほどバリヤ農耕隊で始めて会って暮らした人。木村利三伍長（横浜の人。参謀部）も、実に大人しい人で、歩くときにちょっと足を引きずるところがあったから、負傷していたかも知れない。この二人に、私は非常に可愛がられて、食事なども副食をこしらえてもらった。遠慮なくこ

のバリヤで私が炊事勤務になるまで、いろいろと弟のようにして頂いた。夜は雇員を集めて、いろいろと面白い人生の話を聞くのが楽しみだった。思えば何の恩返しもせず、別れたのは今にして心が残って仕方がない。

一月十八日

加藤さんを中心に、坂西（俊郎。特科、大阪）、俺、高須（信行。実科、東京）、臼杵（孝司。実科、大阪）、石田（繁雄のち柴田。特科、京都）とかいろいろと話し合う。怪談話になったり、あるいは加藤さんのオノロケの話からいろいろと話す。臼杵はこの頃、面白くない、面白くないばかり言う。なぜ面白くないのか、俺にはわからない。

一月二十六日

久方ぶりにバリヤ支部の使役に行く。まったく久方ぶりだから、バリヤの郊外には、相当部隊宿舎が立っているのに驚く。日本軍は敗戦したのであるが、厳然と立っているのだ。しかも一騎当千の武士《つわもの》が、道を通る自動車も全部友軍だ。何か感激に涙が出るようだ!

〔注〕この時分から朝夕の点呼がなくなった。食事当番も階級の如何を問わず、皆でやることになった。

二月一日

一小隊の連中が入れ変わりたち変わり聖岬の本隊から交替する。雇員では武田（昭一。特科、東京班）一人になった。二小隊も坂西、澁谷（繁。特科、東京班）の交替が来ない。高須（信行）が麻雀を習いだしてから、彼とは密接になりだした。よい男だ。もし高須が淨慶隊にいれば、無二の戦友になれたはずだが。

二月八日

聖岬から増援隊がくる吉川元美曹長（淨慶隊、長野県下伊那郡喬木村）以下だ。吉川曹長はいい人である。淨慶隊一であろう。高谷班長（吉治軍曹。奈良県北葛城郡当麻村。淨慶隊）も好きだ。それに中西義治伍長（滋賀県甲賀郡小原村。浄慶隊）、安木義夫伍長（神戸市林田。浄慶隊）さん、もちろん好きである。まあ一番好きな人といえば、野村上等兵（金次郎、鹿児島県肝属郡垂水町。浄慶隊）さんだ。ちょうど西郷さんのようにどんぎりとした感じがよい。あの人が土方だとは思いもよらぬことばかり。

〔注〕この野村さんは、不思議と作業や勤務や行動が一緒になることが多く、細かいところで助けて頂いて、言葉に現わせない信頼感があった。

二月九日

好きな人、山田少尉（真太郎。名古屋市西区。浄慶隊）、浜田参謀（万中佐。高級参謀。横浜市日吉本町）、神野少佐（菅野?。材料廠長）、西依准尉（嶋吉。佐賀県元里村。浄慶隊）、吉川准尉（元美。長野県喬木村）、高谷軍曹、安木伍長、中西伍長（義治。滋賀県小原村）、野村上等兵、西郷伍長（正。静岡県小笠郡中村。浄慶隊）、加藤さん（正一。兵長）、成田さん（清作軍属材料廟。青森県拍子町）。

嫌な人、十名ほど書いてあるが省略。

〔注〕山田少尉は、私が将校集会所に勤務の折、士官学校を出て見習士官で司令部に到着、粉川少尉と二人、浄慶隊に配属された。

浜田高級参謀は、普通なら我々とは何ら関係のない高御座《たかみくら》の人なのだが、戦後タンフーの自活時代に、我々少年隊が演芸会で卑猥《ひわい》な歌を唱ったことがとがめられて、懲罰に司令官、参謀宿舎の当番勤務にさせられたことがあった。相当に叱られると思って覚悟していたのに、約一ヶ月ほど勤務。その折はからずも日常起居動作を見たから、別に我々をとがめるでもなく、将来についての応答だけで終わったので、それで好きになった。

神野（菅野）少佐は、我々には全然関係ないが、将校らしからぬ将校で、少し猫背の歩き方も、威勢がよいとも思われなかったが、材料廠の荒くれ兵隊、軍属の人たちからの言い方を聞いていると、司令部一番の人格者の折紙付きだった。火の中、水の中でも飛んで入ると、成田さんや辻さんたちが言っていたから、わからぬなりによい人だろうと思った。

西依准尉は浄慶隊の人事の班長だったが、なぜかサイゴン将校集会所勤務の二ヶ月ほどの間、朝点呼の折、きまって軍隊に志願せよとしつこく言われた。私は半分は冗談だと思っていて、いらんいらん。現役志願したら、すぐに伍長にしてくれるなら入ってもいいけど、と笑いながらしていた。ずっと後から考えて、浄慶隊の事務室に勤務させたかったようである。五年ほど前の平成七年、私の息子が福岡の九州支店に転勤になった折、鳥栖の近くの基山町に住んでいたものだから、西依准尉を訪ねたところ、残念ながら十年前に亡くなっていて、その真相は闇の中になってしまった。

吉川准尉は、格別に思い出すことがないが、おそらくこのバリヤで二小隊長をしていて、それが気持がよかったことだろうと思う。

高谷軍曹は、作業などでよく一緒になったであろうが、直接に同じ班にいた記憶はない。いかにも百姓らしい人で、悪気のなさが、我々には見えて恐がられなかったから、皆いい人だ。

安木伍長は神戸の人で、我々関西の者たちには、どことなしにあい通じるところがあるのと、西郷さんや中西さんなんかとよい友だちであっただけに、我々を弟のようにあつかってくれた。

中西伍長も安木さんと同じ理由で、我々を弟のように可愛がってくれたのが嬉しい。

野村上等兵は、前にも書いたように、初年兵でありながら体も大きく馬力もあった。少々の辛さなどは、少しも見えぬほどおおらかなようなものがあり、我々に安心感をあたえた。また、作業に出ても、よく我々の面倒を見てくれたのには、御礼の言葉もない。自然な素振りと相まって、好ましい人だった。

成田さんは、青森県特有なズーズー弁で、しかも方言まる出しでしゃべるのがなんとも言えぬ味のある人だった。そのうえ戦後、このバリヤの農耕隊に来てから、一時、皆鬚をのばすのが流行《はや》って、大勢の人がのばしだした。私も敗戦鬚の記念だとやりだしたことがあるくらい盛んだった。似合う、似合わないが夜の話題になったが、成田さんは結構、年が若い（二十五歳ぐらいか？）のにかかわらず、そのチョビ鬚の顎の下が少々長くなったのが可愛く愛嬌があった。またそれが好く似合うのと、冗談と方言とがあいまって面白かった。麻雀の連れで、また可愛がられた。

メモ帳から見た各先輩たちの、可愛がられた人とのエピソードは、今思い出す、懐かしい人たちには違いない。

二月十一日紀元節

紀元節といっても、名ばかりであるが、赤飯にぜんざいと菓子が上がった。

〔注〕 赤飯とは何なのか、ぜんざいは青豆だったに違いないが、菓子とは何だったろう?

二月十二日

聖岬は昨日、幼年学校で総軍管下の野球大会があったとか。こちらは南燃の三人が来たりで、講談をやってくれる。聖岬より増援隊がきて四十名になった。

二月十八日

仏軍がやってきて、毎日ガタガタの戦車を乗り回して、滑稽で仕方がない。一番安全なと思う発電所路をフルースピードで走っているなど、彼らの心臓がおもいやられる。

二月二十日

各小隊対抗の演芸会があり、三小隊の玉井君が出て人気を取ったものだから、チキショウとばかりに飛び出して、陰謀録の一席を見よう見まねでやる。なんとえらい人気なので、自分ながら感心する。

二月二十八日

昨日、あんなに言っていた成田氏、今日負ける。可哀そうに、これで加藤さん三回、木村さん二回、成田さん一回、負ける。土つかずは小生のみになる。

三月五日

午前中、百姓をやっていたら、今田准尉が俺と寒(各隊。浄慶隊初年兵)氏と二人、炊事勤務をやってくれという。一番嫌な炊事勤務なので断わったけれど、石田、マラリアなり。交替仕方なし。男だ、やるさ。大西泰三（東京班？）もマラリアなり。まったく嫌になってしまう。今日で麻雀終わり。全勝なり。

三月六日

今日から炊事勤務だ。班長は中井川曹長、それに伍長なり。今日一日はわからぬといっても、のんびりとやった。皆いい人ばかり。一小隊寺嶋（雇員、大阪）と和田（兵長、浄慶隊。大阪）、二小隊、俺と寒氏。三小隊佐藤（雇員、東京班）ともう一人。五小隊二名は一週間交替とか。

三月八日

昨夜、勇演芸会を見に行く。ものすごくよい。中でも嵐の兄弟に、お島千太郎は一番よかった。今日だけは本当に内地に帰った感じだ。小坂（大尉、隊長）のジジコウ、だいぶ食事の方ではウルサイ。昨日から寺嶋の変わりに徳永明（雇員、大阪）が炊事にくる。

三月十二日

仏軍の食糧管理で、二八五号になった。だが、六百グラム食っているのだから大したものだ。毎日のごとく小坂大尉、中井川曹長やむっつり班長を叱る。可愛そうに。三日に一回ぐらい、魚の配給が夜の中にきては、ねむいのを無理して料理して食う。中井川曹長、毎夜毎夜、麻雀ばかりやって、俺たちもねむくて仕方がない。しかし、中井川曹長も人のいうような人ではないということがわかった。

〔注〕総軍漁労班の帰港が夕方になるため、暑いところの仏印としては、一夜留めおくことができないから、三日に一回ほど魚の配給が夜間にある。生きのよいときには、ニギリにして各隊に特配するのだが、大体分配するのが少なくて、炊事だけで煮て食うことが多い。翌日に天プラにして渡す場合もあるけど、生ものだから、夜間の調理は仕方ないにしても、有難迷惑だった。

三月十六日

今日は聖岬の市川座がやってきて、演芸会をやる鉄道隊の市川座としては、まあいい方であった。しかし、勇とくらべたら大したこともなく中程度ぐらいなり。総軍の特任隊も一回見たいものだ。

三月十八日

市川座公演の折、南燃の南山氏と小坂隊長と話あり、四部隊連合して演芸会を作り、一週間に一回公演しようというのである。小坂隊長は、演芸班長になったものだから大張り切り。演芸班に高須、石田、寺嶋、三河、玉井、吉江長治（実科、雇員）諸君の踊りが始まる。師匠は光本班長（教育隊）なり。彼氏はまことに器用な人にてまったく感心のほかはない。

〔注〕 四部隊連合してとあるが、詳細はわからない。多分、我々南方軍通信隊、司令部と南方軍燃料廠と鉄道隊（七連隊）だろうと思うが、もう一つの隊は郵便隊だったろうか、記憶にない。

三月十九日

炊事の大異動あり。一小隊の三箇と玉井君が炊事勤務、二小隊は変わりなく、三小隊は班長二名（西岡、田口）と班員熊さんの計三名、四小隊異常なし。乗船準備の検疫あり。皆、各隊とも嬉しい顔をしている。俺たちは多分、六月頃だろうと推察する。物売りにくるコンガイ（娘）十五歳のやつ、艶な目をしてじっと見る瞳、ちょっと女らしい。ソクソクレロンといったら、真っ赤な顔していた。まったくどこに言っても、女は女なりと思ったりする。

〔注〕 メモにあるこのコンガイのことは、全然思い出しもしないし、印象に残らないところを見ると、たいしたことのようでもないらしい。他人事の椎名桂太郎のタンフーの娘は覚えているのに。

三月二十六日

毎日朝、馬車で熊さんと二人で、バリヤ支所まで食糧受領に行く。鉄道隊も四百名帰るとか。郵便隊も全員先に帰還するとかで、自動車に乗車する皆の顔がにこにこしてうらやましい。演芸会三十日にやるとかで、今日から野崎小唄（玉井、三箇）、三朝小唄、磯節、関の五本松を七名が踊る練習だ。

〔注〕バリヤ支部への食糧受領は、熊さんと二人でずっといったが、この熊さんという人が思い出せない。教育隊の人で、鹿児島県生まれの人で、九州弁の班長で年の大きい人だったと思うが、あまり印象にない。

三月三十一日

昨日の演芸会のことで、今日は話がもちきりだ。バリヤ支部に行っても、大変な噂。まったく人のことだが、わが隊の鼻高々なり。結局、演芸会前日、寺嶋、高須、石田、吉江の四名は、竹伐採の使役に出たため、踊りは玉井、三箇の野崎小唄、三河、徳永の三朝小唄、和田氏の大利根月夜、野崎小唄は大成功だった。

四月四日

この前の演芸班の大好評で、第二陣のケイコが始まる。光本班長の赤垣徳利の別れ、徳永と玉ちゃんの鴛鴦《おしどり》道中に三箇の祇園小唄なり。玉ちゃんの踊りにはまったく感心。うまいものだ。第一節目からもう色っぽい科《しな》を見せて、その目、口元の愛らしさ、そして熱心な女らしさ、ああ青春よである。

四月七日

昨日の演芸会の噂はやはり満点で、今日はその連中のんびりしているかと思えば、次回の公演の題目を考えている。勇兵団がいよいよ出発する勇が帰れば、もう演芸会なんてできないのに張り切っている諸君だ。大変なことが起きた。俺が次回の演芸会に、名月赤城山を踊れと、光本班長からの指名だ。俺にはできないと断わったが、果たして断われるか。

四月十日

今度は徳永と玉ちゃんの名コンビが仲をさかれて、徳永と三箇とのメンバー。和田氏は、まったく徳永に同情してひやかす。徳永君は怒ったらしく、もうものも言わない。玉ちゃんと二人で仲よく泳いだり、風呂に入ったり、まったくこれが同性愛だと気づく。

〔注〕ますます徳永君と玉ちゃんの仲は過熱して、皆やきもきしている。俺の子分の三箇、それに感じた

りしか、俺の方から去る。俺の名月赤城山の踊りも、私の不満足（反攻的）の態度に、光本班長もサジをなげて止めになった。

四月十三日

勇の兵団は、二日前に全部引き上げた。郵便隊、教育隊も最近、乗船とか話していたら、今日突然、田中さんのところへ聖岬から迎えに来る。島田氏に帰ったらよろしくと伝えてもらうことにする。一、二小隊各十五名聖岬へ。寒氏もその人員に入る。その後任は臼杵氏なり。今、炊事では和田氏が歯がないところからオジイさん。熊さんが息子、俺が長男、次男が徳さん、その嫁が玉ちゃん、三男が三箇で、毎日毎晩、ピイチクパアチクとうるさい。

〔注〕この日に出てくる田中さん、島田氏。寒さん、熊さん、和田さんとあるが、思い出そうとすれど、もう思い出せない。島田氏は私の郷里の町（間人）に縁のある人かな？　熊さん、田中さんは教育隊の人か？　確か熊さんは鹿児島の人だったっけ。和田氏とは和田繁兵長（浄慶隊？　大阪市西成区）と思う。はるか五十数年の年月は思い出しきれない。

四月十四日

やはり徳さんと玉ちゃんとは、絶体離せぬ者なりき。本当に玉ちゃんは女になる気に向かう。また、人が噂をすればするほど、その方向に進むのである。今度は臼杵が俺のところに嫁にくるなりと、皆がはやし立てる。まったく今が一番面白いときなり。

四月十五日

寒氏一行三十名、聖岬へ還る。話によれば、午後、三小隊、四小隊、五小隊も還りて、残り七十名になるとか。炊事も楽なりと思っていたら、帰還命令なり。驚天動地なり。炊事から、徳さんも和田氏も帰る。なんでもサイゴンの使役に行くとかである。

四月十六日

嫌だと思った聖岬。まったく俺には聖岬は縁がなかった。昨夜は六兵舎に泊まったのだが、明日また新兵舎に引っ越しとか、少し疲れた感あり。掃除をすまして少年通信兵富田軍曹（我々の班長）と二人で、聖岬の浜に散歩に行く。始めて見る聖岬の海で彼は泳ぎ、我はただ見るのみ。

四月十九日

今日診断を受ける。マラリア再発で練兵休。体がだるくて飯が食えない。疲れが出たに違いない。リュックサックを作らなくちゃ。一中隊の八割ほどがサイゴンの使役に行く。和田氏、それに西郷さん、そして山崎も行く。夜、サイゴンの使役に行く連中が、高級主計やウガヒ技師、佐藤中尉を攻撃して追い回している。帰還目前にしてのサイゴン使役に出される鬱憤が爆発。将校たちもあわれなり。一晩中大荒れに荒れる。

四月二十四日

昨日、田中三一氏ら七名の人がキャンプに出発。浜手技手らも朝出発した。同志も一段と少なくなる。特任小隊の演芸会を見に行く。これで二回目、なんとまったくうまいことか。エデン劇場の設備がよいし、舞台もよいから映える。勇の演芸班も熱があったが、この総軍の特任小隊はさすがに一流の芸人ばかり。〝最後のサーカス〟の演技はすばらしいものだったし、その歌もよかった。聖岬エレジーの曲は、いっぺんに覚えるほど心に残った。

四月二十八日

朝五時発、兵舎から乗船キャンプに行く。バリヤその他派遣隊よりの帰還者も、全部本隊に帰って賑やかになった。八時より英軍検査あり。あの熱い熱い太陽の下三時間も立ちぼうけ。しかもつぎからつぎへと物資を運ばなくてはいかんし、まったくこのときばかりは戦いに負けたみじめさが始めてわかった気がした。降伏式のときの残念さから、半年の間にそんな戦いに負けたことを忘れかけていたのに。夜、キャンプに入りて寝る。

五月一日

朝、ラクジヤに集結。乗船を目の前に仏軍きたりて持ち物検査および首実検が始まる。持ち物検査は厳重をきわめる。時計、カバンなど、皆取られる。首実検たるや、我々は何もしてなくても、じつに不安を抱かせる。やっと十時頃乗船。V四三号という米軍の輸送船らしい。先に乗船していた連中は、のんびりしていてまったく嫌になってしまう。

〔注〕英軍の検査は、さすがに大国人なりと感じたが、この乗船前の仏軍の検査および首実検は、我々に不安といらいらを感じさせる。俺たちはダラットで我が軍の副官の首実検を経験したが、そのときに思ったことは、人間の記憶なんてまことにたよりないものだ。同じ服装をしていれば、なおわからぬのが当り前。まして我々が外国人や安南人を見ても、どの人も同じような感じに見える。

だから、それだけにその首実検の証人は誰でもよい。報復のつもりになって指をさされたら、その時点で乗船できえないことになるから、まったく気持が悪い。果たして自分が何もしてなくても、申し開きは白となるのはむずかしいように思う。幸いに、誰も司令部ではつかまらなかったのか、噂はなかった。危険な人間はベトナムに残留したかもわからぬ。百人に一人くらいのわりで、ベトコンへ脱走したから、仏印でも千人くらい残留したのではなかろうか。

五月二日

朝十時、出港する。聖岬はたそがれ。左に見ながら、船は刻々と南国の地仏印よ、さらばだ。だんだんと小さくなる懐かしの仏印よ、また来る日まで。皆、甲板から乗り出すように、ものもいわず眺める。しかし、それ以上に心は帰国するという感情につまっているのだ。相変わらず小生は熱発ぎみ。

五月七日

朝、沖縄が見えるの声。ああここが一年前、決戦上の島だったのか。はるかな島は黒々と横たわっているのみ。船上の我々には、一つの戦場としか写らないようだ。せっかく帰国できえたことの方が、胸の中をたかぶらせている。私は依然として飯を食えず残念。一木新一さん（浄慶隊。静岡県周知郡、伍長）、柳本武一さん（参謀部。山梨県北巨摩郡塩崎、兵長）に親切にしてもらって、我が輩はまことに残念なり。

五月九日

少し気分よし。飯は相変わらず食えず、僅かにイモを二切れか三切れ食うのみ。無理に少し食っても上げるのみ。少し寒くなって、冬襦袢《じゅばん》を着たり、軍衣を着たり。夜、最後の演芸会あり。なかなかうまい人がいて楽しかった。玉ちゃんたち一行は元気そのもの、歌を唱ってがんばっている。山岸（浄慶隊、上等兵。神戸の人）さんもうまいものだ。

五月十日

十時頃、右側に内地の山河が見える。国敗れて山河あり……。心配せし敗れたりといえども日本国なり。山紫水明の地日本。やはり内地よ、内地よと皆、そんな気持で、ただじっと四国の山々を見ている。小舟の漁師が旗を振って迎えてくれる姿が、ジーンと目を熱くする。午後、最後の演芸会ありて、各部隊より対抗で、いろいろと出るが、心が悩んでいるのか、よいとは思えなかった。

五月十二日

昨日、瀬戸内海の景色のよいところを右に左に島また島。始めて船の上から瀬戸内海を見る。午後四時、大竹に着いた。皆、甲板に上がりて、大竹の夜景を見る。今朝朝食後、第一船にて上陸、大竹海兵団にて検査その他いろいろあり、二年離れた内地の娘、俺なんかより、加藤さんらは六年ぶりの内地の娘さんを見た感じは如何なりや。大竹の潜水学校で一泊明日出発とか。飯うまし、元気出る。

五月十三日

いろいろ証明書をもらって、二年間の戦友たち、それに親切にしてくれた大勢の先輩たちとあわただしく別れる。北海道や九州と、それぞれ行く先別の列車に乗るため、大混雑。乗車時刻もまちまち

東部八十八部隊
（通信一連隊）相模原

広島
門司
基隆……山崎辰夫
　　　　畑徳右門
　　　　陸病残留
高雄――ルソン島
　　　　三浦伍長
　　　　大喜多伍長
　　　　大阪班 26-27
　　　　東京班 24-23
西貢……戦病死
　　　　小田茂（東京）
　　　　（三浦？）
　　下里衛生兵長
　　伊吹少尉

ルソン島…生還者（大阪）
伊藤進
大西芳澄
森田勝
藤本忠輝
谷口幸一

森
小山
坂本
（東京）

戦死者
前田元（キヤンガン）
打田光成（キヤンガン）
武山義治
加賀由数
西上好雄（バギオ）
三島義夫（トツカン）
山本俊二
山下徳明（キヤンガン）
山村喜十朗
中川喜造
緒山（東京、キヤンガン）
田中淳博（東京）
中西（東京）

藤堂昇
樋野覚
伊賀昭典
田中泰三
曽我修（バヨンボン）
上田竹四
畑富美雄
榎本広邦
広瀬武利
山下昭二

不明十九名

南方軍通信隊司令部（信一〇三一七部隊）
第三十八軍

徳永　明
馬場　定男（東）
丸山　隆（東）

[illegible]
内山　穂男
原田　芳一
福沢　秀雄
石川　嘉幸
小林　正一
北井　正美
鈴木　正吾
橘　二郎
田丸富三郎
水谷　澄男
前田善三郎
西垣　満
森　武次（東）
川上　貞吉（東）
杉浦　三郎（東）
神尾　誠（東）
三浦　（東）
木元　（東、戦病死）
浅野　（東）
浅田　（東）
久野　入（東）
金子　一雄（東）
安藤　次郎（東）
加藤　清造（東）
佐藤　進（東）
工藤　昭二（東）
阿部　吉男（東）

古賀　[illegible]（東）
畠山　省三（東）
渋谷　茂（東）
武田　昭一（東）
遠藤　豊
松本　武夫
高野　昭二
上田　一夫
富山　重男
菅原昭二郎（東）
代田　光次（東）
服部　敏雄（東）
坂巻　省蔵（東）
須藤　茂雄（東）
内山　文夫（東）
新川　秀雄

[illegible]
三河　裕
岩本　幹生
中江進市郎
石田　繁雄
山崎　唯澄
土野　清
金田　昭二
山下　正克
斎藤　仙治
寺嶋　利華
坂西　俊郎
杉山　高明
小笹　吉用（東）
太田加四三（東）
山田今朝平（東）
椎名桂太郎（東）
小谷　義弘（戦病死）

[illegible]
塩川　悦次
小田　順吉
西尾　公作
清水　武雄
安田　成次
大久保利夫（東）
関　正（東）

バンコック通信隊
宮武　勇次
村上　四郎
佐藤　大進（東）
神尾　（東）

阿波丸（戦没）
位田　博
原　勝美（東）
不明十三名

ならば、大事な人に別れの言葉もつげぬうちに、別れてしまう。午後六時、我々の乗車。復員列車の係員や会う人たち、ご苦労さんでした、ご苦労さんでしたという言葉。ああなんだか至極幸福な感じで一ぱい。

五月十四日

復員列車は超満員なるも、ようやく神戸を過ぎて列車も楽になった。午前七時、京都着。十二時の列車で郷里に帰ることにして、堀江さん（淨慶隊、兵長）と二人で四條河原町まで出る。昔のままの京都はそこにあったが、食うものはなかった。夢にまで見た懐かしい食べ物を食う。巻きずしのうまかったこと。値段の高かったこと。復員の折、五百円頂いて、ふところが厚いと思っていたら、あっというまに薄くなってしまった。京都は全然変わらず、神戸、大阪の焼け跡から見ると、いつもの京都であるだけに、我々の田舎は心配ない。

それだけに、元気で達者で、人に負けず軍務に二年も務めえたことは、自分自身にも生活の自信と身体の普通並みの確信に安心感を得たことが何よりの経験になった。もうだれにも負けぬ気構えをえたことを持って帰ったことが嬉しいのだ。山陰線の車中から見る故郷は、ほとんど戦火の跡など見えない。宮津の人が親切にしてくれた。

夜といっても、（五月の）六時頃はまだ明るい。その時間に我が家に到着する。一歩入ってみて、びっくりした。小さな店の中は品物一品もなし、あれほど私が十九年十月に出陣する折には寝る場所もないほどあった二階から、書籍やノートや雑貨類の山が消えてなくなっている。

一瞬、なにもかも消え、親父とおふくろも妹も、この世から消えたのだろうかとひやっとした。それほど何もかもがなくなっていた。これで私の青春の一ページ、たった二十ヶ月の貴重な想い出の集大成は終わったのであった。時に昭和二十一年五月十五日。

沖縄戦に散った学徒軍属隊の変遷

佐東喜三郎

沖縄戦、と聞けば、まず〝姫百合部隊、健児隊〟とその名がすぐ浮かぶほどに彼らの名は世に知られている。わずか十五、六のいたいけな身空で郷土沖縄の防衛に任じ、祖国日本の繁栄を信じつつ、沖縄の山野に散華した彼らのひたむきな心情を想えば、彼らとじかに接触する機会もあった同じ年代の我らとして愛惜の涙なきを禁じ得ない。沖縄南部に点在する彼ら所縁《ゆかり》の慰霊碑や、摩文仁岳に林立する全国都道府県の慰霊碑を巡拝するたびに、やり切れないほどの空しさを覚える。

彼らと同じように学業半ばに学徒動員で駆り出され、地獄の沖縄戦に参加、悲劇的な結末を迎えた本土から派遣された年端の行かぬ学徒隊があったことは、ごく一握りの人が知るのみで、世上まったくといってよいほど知られていないのが実情である。現地学徒隊に対する愛惜の念と隣り合わせに、いつも名状しがたいやり切れなさが同居するのを払拭できないのが偽らない心情である。

昭和十九年秋、その前年に開設されたばかりの官立無線電信講習所大阪支所に約二百五十名の特科生(三級無線通信士)が通信術の習得に励んでいた、忍び寄ってくる過酷な運命を知る由もなく。

修業年限を数ヵ月も残して、いきなり繰り上げ卒業学徒動員、電信一連隊へ七十五名、電信二連隊へ四十名、参謀本部通信調査部へ四十五名が有無をいわせず投入された。が、事前にそれらしい兆候はあった。卒業二週間ほど前から、耳慣れない略号通信なるものの練習が始まり、それが軍隊で使用される符号であることを知らされてはいたが、学徒動員の予告だとは、少年の思考力程度でわかるはずもなかった。

地獄の入口、西部八十二部隊(佐賀電信二連隊)。行く手に地獄の日々が待ち受けていようなどとは、もちろん知る由もなかったが、漠然とした一抹の不安はあった。しかしその不安も、おろし立ての将校服を纏《まと》い、引き摺るような軍刀を吊った途端、他愛もなく雲散霧消、一蓮托生の運命を背負わされた四十名の仲間の奇妙な雄姿？　に、連帯安堵感めいたものさえ感じた。だが、一蓮托生とは言いながら、クラスが違い入隊後の勤務が違えば、一度も言葉を交わすこともなく別れた友も幾人かいる。

佐賀電信二連隊滞在の数日間は慌《あわ》ただしく過ぎ、偕行社で軍装品を調達した以外は定かな記憶がないが、初年兵であろうか、講堂でトンツーを練習している光景を見て、後ろ髪を引かれる想いで別れた校舎が無性に懐かしく想い出された。

胸に革の布切れをつけ、伊東少尉を長とする約一個小隊の兵と一緒に三日目の夜半、連隊を後にし、列車が鳥栖駅を過ぎ、鹿児島本線を南下した直後、目的地が沖縄であることを知らされたとき、そこかしこで〝あーあ、玉砕やな〟と、冗談めかして出たざわめきが、まさか現実のものとなろうなどとはそれこそ神ならぬ身の知る由もなかった。

鹿児島滞在の数日間は、毎日が竹の筏作りに明け暮れたが、その積み込みも終わり、いよいよ目的地沖縄に向けての出発は十一月三日の未明、明治節の佳き日であった。乗船した慶運丸は約一千トン級、船団の輸送指揮官が座乗していた。五十数隻という戦争末期にしては希という大船団は、猛烈な季節風で荒れ狂う東支那海を南西諸島沿いに一路南下したが、万一に備え、全員救命胴衣を背負い、甲板上に集められ、船倉に入ることを厳禁された。

対潜航法である之字運動航法を続ける船団の船足は遅く、五日の後夜半遅く、沖縄本島北部の名護湾に仮泊する。黎明を告げる鶏声が聞こえてくるのではと思われるほどの間近に、黒々と横たわる運命の島沖縄を始めて我が目にする。

六日午後、十月十日にあった大空襲の余塵がまだ燻《くすぶ》っているような那覇港湾岸壁に上陸、大竹部隊長と後日、合通所長になった佐藤中尉の出迎えを受ける。沖縄県庁の県会議事堂内の丸草隊に二泊し、風間隊の南風原村喜屋武へ移動、三泊の後、那覇市安里の片倉製糸工場の永沢隊と合流した。その後、沖縄軍司令部の合同通信所（安里蚕種試験所）へ数名、対空一号送信所（首里松川）へ佐東、大野、岡部、川田ほか、与那へ石沢らが勤務配置に就《つ》く。

十一月下旬、中隊本部に復帰、翌日、後藤隊（北飛行場・流谷の山中）に十名ほどが移動、一泊後、佐東、立浪、和田ほか一名が、誠部隊（伊江島航空通信隊）に配属を命ぜられた。伍長を長に上等兵一名、初年兵二名の八名で、三号甲無線機を携行し、トラックで出発、名渡の県立第三高女に一泊した。翌日午後、本部半島の渡久地港から二トンほどのポンポン船で、約一時間の伊江島に着任した。

業務は第五十飛行場大隊の通信で、読谷、徳之島、宮古島と交信する。夜間一時間おきの交信は、眠くていささかこたえたが、トンツーの楽しさを充分に味わわせてもらい、暗号の組み立て、解読の手ほどきも受けるなど、充実した毎日を過ごした。

昭和二十年三月始め、われわれ局員四名に中隊本部転勤下命、帰任後、息つく間もなく、首里城近くの軍司令部合同通信所へ数名が派遣され、対空一号受信所勤務を命ぜられる。

通信所は北の第一、南の第二のベトン壕の中で、通称ハンタン山と呼ばれる赤木の群生林の中にあった。付近には「天の岩戸残斗指揮所」と大書された第三坑道の軍司令部を始め、電報班のベトン壕などが散在する。いかにも高級司令部の膝下らしい。物々しい空気と、力強い面もちが充満している。

電信第三十六連隊が編成され、われわれ軍属四十名を含む永沢隊は小土橋隊に編入された。この隊（第七中隊）は固定無線で、沖縄三十三軍の重要通信系を担当、対空一号、地一号、二号、二号乙、などの無線機を使用していた。

同期中、満十九歳に達した十名は兵役（現役）で現地入隊する。残った三十名は中隊本部指揮班に石沢政信（神戸市佐比江町）、畑富美雄（福岡県久留米市）、立浪昇（高知県大月町）、軍司令部合同通信所へ林新造（山口県下関市）、柿久保忠信（徳島県池田町）、池田浅？（熊本県本渡市）、辻広治（和歌山県橋本市）、中村大典（岡山県英田郡）、紀伊栄（香川県観音寺市）、佐東喜三郎、各通信系送信所へ、中川和幸（大阪市阿倍野区）、本田貞治（京都府木津町）などが配属された。

昭和二十年三月二十三日朝まだき、敵艦載機の襲来で、沖縄戦の幕は切って落とされた。三、四日したら、島を取り囲んだ米艦船巡洋艦などの艦砲射撃と、那覇沖合十キロの神山島にすえつけた重砲の弾丸が首里高地に集中した。そのため龍胆池の畔で、髭のズーズ弁の中野伍長戦死、波多野上等兵負傷と、中隊最初の犠牲者が出る。

四月一日、午前八時半、米軍が沖縄本島中部西海岸に上陸を開始する。

四月五日、首里北方十キロで本格的陣地戦が開始され、激戦が三週間にわたって行なわれた。

四月中旬、合通ベトン壕より百メートルほどの対空一号の居住壕が、艦砲の直撃で破壊され、勤務下番したばかりの数名が一瞬に吹き飛ばされる。隣接壕で危うく難を免れた紀伊君が、上半身裸で急を告げる。

頭上敵機乱舞、周辺に弾丸しきりの爆発の中で壕跡を掘り起こすと、こま切れの肉片と、軍装品の破片が出るのみ。私が佐賀の偕行社で購入した軍刀も埋もれ、私物も飛散し、以後、着た切り雀となる。司令部ありと狙われた首里高地帯は、徹底的に叩かれた。

首里城東側、崎山町斜面に点在する各送信所との連絡線もたびたび切断され、交信停滞し、混乱することもしばしばで、保線に狩り出される兵や、食事受領に出て死傷する者が日を追って多くなる。

しかし、金城町谷地に面した炊事場への往復は危険きわまりないものだったが、各通信所や、中隊指揮班から飯上げにくる懐かしい仲間とときどき会えるのが何よりの楽しみだった。しかもそれも夜間のごく短い時間で「おしっ」とか「生きてるかー」とのやり取りが精一杯だった。

死と隣り合わせの昼夜の区別さえつかぬ壕内生活にも、交信の合間に敵側の宣伝放送を盗聴するという唯一つの楽しみがあった。サイパン辺りからの電波だろうか、〝日本の兵隊さん、今日は市丸の「天竜下れば」を御届け致します〟などと歯切れのよい日本語の紹介に続いて流れてくる懐かしい唄の数々、とりわけ霧島昇の「誰か故郷を想わざる」の歌謡曲などは、たまらなく郷愁を誘う、小隊長風間少尉も、ときどき「どれどれ」とレシーバーを耳にする。

蒸熱、臭気充満する壕の片隅で、遠く近く炸裂する砲弾の音を子守唄のように、束の間のまどろみに結ぶ少年たちの夢路の果てに浮かんだのは、遠く懐かしい故郷のたたずまいだったのか、はたまた官立無線の古びた木造校舎に通った過ぎし日の想い出だったのか。

五月下旬に入ってすぐ、二、三メートルの地下通路で連設されている第二通信所が破壊され、多数の死傷者が出る、炸裂の大音響と同時に、物凄い爆風が第一通信所まで吹き抜け、灯油ランプの炎が揺らめき、絶叫とも悲鳴ともつかぬ声を上げながら、埃だらけの数名の兵が通路から転がり込んできた。中には顔じゅう血だらけの者もいる。

懐中電灯の明かりを頼りに第二通信所に駆け込ん

でみると、コンクリートの天井が崩れ落ち、埃が濛々と立ち籠もる中から、多くの呻《うめ》き声が聞こえる惨憺たる光景。急遽、合通を軍司令部第六坑道に移設したが、連日の豪雨は地中を浸透、坑道内に丸太ん棒のように落下し、通路は脛の半分が没するほどの水浸しである。状況ますます切迫し、五月二十七日、いよいよ首里撤退、対空一号送信施設は搬送不能のため破壊、ここに対空一号系通信業務は事実上終わる。

五月末の首里戦線は、連日の豪雨で野も山も畑も道も、いたるところ膝まで没する沢の海だった。摩文仁への撤退開始の時間が刻々と迫ってくる。首里城、軍司令部壕、水浸しの第六坑道入口付近で、中隊指揮班との合流支持を待っていると、「お前、丸腰ではどうにもならんな。これでも持っていけ」と岡野軍曹が一丁の三八銃を持ってきてくれた。

負い革に「安木」と書いた白布が縫いつけてある。沖縄戦初頭、那覇港外の神山島から激しく撃ち込まれる米軍の重砲弾で、保線作業中、両足の大腿部を吹き飛ばされ、「殺してくれ！　殺してくれ」と断末魔の絶叫を首里城下、竜草池の畔に残して死んだ有線中隊安木上等兵の銃である。一瞬、嫌な気持がしたが、戦場では常にあることと、すぐに気を取り直した。

四月中旬、対空一号受信所壕が直撃被弾した際、軍刀はじめ私物一切を吹き飛ばされて以来、丸腰だったということをまったく忘れてしまうほど、緊張と慌ただしさの数十日だった。ここを先途と、昼夜も分からず取り組んだ通信業務もすべて終わり、激戦場を去るにあたって、始めて腰の辺りのさびしさに気がつき、改めて腰まわりを撫でさすった。

「班長殿、弾がありません」と言うと、「必要になったら、弾ぐらい、いくらでもごろごろしている」と笑って取り合わなかった。

事実、沖縄戦末期、摩文仁断崖で、いたるところに散乱している小銃弾を装填して、しきりに照明弾の揚がる摩文仁台地へ向けて、二、三発やみくもに撃った。敵を撃つという目的、目標があるわけでもないのだから、勇ましい戦闘行為などとはお世辞にもいえない。ただ、せっかく小銃を持っているのだから、一度引き金を引いてみたいという好奇心からだけのことだったが、付近に潜んでいる他部隊の連中から、「ばかもん、余計な音を立てるな」と怒鳴られたことがある。

その安木上等兵の小銃は、激しい砲撃と泥にさいなまれた摩文仁への撤退行で大いに役に立ってくれた。中隊指揮班で割り当てられた搬送物は、五十センチ四方の頑丈な木枠に入ったランプの化け物のような整流管で、「万一、破損でもしたら銃殺ものだ」と驚かされたが、実際に背負うにしても、担ぐにしても、どうにも格好の取れぬ代物で閉口した。

狭い中隊指揮班の壕に入り切れぬわれわれは、露出して危険きわまりない崎山町斜面畑地での慌ただしい出発準備だったために、適当な負い紐を調達する余裕もなく、ままよとばかり、十字に掛けられた荒縄に銃先を差し込んで担ぐことにした。

支給された最後の食料（……と言っても、少量のカンパンと生米だが）を、軍司令部壕で拾ってきた雑嚢に詰めて肩に掛けているだけだから、軍刀や私物をまだ残している軍属仲間や完全軍装の兵に比べたら、いとも身軽ないで立ちだ。そこに目をつけられ、厄介な代物を背負わされる破目になったのだから、無性に腹が立った。

当然のことながら、扱いが乱暴になる。危険地帯を通り抜け、小休止があるたびに、皆が少しでも泥の少ないところや道路脇の畦などを探してうろうろするのを尻目に、泥の中もかまわず、ストンとばかり木枠を落とすやいなや腰を掛ける。銃の床尾板を木枠に乗せ、銃口を泥中に突っ込むと、疲れた足を乗せるのに格好の形になる。

「お前、いい奴を割り当てられたな」と、少々貸してくれといわぬばかりの顔つきで近づく下士官もいたが、ふてくされて素知らぬふりで押しとおした。

八つ当たりで乱暴に運んだあの整流管も、摩文仁断崖では、果たして役に立つ機会があったのだろうか。その後のことなど知る機会もない。

ただちに中隊本部指揮班に合流し、前夜半、撤退行動開始、敵火砲が集中する交通遮断点、死の一日橋、山川橋は、散乱する人馬の屍体、破壊された車両の残骸などで目も当てられない惨状である。それらを踏みしだきながら泥まみれで通貨、翌二十八日夕刻、首里南方十キロの与座部落に到着、二ヵ月ぶりにこんこんと湧き出る泉で顔を洗う。

翌二十九日未明、さらに三キロ南方の真栄平部落に着く。遥か北方の首里戦線で、遠雷のようにおどろに響く砲声が聞こえてくるだけで、この付近は着弾が緩慢で、雨に洗われた山野の緑が目にしみる。そこかしこの焼け残った民家のかまどから、朝餉《あさげ》の煙が立ち上ぼり、沖縄にもまだこんな平和郷が残っていたのかと、心和む思いと同時に、涙が込み上げてくるほどの嬉しさを覚える。

　三十日未明、最終目的地摩文仁部落に到着、ただちに軍司令部八九高地直下で仮寝のための洞窟を探し、翌日夕刻、さらに南側断崖に移動し、断崖上端部付近の洞窟に落ち着く。中隊主力は概《おおむ》ね崖の下部に集結した模様。

　緩慢だった砲爆撃も、日増しに熾烈さを加え、六月中旬頃にはその極に達し、断崖を覆っていた密林は焼き払われ、薙ぎ倒されて、洞窟の口はぽっかりと露出し、最上端部に位置するわれわれの洞窟から、数百メートル東方の軍司令部八九高地が手に取るように望見される。

　周辺の洞窟、岩陰に死傷者が充満し、呻き声が谷間に満ちた。鮮血の匂い、焼け焦げた岩の匂い、まさに阿鼻叫喚、惨状目を覆うばかり。中隊にもかなりの損害が出る。通信士仲間、児島、渋田、秋森、中村、堤、山本、戦死あるいは負傷自決、わけても哀れだったのは、最年少者（十五歳）秋森の最後で、肉片一つ残さず飛び散ってしまった。

　二十二日、東方の軍司令部高地が馬乗り攻撃を受けているのが見える。最上端部にいるわれわれも、いつ馬乗り攻撃を受けるやも知れぬとの予測通り、頭上の台地を走り回る敵戦車のキャタピラの音に交じって、米兵の叫び声などが聞こえる。

　ときおり、ごーっという音と同時に、油臭い風が吹き込んで来る。おそらく戦車の火炎放射の音だろう。だが、敵も迷路のような崖の中に降りてくるような危険は冒さないだろうと、全員じーっと洞窟の中で息を潜める。

　夕刻、軍司令官の最後の通達を聞き、いよいよ最後近しを覚悟する。明けて二十三日前夜半、中隊残存者による最後の斬り込みを策し、中隊長以下、断崖上端部に終結したが、機熟せずと断念、「各個に敵中を突破して国頭《くにがみ》で壮図を計れ」との最後の中隊長命令で、編成後わずか四ヵ月で解散という運命に立ちいたった。

　二十五日夜、近辺の壕に所在する者十名ほどで、最後の望みを掛けて海上脱出を計り、粗雑な筏二基に数名ずつ身を託し、ときおり照明弾が上がる暗夜の海上に泳ぎ出る。

　摩文仁岬の潮流は、時刻により方向が変わるのか、衰弱した体が筏を持てあましたのか、数時間泳いでも断崖下から脱出できず、諦めて引き返すことに決めた。リーフ上に筏もろとも打ち上げられた場所は、出発地点からわずか東方、凍える身にただ無力感だけが残る。

時刻は未明、凍えきった体を暖めようと付近の洞窟に入り、焚き火で暖を取り、全員うとうとしているところへ突如、小型砲を打ち込まれる。夜はすっかり明けきり、南側崖突端部から、完全に露出していることに気づく。打ち出す火点がはっきり目視できる。急ぎ負傷者を引き摺り、洞窟の奥に退避。残念ながら、戦死者をその場に放置せざるを得ない。

左脇下から出血しているのに気づく。左腕付け根に盲貫破片創、岡野軍曹が帯剣の先でほじくり出してくれ、後日の化膿をまぬがれる。

海上脱出失敗、前途を策す気力すでになく、自決か投降か、放心の数時間が過ぎる。後方の崖の上から、前方の海上から、大型スピーカーによる投降勧告がしきりに聞こえる。岩間から見えるリーフの波打ち際を、東方の米軍地区に向けて投降の歩を運ぶ。兵、住民の数が、心なしか増えていくような気がする。

午後四時ごろ、全員意を決し、崖の上に出て投降する。久し振りに浴びる六月の強烈な陽光に思わず目が眩《くら》み、衰弱しきった体を、焼け焦げた畑地に横たえ目を瞑《つむ》る。思えば長い長い地獄の日々だった。疲れきった頭の中を過ぎた九十日の地獄絵図が、走馬燈のように駆け巡り、「ああ、よくぞ生き残ったものだ」との想いが、ひしひしと全身を包むのを覚えた。

屈辱の数百日にわたる捕虜収容所の強制労働を終え、復員の途に就いたのは昭和二十一年、十九歳の秋であった。

あれから半世紀、幾度となく訪れた沖縄南部の巡行脚。ひっそりと沖縄の山野に、洞窟に朽ち果てている同期の友の俤《おもかげ》を偲びながら、慰霊碑も墓標もない摩文仁断崖で、ただ静かに瞑目すると、長く暗いタイムトンネルを駆け抜けるように、悲しく切なく昭和十九年秋へと想い出が飛んで行く。そのトンネルの出口には、いつも決まって大阪は中河内・矢田の片隅に、古色蒼然と建つ官立無線の古びた木造校舎がある。

官立の名に憧れ、三級無線通信士を夢見て通った母校は、国家の大方針に副《そ》ってのこととはいえ、多くの無垢の少年たちを死地に追いやった、いわば恨みの校舎であるはずなのに、今はただ懐かしさだけがのこる。

しかし、青春の証しとなるべき卒業証書は、沖縄首里城の地下壕深く埋もれ、夢見た三級無線通信士の免許証とは、ついに一度も対面することなく今日に至った。今あの校舎につながるものは、心の奥深くしまい込まれた複雑な想い出だけである。

友等の遺影に偲ぶ

洗い晒しの制服は
繕いの跡も痛々しく
余りにも貧しく
余りにも過酷なりし
青春を語るがごとく

胸踊らせし入学の日
予期せざる繰上げ卒業の
慌ただしき日
学徒動員、入隊、戦場、玉砕
命じられるが儘を信じ
ひたむきに駆けし幾山河

届く術《すべ》無き父母への叫びを遺し
あたら春秋に富む無垢の身空を
護国の捨て石と砕け散りし友がき等は
戦い終わり緑蘇りし山河のもと
忌まわしく呪わしき戦《いく》さ世《ゆう》も知らず
満ちたりし世を生きる若者らに
何を囁き　何を語らむとするか

〔著者追記〕

沖縄戦に参加した我々通信戦士のなかに、奄美郡島の鬼界島出身の佐東氏がおられたことが平成十三年八月にわかってびっくりした。佐東氏は昭和三年十月生まれ、鹿児島工業学校を経て、官立無線電信講習所大阪支所に入学、特科三組にて卒業、昭和十九年十月二十日、学友四十名と西部軍司令部に配属され、全員、沖縄三十二軍司令部の軍通に従事、苦闘を悲惨の地獄を味わった人である。戦後、奄美が米国から日本に返還されてから帰島、そして毎年何回となく沖縄へ来島され、遺骨および装具の回収につとめ、戦死したる旧友への墓参を続けておられる尊敬すべき人である。

沖縄三十二軍電信第三十六連隊（●印現役入隊者）

生還者＝石沢政信（神戸市兵庫区、死亡）、和田博（香川県高橋市、死亡）、植野（田中）成浩（兵庫県本條町）、柿久保忠信（徳島県池田町）、佐東喜三郎（鹿児島県鬼界島町）、畑富美雄（福岡県久留米市、死亡）、立浪昇（高知県大月町）、辻広治（和歌山県橋本市、死亡）、中川和幸（大阪市松崎町）、今中吉計（奈良氏終西町）、池田浅（熊本県本渡市）、大野数英（高知県五台山町）、川田幸男（徳島県穴喰町、死亡）、●木戸昇一、葛木英雄（堺市鳳中町）、古賀一（北九州市）、坂本忠右衛門（福井県金津町）、田丸富三郎（高知県大月町）、中川嘉朗（福岡県久留米市、死亡）、野田昭治（福岡県久留米市、死亡）、林新造（山口県下関市）、内地還送、南部正彦

戦死者＝●岡部都光（佐賀県呼子町）、兄島昭吾（大阪市北境川）、渋田重憲（神戸市灘区）、●進藤義幸（京都市桃山町）、●松久保健（鹿児島県知覧町）、本田貞治（京都府木津町）、●倉田彰（岡山）、●安井修三（大阪市松崎町）、●山崎登（鳥取県岸本町）、紀井栄（香川県観音寺市）、●光永正信（兵庫県高砂市）、●細見武（兵庫県三原郡）、中村大典（岡山県作東町）、●広瀬武利、●福原猪佐男（広島市宇品）、●赤穂義郎（大阪）、秋森基一郎（高知）、堤欣也（山口県岩国市）

比島派遣班記

——大西芳澄・森田勝からの聞き書き

リンガエン湾の敵艦隊

昭和十九年十二年十八日は、朝から猛烈な雨降りだった。基隆の雨期とはいうものの、ひどいどしゃ降り、何か嫌な感じのする雨だった。数日前に比島への派遣員は決まって、当時マラリアで熱発したり、ひどい者は基隆陸軍病院に入院したりしていて、達者な者ばかり選ばれたのだから、ちょっぴり得意な気持もあった。だが、本隊から別れて派遣されるとなると、不安な気持も胸中にあったが、誰も形の上では表面に見せなかった。

引率者の班長は大喜多伍長であるだけに、信頼感はあった。三浦伍長は東京出身、大喜多伍長は関西人というのも、われわれ大阪班の者たちにとっては、大いなる味方だった。五班の班長をしていた山村喜十郎君（滋賀県。僧侶の家の出）が、われわれ雇員の先任になったのも心強い。

四組（大西）の一緒の友だちも、伊藤進、前田亢、打田光成、武山義治、加賀由数、西上好雄の諸君と多く、頼もしかった。前日は栄町の在留邦人の御別れ演芸会もあり、そしてその夜、栄町の在留邦人宅に最後の一泊外泊があって、各二、三名ずつ家族と一緒に食事をし、風呂に入って、畳の上で一夜を寝ることができたことは、もう思い残すことのない待遇で感激した。

止むことのないドシャ振りの雨は、校舎と講堂との間の通路に整列したわれわれには、身を固く一段と緊張させた。まだ分隊員全員の顔も覚えていない内地での編成の短い期間から、誰もが同じ学校の組の残留者たちと顔を見合わせて、悲愴な面持で、「後から行くからな」「元気でな。がんばれよ」と声を張り上げて別れの挨拶をするが、お互いが胸につまるものがあふれ出して、降りしきる雨としぶきか涙か、ぐっと皆つまる。

残留組の〝海ゆかば〟の歌声は一しおこたえた。ますます激しく降る雨。幌もかぶらないトラック二台に乗車、さらば基隆よと、軍用列車で高雄に出発した。伊吹隊長は、台北まで見送ってくれた。

車窓から飛行場が見え、数は少なかったが、爆撃機や戦闘機がおり、このときだけは、この飛行機が米軍が来たら、攻撃してくれると信じ、心強く頼もしく思った。

十二月十九日、台湾南部、高雄に着く。明るい空と澄みきった空気が、われわれの気持をやわらげる。埠頭の近くの空家で一夜を過ごし、兵站で二泊する。蝿がすごく多いのが印象に残る。埠頭で乗船待ちで待機の折、倉庫の上屋が空襲で焼け、砂糖が埋まっているのを見つけ、飯盒や靴下に詰め込む。

われわれの乗船は日章丸（八千トン）。大きな船だ。武器、弾薬はもちろん、同じ船には泣く子も黙るといわれた関東軍の虎兵団が、びっしり乗り込んでいる。いかにも行くところ敵なしの気力がみなぎって、じつに頼もしい。

今度の航海は、敵潜水艦の待ち受けるバシー海峡で、ピンと緊張し、気持も張り詰める。員数外のようなわれわれ五十二名は、船室はまた、軍馬より下のハッチで、われわれは肩身の狭い思いをするが、横になるのがやっとの狭さである。しかし、輸送船の経験も三度目となると、要領がわかっているから、部隊へ入ってから二ヶ月の軍隊への慣れは、われわれの気持も多少落ち着かせる。

ほとんどの船がやられたこの時期、遭難は覚悟はするものの、経験のない者たちにとっては、なるようになるさの心境であった。幸いに、十二月の終わりの海はわりと静かであった。海峡のなかほどで潜水艦警報が出る。「いよいよ来たか」という感じだ。「全員甲板へ」と、あちこちで号令があがる。ロープで編んだ網梯子をよじ登った甲板は、完全武装の兵隊で一杯。これで泳げるのかと、緊張の度がたかまる。「解除」。ヤレヤレ、命が延びたと思ったのは、自分一人ではないだろう。

真っ青な海に見蕩れていたら、航跡の白い波の間に何やら浮いている。よく見ると、水膨れになった溺死体で、顔は見分けがつかない。船が撃沈されると、こうなるのだろうかと思うとゾッとする。

幸運にもこの船団は無傷でリンガエン湾頭の入口のルソン島北西部の北サンフェルナンド沖にたどりついた。十二月二十六日である。皆、ホッと安堵しきった顔付きであった。

「この日章丸は、十二月三十日、ルソン西岸で撃沈される」

後から考えてみると、米潜水艦はクリスマス休暇で基地へ還って、ルソン進攻へのリンガエン上陸作戦のために、バシー海峡の海には、穴が開いていた時期ではなかったかと思える。何にしても、われわれ比島班も、そして後にわかったサイゴン班の本隊も、無事到着したことは強運だったと思える。

北サンフェルナンドでの下船は、沖から舟艇に乗り移るのが上下に揺れて必死だった。ヤッとの想いで全員が乗艇。着いたが遠浅で、胸までつかる海に降ろされ、ビショ濡れでルソン島の土を踏んだ。砂浜には兵糧、弾薬が山積みされ、上陸した兵士が大勢集まっている。

小さいベニヤ製のボートが、数珠つなぎで曳かれていったが、爆薬を積んで体当たりする特攻艇だそうで、いろいろな思いで見送った。その夜は、砂浜で星を仰いで野営。明け方前、警報の鐘に起こされ、バリバリと、敵機と地上から対空砲の応酬の中で、無我夢中で砂をかぶり、木陰に避難した。始めての経験で、生きた心持がしなかった。

最初は鉄道でマニラへ行くとのことで、それまで海軍の兵舎の一部を借り、待機することになった。水泳をしたり、沈没船の食料を漁《あさ》ったり、楽しい日々を送った。迫りくる地獄の日々を知る由もなく。

途中で着任先がバギオになり、輸送の巡番待ちに、出発までここに駐留することになり、無人の民家を宿舎に当てる。竹でできた高床になっていた。そばに海軍の守備隊があり、近くの山に二連装の機関砲を据えていた。ここから湾内を一望で、輸送船から荷揚げ作業をしているのがよく見えた。

昭和十九年の大晦日を迎えた。海軍の守備隊から味噌を分けてもらい、味噌汁を作り、ささやかな元旦を祝った。まさか比島のこんなところで正月を迎えるとは、思っていなかった。

一月三日、裏山でのんびり湾内を見つめていると、突然、敵機が来襲し、湾内の輸送船が爆撃され、炎上した。船上や陸地から、対空火器の応戦が手に取るように見える。船から海に飛び込み、数十名ずつ固まり、軍歌で励まし、岸に向かっている兵士が沢山いた。

遂に運命の日、昭和二十年一月六日がくる。このリンガエン湾に、敵艦隊が姿を見せたのだ。夕方、私（大西）が便所にいたとき、「敵が上陸してくるとの情報が入ったので、兵舎を焼き払い、撤退する」と、海軍中尉が叫んでいたのを聞き、大急ぎで大喜多班長に報告する。

「そら、えらいこっちゃ!」と、全員に撤退準備を下令、靴下に米を詰め込むなどの指示をしたかしないかのうち、突然、敵機の銃撃を受ける。大喜多班長から、各人バギオに向けて転進するようにとの命令を受ける。持ち物もそこそこに屋外に飛び出すと、敵機がこちらへ突っ込んできた。「あぶない」と、必死に物陰に飛び込む。瞬間、弾丸がパッパッと砂煙をあげ、真横を駆け抜ける。

「危なかった」と、我に還ると、体が小刻みに震えている。変だなとよく見ると、隣に一緒に隠れた兵隊の身震いが伝わっていたのだ。泣く子も黙ると言われた関東軍の強兵が、このようではと、情けなくなってその場を去る。

この時点で、われわれの派遣隊はバラバラになって、各人が目的地バギオの第一通信隊司令部の行く先を聞いていたから、徒歩や、また自動車で便乗して行くことになった。バギオがどの方向にあるかもわからないままに、追い抜いて行くトラックの方向へ行くしかない。

私(大西)の便乗したトラックは、途中でガス欠で降ろされた。歩きはじめてしばらくたって、将校の乗用車に拾われる。山を上りきって夜明けとなり、下の海岸を振り返ると、湾を埋め尽くした艦船は、海面が見えないほどで、そこから打ち出す弾が浜辺に雨霰と爆発している。逃げ出すのがもう少し遅ければ、われわれは一片の肉片と化していたのではと思うと、背筋がぞっとする。

三々五々に別れた五十名は、それぞれが独自で行動する。森田も、徒歩でバギオをめざした。大きな河に立派な橋があり、守備の隊がいて、「日が暮れてゲリラが出るので泊まって行け」と親切に言われ嬉しかった。疲れが一挙に出て、横になると同時に寝入ってしまった。まだ、充分に眠れていない時間に起こされる。

トラックがバギオに向けて出るので、便乗させてもらった。隊の人に礼を述べ、お互いの無事を祈って別れる。弾薬、食料の間に警乗兵三名と合乗りで山合いの道路を走り抜けたが、山は樹木が爆撃で丸焼け。道端には乗用車、トラックが転がったり焼けたりしている。ゲリラに襲撃される危険地帯を無事通過する。夜明け前にバギオにたどり着く。同乗の将校に朝食を頂き、乗用車で集結場所の第一通信隊前まで送って頂いた。

われわれが一番乗りで、しばしすると、二人、三人とばらばらに全員無事に到着する。時に昭和二十年一月八日だった。大喜多伍長、三浦伍長も、大役を無事すませて、さぞかし安心したことだろう。引き継ぎが終わり、二人は北部ルソンのツゲガラオ飛行場からの内地便に乗るべくして、早々に空襲の激しくなった中で別れたが、無事に生きておられるのだろうか。

われわれの比島派遣班も、基隆で急遽編成した隊員の五十名だから、東京班員とは全然わからず、大阪班員も基隆までの分隊員と学校の級《クラス》の者しかなじみがなく、御互いに友愛関係が生まれるいとまがなかったのは残念でも仕方がなかった。

一月九日、三日間の砲爆撃の後、米軍がリンガエン湾南部に上陸、主力はマニラに向け南下、ルソン平原で激戦が行なわれた。

昭和二十年一月八日、われわれはバギオの南方軍第一通信隊に着任。発信所と着信所に別れて勤務することになり、私（森田）は発信所勤務になる。軍としても、われわれの着任には大いにとまどったのではなかろうかと思う。実戦経験もなく、しかも十五歳から十九歳の少年だ。われわれより一期早くマニラに前年の五ヶ月前に着任した通信軍属もいることとて、御荷物の感じもある。さりとて一兵たりとも欲しい現状の時期でもあり、多少でも役に立つだろうぐらいに考えて、三名から五名くらいずつ、各所各隊に配属になった。

バギオ駐屯

バギオの街は、ベンゲット州のコルデイラ山脈の千五百メートルの高さにある避暑地で、松林の中に別荘が点在する要害の地であった。夏でも夜は暖炉がいるほど涼しい。夏になると、比島政府が首都を移すところで、パインシティとも呼ばれている。緑の中に白亜の洋館が並んでいる景色の中で、松のサーという葉擦れの音を聞くと、ここが南方とは思えず、内地にいるような気がしてくる。

市場に行ったが、子供が果物や野菜を売っている。物価は高く、軍票では買えず、十円の日本銀行券でバナナ一本、キャラメル一個で見て回るだけにした。

敵の攻撃は空襲から始まった。一日ごとに敵機の飛来する数が増え、爆撃も激しくなる。私（森田）が勤務した発信所は、大きい別荘の、広い芝生の庭園に囲まれた広い洋室が、固定通信室だった。ときにはアンテナな張りを手伝ったり、掃除などの作業をする。

あるとき、発電機の燃料を引き取りに、トラックで一時間ほどドライブし、鉱山のトンネルからドラム缶五本の油を運んだりした。この鉱山はベンゲット道にあったが、ここも空襲で火災がくすぶっていた。ますます空襲が激しくなってきて、通信機や発電機を入れる壕を掘る作業を四、五日やり、ここで寝ることになったが、湿気がひどく中止。

つづいて町外れの丘の斜面に、銃座の壕を掘る作業に、二つの班で二つの壕を十日ほどで仕上げた。現地人の家を宿舎にし、毎夜武装した不寝番で警戒したが、この現地人は好意的で乏しい食い物をくれたり、われわれは兄弟だといったりした。やはり黄色人種の共通感かなと思ったりするが、ここで敵を迎え撃つと思うと、居心地がよいだけに、作業にも熱が入った。

つぎの陣地へ行くと、大西芳澄、山下徳明、山村喜十郎ほか二名がいた。こちらは伊藤進、坂本（東京班）、それに私（森田）の三名である。大西君の話では、通信勤務非番の日、数名でトラックの下へ滑り込んで昼寝をきめ込んでいると、爆撃が始まる。その中の一機が、こちらに向かい急降下してくる。固唾をのんで見まもる。旋回、またこちらへ。身動きもできず、仕方がない、当たったら当たったときのことやと腹を括《くく》ったとき、何を想ったのか、西上好雄が突然、這い出し走りだした。

「危ないっ。出たらあかん」。静止が終わるか終わらないうちにドカーン、見れば彼が倒れている。駆け寄って抱き起こしたが、破片が急所に当たって即死だった。われわれ最初の戦死者だった。遺体を仲間でテニスコート横の土手に穴を掘り掘り埋葬する。皆、口を聞かず、黙々と穴を掘る頬には涙が止めどなく伝う。私は土を掛けながら、「お前、トラックから出えへんかったら、こんなことになれへんかってんで」と、小声でつぶやく。

森田は、軍曹の指揮で兵一名とともに南の村へ食べ物を買いつける仕事をする。軍曹は三ヵ国語がベラベラで、タガログ族の部族長と仲よくして、バナナや大豆を買い集め本隊へ運んだ。

大西らの班は、バギオから東へ行ったところにある貨物廠の農園の作業に行った。各々の班がバラバラに勤務するから、全部の行動を把握できない。

戦友の死を悲しんでいる暇もない。バギオも危ないとのことで、バンバンへ転進することになり、トラックに食料、機材、弾薬などを積み込み、トラックを連ねて出発する。三月十日過ぎだったと思う。昼間は林に隠れ、夜になって無灯火でのろのろと進んだ。爆撃で橋は落ち、焼夷弾で山は裸になる。ゲリラの攻撃、雨、病人。隊はいつか離れ離れになり、病人は取り残されていく。

四月二十三日、バギオはアメリカ軍に占領された。脱出したわれわれは、途中でマラリアで発熱の患者は、本隊から置いてきぼりを喰う。

東京班の小山と森、それに私（大西）と三名が残される。雨の中、岩陰に雨宿りして、数日後、熱が下がったので、部隊の後を追う。私たちの一団は、後続の他の隊に収容される。道路はつぎつぎに部隊が通過するが、少数の人数ではゲリラに狙われる。

食料にする生きた牛を、徒歩で運ぶ仕事を命じられ、行軍中、敵機の襲撃を受ける。牛がもたもたして、避難ができず、牛もろとも倒れる。「やられた。もうあかん」と観念したが、気がつくと体はどうもない。牛は即死していた。「危なかった。牛が身代わりになってくれたんやなあ」とつぶやきながら起き上がる。そこへ下士官が飛んできて、

「この馬鹿野郎、大事な食糧の牛を殺しやがって」とえらい剣幕で怒鳴る。私はびっくりして飛んで逃げる。その夜、三名で人間より牛の方が大事やというこんなところにいたら、ろくなことがないぞと、そこから抜け出す。前を進んだ人が、持ち切れず捨てていった食い物を拾いながら、腹を満たして前進する。途中、打田光成（四組）が横たわっていた。つづいて前田元（四組）も、二人とも死んでいた。

数日後、山地族の小舎《こや》があり、覗《のぞ》くと曽我修が横たわっていた。足の膝が膨れあがっている。「敵がそこまで来ているから、俺たちと一緒に行こや」と声をかけると、力なく首を横に振り、「お前らの足手まといになるから、先に行ってくれ。俺はここにいるわ」と覚悟をした澄んだ声で言う。とても同行は無理だろう。「じゃあ、わしら先に行くわ。希望を持って元気でなあ」との言葉だけしか見当たらず別れる。

バギオを出るときはトラックであったが、道路や橋の破壊のため、荷物を持ち、徒歩になってから、幼い身には限界がこの時分から訪れる。五十名の同志の名前も半分も覚えないままに、一名また一名と亡くなっていく。

山下徳明とバッタリ出会う。「おお元気か。一緒

に行こか」と同行することになる。数日後に谷間に小舎を見つける。山下が、「あそこへ行ってみようや。何か食べ物があるかも」と、少し吃《ども》る口調で言う。雨は上がっていたが、谷間に降る径はぬかるんでいて、膝上までめり込むほどだ。

「俺はいやや。とてもあそこまで行けんわあ」と拒否する。一番元気な山下は、「そうかあ、お前ら、ここにおれよ。俺、ちょっと行って見てくるわ」と降りて行く。彼が小舎に近づいたとき、突然、敵機P38が飛来して爆弾を落とす。残った三名は岩陰に伏せる。爆発音が静かになり、顔を上げると、小舎は飛び散っていた。山下は影も形もない。名を呼べど叫べど返事はない。

私は呆然と立ちつくした。涙がとめどなく溢れ出てほほを伝う。その場にへたり込み、声を上げて泣く。彼との掛かわり合いが、走馬灯のように脳裡を駆け巡る。

彼との出合いは、大和川原の喧嘩。石を握った山下に「物を持たんと喧嘩ようせんのか。男やったら素手で来い」とやり返す。すったもんだの末に仲直り。それから友達付き合いが始まり、新世界や難波の盛り場で遊んだなど、楽しかった学生時代が……。気を取り直し、悲しみをこらえ、その場を立ち去る。はかない命と、明日は我が身か。

いよいよ食物が底をついてきて、道筋に何も見当たらなくなり、離れた畑を探し、薯を掘り、食べ物を確保してから歩き始めるので、道がはかどらない。

ある日、軍曹殿が来合わせ、「お前ら、こんなところでもたもたしていたら駄目だぞ。敵がそこまで来てるぞ。キャンガンへ行けよ。そうや、お前ら、腹をへらしているようやな。よいものがあるぞ」と、雑嚢の中から干し肉を取り出し、「三日前に仕止めた牛や」と、三人が食べるのを、にこにこと見まもり、「では、気をつけて、早くキャンガンへ行けよ」の言葉を残し立ち去る。仏のような人だった。

小山が一人黙って立ち去る。森と二人になる。数日目の朝、その森が膝が膨れ上がって動けなくなる。二日たっても動けない。「敵も側まで迫ってくるし、共倒れにならぬうちに、俺が先に行って救援を頼んでみる」と、心を鬼にして、持っている食物を置き別れる。

「大西よ、俺も一緒に連れて行ってくれ!」と、大声で泣き叫ぶ声を背に受けながら、「俺も一緒に行きたいねん。でも、そんな体では無理やろ」と独り言をつぶやき、涙をぼろぼろ流し、歯を食いしばり、後ろ髪を引かれる思いを断ち切り前に進む。

道端に横たわる病人と死体が増えてくる山道で、一人先に出ていった小山の遺体に遭遇した。靴が片方なく、巻脚絆も盗られてない。地獄のような日々に慣れたのか、悲しみも湧く気力もなく、無感動のまま、その場を通り過ぎる。

昭和二十年五月二十日、第十四方面軍司令部は、バンバンより五十キロ北のキャンガンに移動。キャンガンで私の目の下で諸山（東京班）がナパーム弾で戦死する。私（大西）は東京部隊の兵と道連れになり、食糧にありつく。私が少年であり、小さかったから、同情されたのだろう。歩くのも大儀なほど餓えていたので、渡りに舟と同行することになる。途中、大阪部隊の兵が加わり、三人旅となる。

十日ほど経って、東京兵の足が悪くなり、のろのろ進みになる。その夜、二人の兵が口論、翌朝、東京の兵が死んでいた。キニーネのアンプルを三本残し、同行二人となって三日目、大阪の兵も歩けなくなる。

「お前、この先に俺の部隊がいるから、そこへ連絡してくれ」と頼まれ、急ぎ足で前に進む。三日、四日たっても見つからない。司令部は六月十七日、バクダンに移動。一週間後、ハバンガンのイゴロット部落に帯留する。豚の頭の骨の多くさんあるほど富豪の部落で、物々交換により食糧を少しもらう。

七月十二日、アシン河を見下ろす断崖中腹に移動、司令部はトッカンに変わる。進めど進めど、集結先が移動する。遂に米も塩も食べ尽くす。手の届く草も木の葉も、食えるものは取り尽くし残っていない。みみず、こおろぎをとって食べる体力も限界にきたのか、こおろぎさえも逃げられ、口にすることもできなくなった。

道端の死者、自決者、病者の数は日々増える。いつの日か忘れたが、滝のある水場のところで、森田、谷口と出合う。森田らも土や泥を食ったという。油虫は油くさくて食えるものではないという。皆、血便、アメバー赤痢で、チンポの毛まで色が変わる。シラミも食った。手当たり次第、腹に納めなければ、生きていけない。骨の上に皮が乗る状態、情けないなんて、とうに忘れてしまった。

爆撃でやられた人体も口に入れた。こんなところで死んでたまるか、死んでたまるかと念仏のようにつぶやいて、根性だけで進む。這いずるようにして、命からがらトッカンに辿りつく。森田の話によれば、途中思わざるところで、帰還したと思っていた、輸送してきた三浦伍長に会ったそうだ。内地へ連絡の飛行機の搭乗は下士官ではできず、遊兵となって所属の隊もなく、さまよっていたそうだ。大喜多伍長とも離ればなれで、原隊のない身では生きるのがむずかしいのではなかろうか。

八月十五日、砲声が途絶えた。なぜか弾丸は飛んでこなくなったが、食糧難はますますひどくなり、田中淳博（東京班）、中西（東京班）が死んだ。栄養失調であった。九月になってキャンガンに集結との命令が出て、食糧の薯掘りの使役に駆り出される。体力がなく、激しい疲労で少し休もうと、谷から這い上がると、「こら！　なにさぼっとるか」と追い落とされる。

疲労でうごけなくなり、えーいままよと泥の上に横になる。上を見上げると、嫌に静かなので這い上がって見るとだれもいない。作業をさせられていたわれわれは置いてきぼり。連絡するにも体力がないから、伝達がおろそかになる。後をふらふら歩くうち、米機から落下傘投下で食糧が送られた。有難やと、がつがつ食べたのが運のつきで、ひどい下痢になる。日々下痢が激しくなり、ちょっとの身動きできなくなる。ごろりと寝ころんだまま一人言を言う。「親父、俺もうあかんね。もう一度、親父の顔を見たいと頑張ったけど、もうどうにもならんわ。もう一度、一緒に食事したかったなあ！」

母のいない私は、父との二人暮らしだったので、父子の絆は他の人よりも強かった。十七歳で親に心配ばかりさせるばかりで、親孝行どころか、親不孝で死ぬるなんて情けなかった。悪いことはよくしたが、大切な父親の教えだけはよく護った。父は信心深く、朝夕法華経を唱えた。私も無理矢理に唱伴させられたが、嫌でよくさぼった。父の信仰心のお蔭で、今日まで生き延びてきたのだと思うと、思わず南無妙法蓮華経とお題目を唱える。

いよいよ最後の時が近づいてきた。先立った戦友たちのそばへ行くのも、そう遠くないと覚悟を決める。少しも不安を感じない。澄んだ気持で、死出の旅路を待った。自分ではあきらめきっていたのだが、運があったのか、寿命があったのか、祈りなのか、可哀そうと感じたのか。兵隊が背負ってくれて、キャンプの病院に向かう。

下痢が激しく、垂れ流しが止まらないので、背負った兵が、「臭い奴やなあー、谷に放り込んだろか」と怒ったので、肌身離さず持っていた十円札を取り出し、「そんなこと言わんと、これで連れて行ってえなー」と手渡すと、途端に機嫌が直り、「そうか、それまで言うなら、仕方ないかあ。連れて行ったるわー」と歩き出した。父の教えの御蔭で助かったとしみじみ思う。

キャンプが見えたときには気が遠くなり、気がついたのは米軍の手当をうけて、キャンプの内、病院のベッドの上であった。森田が砂糖キビ畠の収容所に引き取られたのは九月十五日である。また谷口が気のついたときは、モンテンルパの病院だった。日日はわからないが、腕まくりした米軍兵が注射をしてくれたのをだけを思い浮かべるのみだった。生き残った者も、それぞれ瀕死の状態だったのだ。

あとがき

やっと書き終えて、まったくほっとした。文章を書くことの難しさをほとほと感じ、最後になるほど、もうどうでもよい、すべからく終わりにして解放してほしい思いが先だつようになった。常々、人様の本を読むことの楽しさは、旅行の次に好きなのだが、一応、私もと思って挑戦してみたが、まったく恥ずかしい次第である。

それでも書いている間は、十七歳、十八歳当時の少年の心になっていて、ほどほどの気持よい興奮と緊張感は、今日までも私には続き、私の背骨になったのではなかろうかとつくづく想う。

最初、この文章を書き出した時には、結構夜書いていても、昼の疲れですぐ寝についた。だが、だんだんと年を経てくると、夜に入ってから書き出すと高ぶる心が興奮を持続させ、寝ることができなくなる。昼間は書く時間はないから、じつに弱った。そこで月に一回か二回、当時はよく京都、大阪その他旅行をしたが、その折、車中で書くのが一番効率がよいのがわかった。京都までの車中は三時間以上もかかるから、往復の旅の一人の場合、ペンを走らせると、退屈せずに時間をつぶせる。だから、文章の進み工合は遅々となったものの、結構旅も楽しくなった。

私は十二歳の折（小学五年生三学期〜小学六年生一学期〈計八ヶ月〉）、医者から見放される大病（腎臓）を患い、九死に一生を得たのだが、それから三年ほどは運動を止められ、それが為になるイジメに合った。三ヶ月、毎日毎日の苦しみから、いっそ死にたいと子ども心に思ったこともあったが、そのせいなのか、元々貧弱な体格だったかもしれないが、竹のような細い体つきであったがゆえに、当時の戦時体制下では、私でも国家に役だつ道があればと考えつづけた。そして無線通信士なら、私でも通用するかなと思い、官立無線講習所を受けたところ、合格した。

いかなる運命なるや、南方を志願したものの、おそらく部隊へ入ったら、身体検査のうえ即時帰郷があるかもわからぬなと想像していた。私たち派遣隊の同級生には十四歳の可愛い少年（一メートル四十センチ）もいて、軍隊が受け入れをするわけだから、一メートル六十二センチ、四十八キロが無事に通過するのは当たり前だった。私自身はまったく自信がなかった。

部隊に入隊した日、東部八十八部隊の留守部隊の兵隊から、「お前たちは可哀そうじゃな。ボカ沈要員だぞ」とはっきり言われていたのだが、少年の我々には半信半疑。私には意味不明、威《おど》しで緊張しろという意味だろうと思うより仕方はなかった。

通信連隊（東部八十八部隊）で教育されて、それから自信をつけて配属されると思っていたら、三日後、留守部隊の兵隊たちの、可哀そうになという同情顔に見送られて、最悪に危険な時期に、それでも最高な偶然に恵まれた幸運な航海で、サイゴン隊も、比島隊も無事、安泰に上陸できた。奇跡的といわざるを得ない。待ち受けた司令部も、そして我々より先に配属になった先輩たち一期生、二期生それぞれボカ沈を食った者たちから見ると、不思議な顔をされた。おそらく天の神様たちが、我々もボカ沈を食うとあまりにも可哀そうすぎるから、情けをあたえてくれたに違いない。

私の不安は、皆について行けるかなの思いだったが、私と一緒のこの南方派遣隊の同級生に十四歳、十五歳、十六歳の私より幼い可愛い少年たちがいたから、私としては当然、負けるわけにはいかないし、その教育期間の二ヶ月ほど、南方風土に順応する間に、あまりあせることなく不安を徐々に減らしてくれた。

しかも、私の思わざる失策から、班長から最低点を獲得する羽目になった。そのために通信所勤務からはずされ、司令部の警備、有線架線作業やその他各種作業を担当する浄慶隊に配属された。兵隊と同じ作業をさせられ、それでも毎日、種々違った勤務がつづくものだから、毎日がじつに愉快に過ごせた。兵隊たちも実の弟のように可愛がってくれたから、彼らも楽しかったのだろうと思う。

後から考えてみると、この浄慶隊に配属になったのは、二ケ分隊五十名近くが我々少年隊だった。ボカ沈要員で到着予定が半数だったがゆえに、通信所要員は五十名でよく、後の半数の五十名は員数外で勤務先がなかったために作業隊に入れられた者のようだ。どちらにしても、この通信隊司令部は、文官の多い部隊だったから、我々も居心地がよかった。

後方部隊の司令部であるがゆえに、全般的には少しゆったりとした気風があった。そのうえ、司令部員全体が、比島マニラからサイゴンに転進して、その後続要員が全員揃ったのが昭和二十年一月下旬だったのだから、なおのことガタガタして落ち着きのなかったのも事実だった。

三月の明作戦後、我々がダラットからサイゴンへ帰って、山岳作戦へ司令部の三分の一が出はらったサイゴンの司令部では、六月の初めから規律の厳正から内務が始まって、兵隊たちからは悪評嘖々《さくさく》ながら、部隊員全員に気合いを入れられた。だから、我々も一般兵士なみに衣類の整頓、軍靴の検査などで一人前にしぼられる。内務班に起居する者だから、やむを得ない。それでも皆、元気よくがんばった。

私自身も人事の曹長から、兵隊を志願しろと毎日言われたが、その時点では、体重も五十三キロになっていた。自分でも知らなかったが、相当体格がよく見えたに違いないし、自他ともに身心を認められたことは、私には何より思わざる自信と人に負けない精神をつちかわせてくれた絶対的な二十ヶ月の貴重な体験だった。

体験として、同じ分隊で同じ釜の飯を喰った戦友に戦後、戦友会で話してみると、それぞれが出くわした体験は違っている。勤務が違ったり、そのときどきの思いが、個人個人で違うのは当然であろう。したがって、この文章と記録は私一人の経験であり、私個人の感情である。が、なるべく後から考えたことは削除して、そのときの素直な気持だけを書いたつもりである。追憶の違いは少々あるかも知れないが、戦友諸氏にお許し願いたい。なるべく曖昧なところは省いたつもりである。

私は孫たちに言いたい。君たちはおそらくこのような体験はできぬだろうと思われるし、またあってはならない。昔々、おじいさんの戦いのことなのだけれど、記録としてこんなことが五、六十年前にあったことは事実なのだ。

ずうっと昔の戦国時代の侍たちは、元服が十二歳頃で、徳川時代に十六歳ぐらいになり、現在は二十歳が成人式となっている。現在の平均寿命は男は七十八歳とのびているのだから、昔人生五十年時代は十二、三歳で一人前の元服が必要だったろうが、今の時代では成人の感覚が二十五歳ぐらいになるのだろうか。今、現実としての十三歳か十四歳の子どもたちの殺人意識は、まったく胸の中のことは幼児のままの部分で、昔、我々の時代の恐さを知らない幼な児の十歳以下の精神構造が、年だけがのびているのではないだろうか。知識だけはテレビ時代の今日では、三歳の孫の敏郎君に教えてもらわねばならぬ時代に、とうてい我々の世代では、インターネット人類の仲間入りにはなれない。

しかし、そうした急激なIT時代の進行に、その機械文明に、若者たちはすぐ対応するのは当たり前ではあるが、知識ばかりが先行して、前頭葉の倉庫がつまり、後頭葉の教養だとか、徳義とか精神構造分の倉庫に納まるべきものの順番が回ってこないようになっているのかなと感じたりする。確かに、指で携帯電話でメモっている情況を、我々人生の終わりに掛かっている者から見ると、驚嘆に価いするとともに、今の時代に生きていて、よかったなと思う。それが彼らにとっては当たり前の話で、何ら違和感や懐疑心もあるわけもない。

私たちのように、小学一年生に入った年から国語の教科書は黒い表紙のハト、ハナ、マメ、マスから、国防色の表紙のサイタ、サイタ、サクラガサイタ。ススメ、ススメ、ヘイタイススメの時代に突入。そして国史も、我々五年生から色表紙に変更され、もの心のつくその年の七月に支那事変が起こり、我々が高等科卒業（昭和十六年）の年から国民学校に改称されて、十二月に大東亜戦争が始まった。その戦中っ児の期待された少年たちが十八歳の、やっと現役の戦力？　になった八月に戦争は終わった。だからその意味からいっても、間に合わなかったから、上層部に計画性はなかったのではなかろうか。

だが、そんな時代っ児に育った我々の心の奥底には、教わったことが一夜で残念ながら消え去ることはでき得ない。戦後、赤の旋風が吹き荒れて、その風に乗らない者は、頭脳の好悪を問われるような一時期があった。歴史の反省として、突如として百八十度転回し、あたかもバスに乗り遅れにならぬような過去と同じような風潮が、いかにも思慮のないようで付いてはいけなかった。

日本人だけではないだろうが、いかにも無責任な数の論理には、現在の小泉ブームでも同じで、じつに腹立たしい。私自身、小泉総理は好きだが、八十何パーセントも人気がある風潮は、苦々しく思える。大体五十数パーセントそこそこがいいところだと、私は推測する。人気や風潮はじつに危険だ。一時の流れによる動向こそ、過去に何回となく我々の世代が経験してきたことだ。

人間、突発的に処理しなくてはならない場合、間違いない対応をせまられる場面に、大小となく出食わす時がある。その時の実体と判断が正確に下せるか、人間の真髄を発揮できうる能力をつちかうのが教養であり、人間性だと常に信じているのだが、なかなかにむずかしい。

今、現在歴史教科書および小泉総理の靖国神社問題が一番やかましく喧伝されている。歴史教科書は好悪素直に書いてあるのが正しいと私は思うのだが、各国の教科書たるや、皆その国の都合のよい書き方をするのもやむを得ない。遠く離れた外国《とつくに》なら、問題にもならないのだろうが、一衣帯水の隣国のこととなると、動向はお互いに関心を持つのが当たり前だ。A級戦犯者の合祀されている靖国神社への参拝は、八月十五日は問題だろう。

我々の司令部の部隊の将校で、部下の犯罪の責任をとって、仏軍に出頭した某大尉の行為は、皆を感動せしめた。と同時に、上級指揮者たるものは、平時とて絶えず監督責任を指摘されうべき立場にあるということを、銘記しなければならない。

ただ、我々前世代の人間としては、隣国への侵略に対するお詫びに終止符を打ちたい。そのために歴代の総理が心を燃やしていることに、国民は協力しなくては、二十一世紀の若い人たち、それこそ戦争を知らない人たちに、いやな付けを回すことになり、それがまた火種とならないとも限らない。ある一部の、しかも我が国の有力新聞社のマスコミが、新閣僚の会見時に、靖国問題だけを質問するごときは、かつて関心を持たざる者で始めて映像を見た者から見ると、天下の新聞社の雄たる者の信を失う。どちらが国益を失うのか、かつて同社の子会社のヤラセに通じるものがあるのではないかと。

私は前後、この二十ヶ月の体験の中で、首実検を三回味わった。本人に問題はないからビクビクするわけでもないのに、味わった人以外にはわからない、じつに不可思議な心境になる。首実検人が正確に覚えているのかどうか。人間の心理として、デッチ上げようとすると、いかようにでもなるのだ。日本軍の将校ならともかく、現地の人たちやフランスの人たちから同じような顔をした日本人の見分けがつくのか。我々が外人の同じような人を並べて区別が付かないのと一緒だ。為にしようとすると、じつに不安で顔まで変形する。正確と信頼と素直が生活には一番安心感がある。何がなくとも。

まだ何か言い足りない気がするが、これで筆をおきたい。つたない文章で、まことに申し訳ない。終わりにあたって、この本のためにお骨折り頂いた元就出版社の浜様はじめ編集部の方々有難う存じました。それから、協力下さいました大西芳澄氏、森田勝氏および佐東喜三郎氏、亡くなった上坂正義氏、玉井博氏にはこの本をぜひ読んでもらいたかった。有難うございました。

平成十三年八月十二日

中江進市郎

〔著者紹介〕
中江進市郎（なかえ・しんいちろう）
現住所・京都府竹野郡丹後町間人
昭和２年３月30日生れ

少年通信軍属兵――附・南方軍通信隊司令部

2001年11月12日　第１刷発行

著　者　中江　進市郎
発行人　浜　正史
発行所　株式会社　元就《げんしゅう》出版社
〒171-0022 東京都豊島区南池袋4-20-9
サンロードビル301
電話　03-3986-7736 FAX 03-3987-2580
振替　00120-3-31078
装　幀　純谷祥一
印刷所　東洋経済印刷株式会社

※乱丁本・落丁本はお取り替えいたします。

ISBN4-906631-71-1　C 0095